# secession

# secession

Juan Gómez Bárcena
DER HIMMEL VON LIMA
*Aus dem Spanischen von Steven Uhly*

JUAN GÓMEZ BÁRCENA

# DER HIMMEL
# VON LIMA

ROMAN

*Aus dem Spanischen*
*von Steven Uhly*

Die Originalausgabe erschien unter dem Titel
»EL CIELO DE LIMA«.
© 2014 BY JUAN GÓMEZ BÁRCENA
© 2014 BY EDITORIAL SALTO DE PÁGINA S.L., Madrid

Published by special arrangement with
The Ella Sher Literary Agency.

Erste Auflage
© 2016 by Secession Verlag für Literatur, Zürich
Alle Rechte vorbehalten
Übersetzung: Steven Uhly
Lektorat: Ricarda Solms und Alexander Weidel
Korrektorat: Peter Natter
www.secession-verlag.com

Gestaltung und Satz:
Erik Spiekermann und Peter Löffelholz, Berlin
Herstellung: Renate Stefan, Berlin
Druck und buchbinderische Verarbeitung:
Friedrich Pustet, Regensburg
Papier Innenteil: 100 g Fly 05
Papier Vor- und Nachsatz: 115 g Fly 05
Papier Überzug: 125 g Wibalin white
Gesetzt aus Lyon & **BRIM**
Printed in Germany
ISBN 978-3-905951-95-0

# INHALT

Für die Freunde, die mich auf dieser Reise
begleitet haben. Ohne sie gliche
*Der Himmel von Lima* etwas weniger dem Buch,
das ich schreiben wollte.

Für meine Schwestern Diana und Marta,
die alles über mich wissen,
aber noch nichts von diesen Seiten.

# 1.
## EINE KOMÖDIE

Zu Beginn ist es nur ein Brief, der etliche Male neu aufgesetzt wird, Überaus geschätzter Freund, Verehrter Dichter, Sehr geehrter Herr – ein anderer Anfang für jedes Blatt Papier, das in Fetzen unter dem Schreibtisch endet –, Glanz der spanischen Literatur, Hochgeachteter Ramón Jiménez, Verehrter Meister, Kamerad.

Am folgenden Tag wird die Mulattin, die hier als Dienstmagd beschäftigt wird, die auf dem Boden verteilten Reste zusammenkehren und für Gedichte des jungen Herrn Carlos Rodríguez halten. Doch heute Nacht schreibt der junge Herr keine Gedichte. Mit seinem Freund José Gálvez raucht er eine Zigarette nach der anderen, und gemeinsam wägen sie genau ab, mit welchen Worten sie sich an den Meister wenden sollen. Sie haben dessen neuestes Buch in sämtlichen Buchhandlungen von Lima gesucht, aber nur eine abgegriffene Ausgabe der *Veilchenseelen* gefunden, die sie schon so oft gelesen haben, dass sie die Verse auswendig rezitieren können. Und jetzt kritzeln sie so viele Wörter, die schon im nächsten Moment lächerlich klingen – edler Freund, berühmte Feder, unser wagemutigster Erneuerer der Literatur, könnten Sie, in Ihrer unendlichen Güte, uns, Ihren Freunden auf der anderen Seite des Atlantiks, Ihren glühendsten Lesern in Peru, nicht vielleicht ein Zeichen senden, denn Sie sollen wissen, Don Juan Ramón, dass wir hier Ihren Versen mit einer Bewunderung folgen, von der Sie vielleicht gar nichts ahnen; hoffentlich ist es nicht unangebracht unsererseits, Sie darum zu bitten, uns ein Exemplar Ihres neuesten Buches zukommen zu lassen, diese Ihre *Traurigen Arien*, welche in Lima unmöglich zu finden sind; hoffentlich, ach, ist es nicht vermessen, auf diese kleine Aufmerksamkeit von Ihnen zu hoffen, ohne Ihnen die drei Peseten des Buchpreises zu entrichten.

Wenn sie müde werden, trinken sie Pisco. Sie öffnen die Fenster, um sich auf die verlassenen Straßen hinauszulehnen. Es ist eine mondlose Nacht, wir schreiben das Jahr 1904. Es sind nur Jungen, zwanzig Jahre alt, jung genug, um zwei Weltkriege zu überleben und fünfunddreißig Jahre später den Sieg Perus in der Copa América zu feiern. Aber natürlich wissen sie jetzt noch nichts davon. Sie zerreißen bloß ein Blatt Papier nach dem anderen auf der Suche nach Worten, von denen sie wissen, dass sie unmöglich zu finden sind. Denn mit dem letzten auf den Boden geschleuderten Brief begreifen sie endlich, dass sie kein signiertes Exemplar der *Traurigen Arien* erhalten werden, sooft sie ihn auch verehrter Held der Literatur und Zierde Spaniens und Amerikas nennen. Nicht eine einzige Zeile postwendend, wenn sie ihm gestehen, dass sie nur zwei junge Herren sind, die in einer Mansarde in Lima arme Leute spielen. Man muss die Wirklichkeit ausschmücken, denn letzten Endes ist es das, was die Dichter tun, und genau das sind sie, oder zumindest träumen sie davon, es zu sein, in langen, schlaflosen Nächten wie dieser. Genau dies wollen sie nun zustande bringen, das schwierigste Gedicht von allen, eines, das keine Verse hat, es aber schafft, das Herz eines wahren Künstlers zu berühren.

Zuerst scheint es ein Scherz zu sein, aber dann stellt sich heraus, dass es kein Scherz ist; einer von beiden sagt, fast ohne darüber nachzudenken: Es wäre einfacher, wenn wir eine schöne Frau wären, dann würdest du schon sehen, wie Don Juan Ramón seine Seele hergäbe, um uns zu antworten, diese Veilchenseele, die er hat; und dann unterbricht er sich plötzlich, die beiden jungen Männer schauen einander einen Moment lang an, und fast ohne es zu wollen, ist der Streich ausgeheckt, sie lachen, sie beglückwünschen sich gegenseitig zu dem Einfall, sie tauschen

Handschläge und Piscogläser und am nächsten Morgen treffen
sie sich in der Mansarde, dabei ein parfümiertes Blatt Papier,
das Carlos aus dem Schreibtisch seiner Schwester gestohlen
hat. Und es ist auch Carlos persönlich, der schreibt. So oft ist
er in der Schule ausgelacht worden wegen seiner Mädchen-
schrift mit den runden Buchstaben, so sanft wie ein Streicheln,
und nun ist endlich der Moment gekommen, etwas Kapital daraus zu schlagen. Wann immer Sie möchten, Herr Gálvez, sagt
er mit unterdrücktem Lachen, und gemeinsam beginnen sie,
jene Worte zu rezitieren, die lange in ihnen gereift sind, und
für die sie nicht mehr als Büttenpapier und einen Schreiber mit
einer Frauenhandschrift benötigen. Jenes Gedicht ohne Verse,
welches in keinem Buch Aufnahme finden wird, welches aber
bald das bewirken wird, was nur die beste Dichtung vermag:
Das zu benennen, was nie zuvor existiert hat, und ihm Leben
einzuhauchen.
Diesen Worten wird Georgina entspringen, schüchtern zunächst, denn so haben sie entschieden, dass sie sein soll, ein
junges Mädchen aus Miraflores, das die Verse von Juan Ramón
mit einem Seufzer liest, und dessen Einfalt sie in den Pausen
lachen lässt. Ein Mädchen, so arglos, dass es nur schön sein
kann. Sie ist es, die ein Exemplar der *Traurigen Arien* erbittet;
sie ist es, die so überaus beschämt ist ob ihrer Kühnheit; sie ist
es, die den Dichter anfleht, ihr zu verzeihen und sie zu verstehen. Fehlt nur noch die Unterschrift und mit ihr ein klangvoller
und poetischer Nachname, über den sie sich nach langer De-
batte, in deren Verlauf ihnen Getränk und Gebäck ausgehen,
einig werden: Georgina Hübner.
Und Georgina ist am Anfang nur dies, ein Name und ein ver-
siegelter Brief, der über einen Monat lang von Hand zu Hand
weiterreist, zunächst im Ausschnitt der Dienstmagd, einer

13

Analphabetin, später in der Hosentasche des Jungen, der für den Auftrag einen halben Sol und einen Kniff in den enormen Hintern des Mädchens in Rechnung stellt. Danach wird er durch die Hände zweier Postangestellter, eines Zollbeamten und eines Linienschiffmatrosen gehen; von dort zum Dampfschiff, das die Strecke Lima–Montevideo befährt, in einem Postsack, der in der Regel voller schlechter Nachrichten ist. Von Montevideo ein unnötiger Umweg über Asunción, wegen der Nachlässigkeit eines Briefträgers, dem noch dreißig Tage bis zur Rente und die ausreichende Sehschärfe für kleine Handschriften fehlen. Von Asunción im Zug erneut durch den Urwald nach Montevideo, um sich dort in den Lagerraum eines Frachters einzuschiffen, wo er wie durch ein Wunder den Zähnen einer Ratte entgeht, die schon vorher viele andere Briefe unkenntlich gemacht hat.

Und noch immer wird Georgina nicht zu leben begonnen haben, noch immer wird sie nicht mehr sein als ein Briefpapier, das in der Dunkelheit des Postsacks schon dabei ist, seinen letzten Hauch Parfum zu verlieren. Noch steht ihr eine dreiwöchige Transatlantikreise bevor, begleitet von zwei blinden Passagieren, die sich von Zeit zu Zeit in einem Portugiesisch der Vorstädte ihre Eindrücke zuraunen. Und dann die Ausschiffung in La Coruña, der Zug, das Postamt, und wieder der Zug, der Postangestellte, der keine Gedichte liest, und dem der Name des Empfängers nichts sagt, Madrid, endlich Madrid. Und es stellt sich heraus, dass Georgina an irgendeinem Punkt ihrer langen Überfahrt angefangen hat zu atmen und zu leben; dass sie, als sie endlich im Haus des Dichters eintrifft, schon eine Frau aus Fleisch und Blut ist, ein schmachtendes junges Mädchen, dessen Herz in einem Fluss aus Tinte pocht, und das nun in seiner Villa in Miraflores auf Antwort wartet.

Ein Wesen, so wirklich wie der duftlose Brief, den Juan Ramón Jiménez an diesem Morgen in seinem Arbeitszimmer öffnen und in seinen zunächst ruhigen und dann bebenden Händen halten wird.

Zwei Postangestellte, ein Zollbeamter, der ein wenig den Umschlag des Pakets anreißt, um sicherzustellen, dass es keine Schmuggelware enthält; ein weiterer Sack, in dem die schlechten Nachrichten – Trauerfälle, Fehlgeburten, unvorhergesehene und unfreiwillige Aufenthalte in Kurorten und Pflegeheimen; Flitterwochen, die im Kasino von Estoril mit dem Setzen und Verlieren des Schmucks der Braut enden – wieder reichlicher vorhanden sind als die guten Nachrichten – ein Reisender, der gesund und wohlbehalten ankommt; ein Indio, der seinen Mischlingssohn anerkennt. Übers Meer nach Montevideo, in einem Frachtraum ohne blinde Passagiere und Ratten; vom Schiff zum Postamt und von dort erneut zum Kai, um sich nach Lima einzuschiffen, diesmal auf dem richtigen Weg, denn der kurzsichtige Postangestellte ist bereits in Rente und frönt im Viertel Pocitos einem glanzlosen Ruhestand; vom Hafen von Lima zum Postkurier, und acht Hände später in der Tasche desselben Laufburschen, der wieder einen halben Sol und einen Kniff in den Allerwertesten der Magd berechnet. Nur, dass diesmal das Paket nicht in ihren Büstenhalter passt und sie sich damit begnügt, es auf dem Schreibtisch des jungen Herrn José liegen zu lassen, ohne sich die Mühe zu machen, das Gekritzel anzuschauen, das sie ohnehin nicht entziffern könnte.

*... Heute Morgen habe ich Ihren bezaubernden Brief erhalten, und ich eile, Ihnen mein Buch* Traurige Arien *zu schicken, und bedauere allein, dass meine Verse nicht halten mögen, was Sie sich wohl von Ihnen versprochen haben, Georgina ...*

Noch in derselben Nacht feiern sie in den Tavernen ihr signiertes Buch und den Brief aus der Hand des Meisters. Sie laden ihre Freunde ein, Dichter, so arm wie sie, die nach und nach in ihren Pferdekutschen eintreffen, und während sie ihnen aus den Mänteln helfen, sagen sie, trinkt, trinkt so viel ihr wollt, heute Nacht lädt euch Georgina Hübner ein. Dann kommen die Erklärungen, die Trinksprüche, und der Brief, laut und deutlich vorgelesen; diejenigen, die die Geschichte glauben und diejenigen, die sie nicht glauben; im Ernst, Carlito, dieses Süßholz kann unmöglich der Autor von *Seerosen* und *Veilchenseelen* geraspelt haben. Aber dann sehen sie die Signatur des Dichters auf dem Tisch, und dieses Buch, das man nur in den Buchhandlungen an der Puerta del Sol in Madrid und auf den Ramblas von Barcelona findet, und nun beginnt das Schulterklopfen und das laute Gelächter.

*Ihr Brief ist vom 8. März, bei mir ist er erst heute, am 6. Mai eingetroffen. Geben Sie nicht mir die Schuld an der Verspätung. Wenn Sie mir immer Ihre Adresse schicken – für den Fall, dass Sie Ihr Domizil an einem anderen Ort aufschlagen sollten –, werde ich Ihnen in Zukunft immer die Bücher, die ich veröffentliche, mit größtem Vergnügen zukommen lassen ...*

Die Meinungen gehen auseinander, man müsse den Brief beantworten, man dürfe ihn nicht beantworten, Georgina solle der Freundlichkeit des Meisters mit einer Fotografie oder zumindest mit einigen Postkartenansichten von Lima begegnen, dass große Dichter solche Scherze nicht verdient hätten und man sobald als möglich die Wahrheit gestehen müsse, was denn die Wahrheit bringe, dass dieser Scherz ein Ende haben müsse, bevor die Sache ein schlimmes Ende nimmt, dass die Sache ein schlimmes Ende nehmen werde, doch was mache das schon. Am Ende ist es José, der sich mit einem dröhnenden Fausthieb auf den Tisch äußert: Ich sage, wir antworten, zum Teufel. Und sie werden antworten, aber erst am nächsten Tag, wenn sie in der Dumpfheit des Katers die Mansarde aufsuchen, bewaffnet mit rosenparfümiertem Papier, das sie eigens für diese Gelegenheit gekauft haben.

Heute Nacht ziehen sie es vor, sich zu amüsieren. Antworten an den Dichter auszuprobieren, die anfangs noch mehr oder weniger vernünftig klingen, und später immer schlechter beraten sind vom Alkohol und von der Euphorie. Im Morgengrauen aus Lima herauszufahren und dabei im Chor die *Traurigen Arien* zu rezitieren, die mit einem Krug *Chicha* in der Hand gar nicht mehr so traurig klingen. Und anschließend – doch man muss ihnen vergeben, denn zu dieser Zeit sind sie längst mehr Betrunkene als Dichter – anzufangen, sich wie Damen und Fräuleins zu benehmen; sich gegenseitig kreischend ›Georgina!‹ zu nennen, mit flötenden Stimmen zu reden, ihre Röcke, die sie nicht tragen, zu raffen, Schwindel und Ohnmachten vorzutäuschen und schließlich alle gemeinsam und laut lachend im Rosengarten der Barfüßermönche in der Hocke zu urinieren.

*... Danke für Ihre Zartheit. Ich küsse Ihre Füße und bin, dessen seien Sie gewiss, ganz der Ihre.*

JUAN RAMÓN JIMÉNEZ

Nehmen wir einmal an, wir müssten José und Carlos mit einer einzigen Zeile beschreiben, uns wären nicht mehr als, sagen wir, zehn Wörter über die beiden gestattet – ihr gesamtes Dasein im Format eines Telegramms. In diesem Fall würden wir womöglich folgendes sagen:

Sie sind reich.

Halten sich für Dichter.

Wollen Jiménez sein.

Aber glücklicherweise verlangt niemand, dass wir uns so kurz fassen.

*Sie sind reich.*

Das sind sie beide, wenngleich das weniger ein Zufall als eine Offensichtlichkeit ist. Im Jahr 1904 ist die Freundschaft zwischen Angehörigen unterschiedlicher sozialer Klassen so etwas wie ein Märchen – ein Genre, das besonders naiven Geistern reserviert ist, wie etwa einem kleinen Jungen, dem man *Der Prinz und der Bettelknabe* vorliest, bevor er seinen Gute-Nacht-Kuss bekommt.

Natürlich gibt es Umstände, die zu bescheidenen Lockerungen dieses Grundsatzes führen können. Wer hat nicht schon von den Großgrundbesitzern gehört, die sich damit vergnügen, ihren Bauern großzügige Gefälligkeiten zu gewähren und dafür vielleicht mit der Freude entschädigt werden, sie lange Minuten in Ihren Empfangssälen warten zu sehen, die Mütze gegen die Brust gepresst, in den Augen die Furcht, die Teppiche mit Lehm zu beflecken. Da sind auch die reichen und geneigten Witwen, die mit sanfter Stimme ihre Zimmermädchen beraten; die sich vielleicht sogar darum kümmern, ihnen einen ehrbaren und feinfühligen Mann unter den Lakaien ihrer Skatfreundinnen auszusuchen. Herrschaften, die sich als Arbeiter verkleiden, um sich in pittoresken Tavernen zu betrinken, Arm in Arm mit Männern, deren Namen sie später vergessen werden.

In keinem dieser Fälle können wir Symptome von Freundschaft entdecken. Nur eine falsche Kameradschaft, in welcher der Bauer – oder das Dienstmädchen oder der Hausdiener – den schlechteren Part hat: mit vorsichtigen Einsilbern die Fragen zu beantworten, die oftmals elegant versüßte Befehle sind, und voller Scham das Almosen der Aufmerksamkeit entgegenzunehmen, welches der Hausherr ihnen anbietet. Die Herrschaften hingegen finden diese kleinen Plaudereien, die mit einem Läuten der Hausglocke einberufen und beendet werden, befriedigend und erbaulich. Zu einem bestimmten Zeitpunkt wird der Diener gehen – Alfredo, Sie können sich zurückziehen –, und sie bleiben, wo sie sind, räkeln sich weiter in ihren Lehnstühlen, auf dem Tisch das volle Gläschen Cognac, den der schamhafte Diener nicht zu kosten gewagt hat, und in ihrem Bewusstsein die Genugtuung, großzügig und menschlich gewesen zu sein.

Man muss also nur feststellen, dass beide reich sind. Allerdings müssen sie nicht zwangsläufig auf die gleiche Weise reich sein. Das Vermögen der Gálvez zum Beispiel ist sehr alt, verbunden mit einem illustren Stammbaum berühmter Helden für das Vaterland. Und auch wenn es wahr ist, dass viele der Sol-Münzen, welche die so vortrefflichen Ahnen prägen ließen, bereits entschwunden sind, so haben ihre Nachkommen im Jahr 1904 doch immer noch genügend Rücklagen für ein gutes Auskommen. Ganz zu schweigen von ihrem makellosen Ruf, der sich später noch als ebenso wertvoll erweisen wird wie das verlorene Gold. Denn jeder in Lima weiß, dass der Großvater José Gálvez Egúsquiza starb, als er 1866 den Hafen von Callao gegen die spanische Flotte verteidigte, und dass sein Onkel José Gálvez Moreno ein Held des Salpeterkrieges war, und wer könnte angesichts solcher Referenzen dem jungen José, wenn er groß ist, einen verantwortungsvollen Posten verweigern – eine Botschaft im Ausland vielleicht oder sogar das Kultusministerium in Lima.

Das Vermögen der Familie Rodríguez ist dagegen beschämend jung. Sein Vater begann erst drei Jahrzehnte zuvor, es anzuhäufen, als er während des Kautschukfiebers sein Glück damit versuchte, dem Dschungel Harz abzuzapfen und die Indios bluten zu lassen. Davor war er ein Niemand. Nur ein Vertreter für Wachs und Seifen, der vielleicht schon damals davon träumte, zu einem der so vielen Herren zu werden, die sich nie dazu herabließen, ihn zu empfangen. Dann kam das weiße Gold und mit ihm die Plantage mit viertausend Arbeitern und die Winter- und Sommerresidenzen und die Kutschen und seine eigenen Hausangestellten, die so sehr jenen elenden Dienern ähnelten, welche ihn so oft an der Türschwelle hatten stehen lassen. Sogar ein botanischer Garten mit seltenen Blumen und Tieren, auf dessen Schotteralleen der Herr seine vielen Sorgen spazieren führte. Er hatte alles, außer jener glorreichen Vergangenheit, die nicht einmal der Kautschuk kaufen kann: der Stammbaum, dessen zahlreichen indigenen Zweiglein beschnitten werden müssten. Es ist diese ruhmlose Abstammung, die in einigen Salons, auf gewissen feierlichen Empfängen nicht hinnehmbar ist; und das erklärt, weshalb die feinen Herren den Kopf zehn oder zwölf Grad weniger neigen, wenn er an ihnen vorübergeht, und weshalb ihm die Damen ihre Handrücken mit leicht gerümpfter Nase hinhalten, als wären sie benommen von einem unangenehmen Geruch. Als würde den Rodríguez noch immer ein leichter Mief nach Dschungel-pfütze anhaften, nach Blut von toten Hinterwäldlern, nach vul-kanisiertem Kautschuk, nach Paraffin; jenem Paraffin, das er dreißig Jahre zuvor von Tür zu Tür für elende drei Viertel Sol die Unze verkaufte.

Dies ähnelt am ehesten einer Freundschaft zwischen Klassen: ein Reicher mit illustrem Stammbaum und ein noch Reiche-rer, dessen Vorfahren arm waren. Und vielleicht ist es gerade-zu übertrieben, dieser Frage so viele Worte zu widmen, denn die Protagonisten selbst scheinen sie nicht besonders ernst zu nehmen. Vergessen wir nicht, dass sie glauben, sie seien Dichter. Dieser Glaube lässt sie leicht über dem Boden schwe-ben, verleiht ihnen eine zerstreute Abneigung gegen alles, was an die Wirklichkeit und ihre banalen Konventionen erinnert.

Weshalb also sollte es sie kümmern, dass Carlos' Familie keine berühmten Toten und die von José zu viele hat ... Die Dichtung, die Kunst, ihre Freundschaft, vor allem ihre Freundschaft, stehen über all dem. Das zumindest gäben sie zur Antwort, würde sich irgendjemand die Mühe machen, sie zu fragen. Darauf legen wir keinen Wert, würden sie sagen, sehen Sie nicht, dass wir Dichter sind. Und diese Antwort müsste genügen.

Sie müsste genügen, aber nicht überzeugen. Denn selbstverständlich ist auch ihnen der Klang des Namens und der Abstammung wichtig – wie gesagt, wir befinden uns im Jahr 1904, und es könnte gar nicht anders sein –, selbst wenn sie es nicht zugeben, selbst wenn es ihnen vielleicht nicht einmal bewusst ist. Vielleicht liegt es daran, dass die Meinung von José, dem Neffen des berühmten José Gálvez Moreno, stets ein wenig vernünftiger erscheint als die Ansichten seines Freundes, seine Gedichte vollendeter, seine Witze über Peruaner, Chilenen und Spanier lustiger und seine Freundinnen hübscher. Zuweilen könnte man meinen, er sei auch größer, hätte nicht vor einiger Zeit ein unparteiischer Zollstock offenbart, dass Carlos ihn um fast zwei Zentimeter überragt. Es war José, der Georgina erschuf – Carlos stimmte lediglich lächelnd, verwundert und vollkommen betrunken zu –, und er wird auch derjenige sein, der ihren Tod beschließt, sollte ihr eines Tages, Gott behüte, etwas zustoßen müssen. Und was könnte Carlos dann tun, außer zuzustimmen, und sei es gegen seinen Willen. Nur ein weiteres Glas Pisco leeren und auf die ausgezeichnete Idee seines Freundes anstoßen. Was taugen die Ansichten des Sohnes eines Kautschukbauern, wenn alle berühmten Toten eines Landes gegen ihn sind.

Die folgenden Briefe erfordern mehr Entwürfe als der erste. Es steht mehr auf dem Spiel, als bloß einen Gedichtband zu bekommen: Wenn Juan Ramón nicht antwortet, ist die Komödie zu Ende. Und aus irgendeinem Grund erscheint diese Komödie ihren Urhebern plötzlich sehr ernst. Vielleicht lachen sie deshalb kaum noch, und Carlos macht ein gravitätisches Gesicht, wenn er den Füllfederhalter ergreift.

Tatsächlich gibt es aber überhaupt keinen Grund, anzunehmen, die Korrespondenz könne so bald abbrechen. Juan Ramón antwortet stets umgehend, manchmal schreibt er in einer einzigen Woche sogar zwei oder drei Briefe, die später auf ein und derselben Transatlantik-Passage zusammen zurück nach Lima reisen werden. Auch er scheint daran interessiert zu sein, dass der Scherz noch viele Kapitel andauert, wenn auch auf Kosten kurzer und wenig feierlicher Briefe. Zugegeben, manchmal sind sie langweilig, im Großen und Ganzen aber ebenso juan-ramónesk wie die *Traurigen Arien* oder seine *Veilchenseelen*, und das genügt, damit José und Carlos sie auswendig lernen und an langen Nachmittagen kultisch anbeten. Manchmal sind die Briefe voller Tintenflecke und Rechtschreibfehler, doch sogar das verzeihen sie. Juan Ramón, in seinen Versen so vollendet, so inteligent – mit einem ›l‹ –, auch er muss dann und wann etwas durchstreichen, auch er kommt durcheinander, verwechselt einfache und doppelte Konsonanten, ß und ss und vergisst schon einmal ein h, wo er es nicht hört.

Worüber sprechen sie in diesen ersten Briefen?

Ehrlich gesagt, ist das niemandem besonders wichtig. Nicht einmal ihnen selbst. Sie verwenden viel Zeit darauf, sie zu verfassen, zu versiegeln, zu verschicken; Zeit, in der sie Heilmittel gegen Grippe austauschen, oder von der Kälte und der Hitze in Madrid sprechen, von Chopins *Nocturnes*, oder von den

24

Unannehmlichkeiten der Reisen im Automobil. Es ist verlorene Zeit, mit der man sich am besten so wenig wie möglich aufhält. Wichtig, sogar sehr wichtig sind jedoch die Anfänge und Enden dieser Briefe. Die Art und Weise, wie sie in gerade einmal vierzehn Briefen unauffällig vom Señor Don Juan R. Jiménez und der Señorita Georgina Hübner zum Lieber Freund und Freundin übergehen. Ganz zu schweigen von den Verabschiedungen: Ihre ergebenste und wahre Dienerin; mit freundlichen Grüßen; mit lieben Grüßen; mit innigen Grüßen; mit zärtlichen Grüßen. Dieser Übergang, vollzogen in siebenhundertzweiundvierzig Zeilen Korrespondenz, die einer Unterhaltung in einem Café mit der Dauer von ungefähr einer Stunde und fünfzig Minuten entsprechen, mag wie eine zu brüske Wendung anmuten. Wenn wir aber berücksichtigen, dass nur zwei Schiffe pro Monat die Strecke Lima-La Coruña befahren, und dass jedes Schiff selten mehr als zwei oder drei ihrer Briefe transportiert, dann wird uns klar, dass es sich eher um eine langsame, ganz der Epoche entsprechende Beziehung handelt. Sie erinnern ein wenig an jene Liebenden, die ein halbes Jahr brauchen, um die Erlaubnis zu erhalten, durch den Zaun miteinander zu sprechen, und mindestens ein ganzes, bis sie sich einen ersten keuschen Kuss auf die Lippen geben.

Selbstverständlich ist das Wort Liebe noch nicht zwischen ihnen gefallen.

Jedes Mal, wenn er in seiner Korrespondenz den Poststempel der Überseefrankierung entdeckt, trifft José sich so schnell wie möglich mit Carlos. Sie haben beschlossen, die Briefe immer gemeinsam zu lesen – letzten Endes sind sie beide Georgina –, und Gálvez hält sein Versprechen skrupulös ein, auch wenn er hin und wieder der Verlockung nachgibt, den Umschlag ein kleines bisschen anzureißen. Sie rezitieren die Sätze des Meisters in den Bänken der Universität oder im Billardsaal des Club de la Unión, und anschließend verbringen sie den Nachmittag in der Mansarde und diskutieren über jedes einzelne der Worte seiner Antwort. Darüber wird es oft Nacht, und während sie den endgültigen Entwurf eines neuen Briefes beenden, kreisen die Mücken immer enger um die Petroleumlampe, bis sie am Ende von der Flamme geröstet werden.

Beide denken sie unentwegt an Juan Ramón, aber nur Carlos achtet auch auf Georgina. Für José ist sie nur ein Vorwand, ein Werkzeug, das ihm dazu dient, die Schublade seines Schreibtischs mit Reliquien zu füllen. Ein gewidmetes Porträt, zum Beispiel. Oder ein unveröffentlichtes Poem des Dichters. Das ist es, was ihn bei jedem Brief umtreibt: wie er noch mehr Exemplare bekommen kann, noch mehr Autogramme, noch mehr Juan Ramón. Carlos indessen bemüht sich, Georgina mit einer Persönlichkeit und einer Biografie auszustatten. Man könnte sagen, er beginnt zu ahnen, dass seine Figur am Ende zur Hauptdarstellerin seiner eigenen Geschichte werden wird. Also wählt er die Worte, die sie in jedem Brief benutzt, mit Bedacht; mit derselben Sorgfalt, die er seiner Kalligraphie zuteilwerden lässt. Er übernimmt auch die Wahl der Adverbien, die Setzung der Auslassungspunkte, der Ausrufezeichen. Er sagt: Überlass mir das, du bist ein Einzelkind und verstehst die Sprache der Frauen nicht. Ich habe zum Glück drei Schwestern und gelernt, ihnen zuzuhören. Frauen seufzen oft, und jedes Mal, wenn sie seufzen, setzen Sie Auslassungspunkte. Sie übertreiben oft, und wenn sie übertreiben, setzen Sie ein Ausrufezeichen. Sie fühlen viel, und deshalb benötigen alle ihre Gefühle ein Adverb. José lacht, aber er lässt ihn machen; und er lässt es zu, dass der Freund seine allzu männlichen Sätze streicht oder ausschmückt. Natürlich reißt er manchmal Witze darüber. Er nennt ihn Carlota und sagt ihm, dass er ihn heute Nacht sehr hübsch findet. »Geh zum Teufel«, murmelt Carlota - murmelt Carlos -, ohne vom Papier aufzublicken.

Natürlich geht José nicht. Keiner von beiden rührt sich. Zuerst müssen sie die Antworten auf viele Fragen besprechen. Ist Georgina womöglich eine Waise? Hat sie einen Tropfen Indioblut in den Adern oder die marmorne Hautfarbe der Kreolen? Wie alt ist sie genau, und was will sie von Juan Ramón? Sie wissen es nicht, so wenig, wie sie wissen, was sie da treiben und warum es wichtig ist, dass Juan Ramón erneut antwortet. Warum vergessen Sie nicht einfach alles und kehren zu ihren Pflichten zurück: für die nicht bestandenen Juraseminare zu lernen und eine Frau aus Fleisch und Blut zu finden, die sie zum Frühlingsball mitnehmen können.

Doch aus irgendeinem Grund schreiben sie noch lange nach Einbruch der Nacht weiter. Sie scheinen nicht zu wissen warum, und falls sie es wissen, sagen sie es nicht.

*Sie halten sich für Dichter.*

Sie lernten sich in der San-Marcos-Universität kennen, in jenem entscheidenden Alter, in dem die Entstehung eigener Ideen und das Wachstum der ersten Barthaare Hand in Hand gehen. Für beide war eine dieser ersten Ideen – der widerspenstige Schnurrbart würde viel später folgen – die Dichtung. Bis zu diesem Zeitpunkt hatten sämtliche Entscheidungen über ihr Leben in den Händen ihrer Familien gelegen, angefangen bei der Einschreibung in die juristische Fakultät bis hin zum mühseligen Klavierunterricht. Beide trugen sie Anzüge aus europäischen Katalogen, beteten dieselben Höflichkeitsfloskeln nach und hatten gelernt, auf Gesellschaften in ähnlichen Begriffen über den chilenischen Krieg, die Unanständigkeit gewisser moderner Tänze und die desaströsen Folgen des spanischen Kolonialismus zu urteilen. Carlos würde Anwalt werden, um sich den Angelegenheiten seines Vaters zu widmen, und José, nun gut, es genügte, dass José irgendeinen Abschluss machte, damit die Verbindungen seiner Familie den Rest erledigten. Ihre Liebe zur Dichtung jedoch war ihnen von niemandem auferlegt worden und hatte nicht den geringsten Nutzen. Sie war die erste Sehnsucht, die ihnen ganz allein gehörte. Nichts als Worte, aber immerhin Worte, die von anderswoher zu ihnen sprachen, aus einer Welt jenseits ihrer bequemen Gefängnisse aus Spanischen Wänden und Sonnenschirmen, Havanna-Zigarren im Gästesalon und dem um halb neun servierten Abendmahl.

Die Wahrheit ist, dass sie keine Dichter sind, zumindest noch nicht, doch gemeinsam haben sie gelernt, sich zu verhalten, als wären sie Dichter, und das ist natürlich beinahe so, als wären sie tatsächlich welche; dienstags nehmen sie an den literarischen Zirkeln von Madame Linard teil und donnerstags an denen des Club de la Unión; sie klopfen den Staub von jahrhundertealten Schals und Hüten und Joppen aus den Schränken, um sich damit in den Nächten als Baudelaire zu verkleiden; immer dünner werden sie, furchtbar dünn nach Meinung ihrer Mütter. In einer Spelunke in der Jirón de la Unión verfassen sie gemeinsam mit drei anderen Studenten ein feierliches Manifest, in dem sie schwören, so lange sie leben, kein Juraseminar mehr zu besuchen, um nicht der Mittelmäßigkeit anheimzufallen. Hin und wieder schreiben sie sogar: erbärmlich schlechte Gedichte, Verse, die sich wie eine miserable Übersetzung von Rilke lesen oder, was schlimmer ist, wie eine noch miserablere Übersetzung von Bécquer. Egal. Gut zu schreiben ist ein Detail, das sich mit Sicherheit später noch einstellen wird, durch die Baudelaire-Kleidung, den Rimbaud-Absinth oder den Mallarmé'schen Oberlippenbart mit den gestärkten Spitzen. Und mit jedem Vers gehen die von den Eltern geerbten Überzeugungen mehr und mehr in die Brüche; so beginnen sie zu denken, dass Chile im Salpeterkrieg vielleicht doch Recht hatte, und dass die Unsittlichkeit womöglich eher darin besteht, mitten im 20. Jahrhundert immer noch die Tänze ihrer Großeltern zu tanzen, und dass der spanische Kolonialismus, also gut, im Fall des spanischen Kolonialismus müssen sie sich eingestehen, dass sie nach wie vor so denken wie ihre Eltern, auch wenn es weh tut.

Seit wann halten sie sich für Dichter? Sie wissen es selbst nicht so genau. Vielleicht waren sie es – ohne es zu wissen – schon immer, und diese Möglichkeit beschert ihnen die Freude, die trivialen Anekdoten ihrer Kindheit erneut und mit anderen Augen Revue passieren zu lassen. Brachte Carlos sein erstes Gedicht nicht an jenem Morgen während eines Ausflugs aufs Land hervor, als er seine Erzieherin fragte, ob auch die Berge

Papas und Mamas hätten? Und der Blick, mit dem José so gern in die Abenddämmerung von Tarma schaute, kaum dass er die ersten Wörter sprechen konnte, war das etwa nicht schon der Blick eines Poeten? In diesen Momenten der Offenbarung können sie nicht umhin zu gestehen, dass sie tatsächlich und zweifellos seit jeher Dichter waren, und dann beschäftigen sie sich stundenlang damit, in ihren Biographien nach Anzeichen von Genialität zu suchen, die in den Leben der ganz Großen stets aufscheinen, und sie klopfen sich gegenseitig auf die Schulter, wenn sie erneut fündig geworden sind, und gestehen sich in langen piscogetränkten Nächten gegenseitig die Bewunderung für die Reime des anderen. Und mit einem Mal sind sie die leibhaftige Zukunft der peruanischen Dichtung, die Fackel, die den Weg zu neuen literarischen Traditionen erleuchten wird; vor allem der Enkel des berühmten José Gálvez Egúsquiza, dessen Licht aus irgendeinem Grund stets ein wenig heller zu brennen scheint.

Die Mansarde ist in einem der vielen Gebäude, die die Familie Rodríguez im Viertel San Lázaro besitzt; alte Liegenschaften, mit deren Instandhaltung sie sich nicht belasten, und die so aussehen, als wären sie kurz davor, unter dem Gewicht der Mieter zusammenzubrechen. Die übrigen Etagen haben sie an ungefähr dreißig chinesische Einwanderer vermietet, die in der Nudelfabrik angestellt sind, die Mansarde aber ist selbst für diese Zwecke zu schäbig. Nicht einmal diese Gelben, die auf den Schiffen, auf denen sie über den Pazifik kamen, bis über den Rand der Reling gequetscht schliefen, wollen sie. Und deshalb können José und Carlos sie nach Lust und Laune benutzen.

Die Fenster sind zerbrochen und zwischen den Dielen sind Ritzen, breit wie eine Sol-Münze. Nach Jahren des Leerstands ist das Gebälk morsch und abgerissen und irgendwo hat auf wundersame Weise eine Katze überlebt – obwohl man munkelt, dass die Chinesen, die offenbar großen Hunger leiden, Katzen essen. Alles in allem ist es der perfekte Ort für zwei junge Männer, die gelangweilt sind von Himmelbetten und davon, die Angestellten zu ermahnen, weil die silbernen Messkännchen wieder einmal nicht poliert sind.

Sie sind ganz angetan von diesem Gefühl der Armut und wandeln zwischen den Leinensäcken und dem verstaubten Mobiliar wie glückliche Überlebende eines Schiffbruchs.

Genau dort kam Georgina zur Welt. Es war eine Geburt voll von Worten und Gelächter, nur schwach beleuchtet von den Flaschen, die als provisorische Kerzenhalter dienten.

Sie kommen jeden Nachmittag in die Mansarde. Es gefällt ihnen, sich in den Vierteln der Armen zu zeigen und etwas später Kurs zu nehmen auf dieses Gebäude, das aussieht, als hätte man es einem Roman von Émile Zola entnommen. Aus dem

Innern dringen unbedeutende Geräusche, gedämpft von fadenscheinigen Vorhängen und Markisen aus Reispapier. Zwei Frauen, die sich um eine Portion Suppe streiten. Ein langer Monolog, heruntergeleiert in einer fremden Sprache, ähnlich der Rede eines Narren oder einem Gebet. Das Weinen eines Kindes. All das nehmen sie mit einer Mischung aus Gier und Vergnügen auf, auf der Suche nach den Spuren der Poesie, wie sie erstmals Baudelaire fand, vielleicht aber beschränken sie sich auch nur darauf, in der Armut die Spuren Baudelaires selber zu suchen. Ihre Besuche versetzen den Nachtwächter in Alarm, der, kaum dass er ihnen die Tür öffnet, immer wieder ausruft: Señorito Rodriguez, Señorito Gálvez, geben sie sehr acht auf das, was Ihnen am liebsten ist. Er hat Sorge, dass die Balken des Dachbodens einstürzen und sie sich verletzen könnten, natürlich, vor allem aber ist er auf vage und rätselhafte Weise beunruhigt von der Gefahr, die die Chinesen selbst darstellen.

José und Carlos lachen. Sie wissen genau, dass die Bewohner harmlos sind: Männer und Frauen mit traurigen Gesichtern, die es nicht einmal wagen, den Blick zu heben, wenn man ihnen am Treppenabsatz begegnet. »Aber das sind doch ganz friedliche Leute, Mensch«, antworten sie, immer noch lachend, von der Treppe. Der Nachtwächter schnalzt mit der Zunge. »Viel zu friedlich«, fügt er hinzu, bevor er sich verabschiedet. »Viel zu friedlich ...«

An manchen Abenden klettern sie aus der Mansarde auf das Dach. Sie lockern die Halstücher und trinken aus derselben Flasche. Unten drängen sich die Häuser, die bescheidenden Plätzchen, die Türme der Kathedrale. Noch weiter entfernt die düstere Silhouette der San-Marcos-Universität, an der sie wieder einen Tag gefehlt haben. Sie sehen, wie die Limeños hastig und krumm umhergehen, beinahe immer bedrückt von irgendeiner Last, deren Wesen sie weder verstehen noch beurteilen können. Bestimmt bieten sie ein seltsames Schauspiel, mit ihren Anzügen aus weißem Leinen, verdreckt vom Staub, und mit ihren Spazierstöcken, die über dem Abgrund baumeln, wie ruinierte Millionäre, die drohen, sich ins Leere zu stürzen. Aber niemand sieht sie. In den Elendsvierteln laufen alle mit stur auf den Boden gehefteten Blick herum und schauen höchstens dann einmal auf, wenn sie den lieben Gott darum bitten, ihnen irgendeine Gnade zu gewähren, was er selten tut.

Während sie auf diesem Dach sitzen, betreiben sie ihre Lieblingsspiele. Das erste besteht darin, zu vergessen, dass sie sich in Lima befinden und teure Anzüge tragen. Mit einem Federstrich lassen sie die Glockentürme im Kolonialstil verschwinden, die Lehmwände, die gelben Hügel, die Menschen, vor allem diese elenden Menschen mit ihrer schlechten Angewohnheit, die Fantasien der beiden zunichtezumachen. Und auf einmal sind sie in Paris, zwei heruntergekommene Dichter, die nichts zu beißen haben. Die besten Gedichte des Jahrhunderts haben sie verfasst, doch niemand weiß es. Unglaubliche Verse, die sich öffnen wie exotische Blüten und anschließend inmitten der Hässlichkeit aller Dinge verwelken. Letzte Woche gaben sie ihre letzte Kupfermünze für einen Stapel Papier aus. Gestern brachten sie ihre Schreibfeder und ihr Pult ins Pfandhaus. An genau diesem Morgen haben sie einem Lumpenhändler ihre letzten Bücher verkauft, und mit dem einen Franc, den er ihnen dafür gezahlt hat, ach, mit jenem Franc haben sie einen letzten Wunsch vom Pont Neuf geseufzt und anschließend ohne jede Hoffnung zugeschaut, wie er in der Seine versank. Blub. Sie stellen sich vor, dass es kalt ist. Nachts wird der Schnee Paris erneut in sein weißes Kleid hüllen, und sie werden sich dem Trauerspiel hingeben müssen, ihre Gedichte eines nach dem anderen zu verbrennen, um den Winter zu überleben.

Ihr eigenes Elend rührt sie, so lange es dauert, was meist nur sehr kurz ist, denn es handelt sich um ein aufwendiges Traumgebilde, das unter größter Anstrengung aufrechterhalten werden muss. Lima ist ein für die Vorstellungskraft undurchdringlicher Ort, und früher oder später spüren sie die Hitze ihres ewigen Sommers, oder sie erhaschen das Blinken eines goldenen Manschettenknopfs an einem ihrer Ärmel. Oder der Wagen der Familie Rodríguez bricht lärmend in die ungeteerten Straßen ein, und vom Kutschblock beugt sich der Chauffeur nach vorn, um zu plärren: »Señoritooo! Ihr Herr Papá ruft Sie zum Abendessen!« Und schon löst sich der Traum in Nichts auf, wie die Münze, die sie nie in die Seine geworfen haben, und mit einem Mal sehen sie sich, wie sie sind: zwei junge Herren, die das Elend von weit oben betrachten.

»Scheißstadt«, murmelt José, während er sich für den Abstieg bereit macht.

Aber das Rollenspiel ist ihnen am liebsten. Es begann eher zufällig, während einer Seminarsitzung in Wirtschaftsrecht, als José bemerkte, der Dozent sehe genauso aus wie Ebenezer Scrooge aus Dickens' *Weihnachtsgeschichte*, einschließlich der Brille. Sie lachten so ausgiebig, dass Don Nicanor – Mr. Scrooge – den Unterricht unterbrach und sie vor jene Tür setzte, deren Schwelle sie ohnehin nur selten überschritten. Im Hof fuhren sie fort mit ihrem Spiel. Der Professor für Römisches Recht war der gehörnte Ehemann von Ana Ozores aus Claríns *Die Präsidentin*. Der greise und fast schon mumifizierte Rektor war Tolstois *Iwan Iljitsch* kurz vor seinem Tod – oder vielleicht, fügte José boshaft hinzu, Iwan Iljitsch *nach* seinem Tod. Die phänomenal fettleibige Witwe des Großindustriellen Francisco Stevens war eine in die Jahre gekommene Madame Bovary. »Aber Emma begeht doch Selbstmord, als sie noch sehr jung ist«, protestierte Carlos. »Genau«, parierte Gálvez. »Die hier ist eine Bovary, die sich nicht umbringt. Eine, die den schlechten Geschmack hat, ihre Schönheit zu überleben, um fett und lächerlich zu werden.«

Mit der Zeit weitet sich das Spiel auf alle aus: Freunde, Familienmitglieder, literarische Rivalen, Unbekannte. Sogar Tiere, denn, obwohl sie den Kater, der in der Mansarde sein trauriges Dasein fristet, noch nie zu Gesicht bekommen haben – manchmal hören sie ihn, vielleicht weil er sich unter verwandten Seelen wähnt, irgendwo miauen –, sind sie überzeugt, es müsse sich um eine Figur von Poe handeln.

Von der Höhe des Daches aus teilen sie mit bedächtiger Willkür die Menschen, die wie Ameisen zu ihren Füßen wimmeln, in Figuren aus Werken von Balzac, Cervantes oder Victor Hugo ein. Dort oben ist es leicht, sich wie ein Dichter zu fühlen: den Platz und die angrenzenden Straßen wie eine riesige Postkarte im Visier, auf der die Figuren aller Schriftsteller, die man sich nur vorstellen kann, hin und her spazieren. Die ersten Fantasien der Schulmädchen, die vor dem Eingang des Colegio de la Inmaculada Schlange stehen, schreibt ihnen Bécquer. Benito Pérez Galdós wiederum erzählt das Leben der Spießer, die hastig den Platz überqueren, welch stinklangweiliges Leben, arme Schweine, kaum anders als *Benito el Garbancero*, der Kichererbsen-Benito selbst. Wenn du eine der Huren aus der Calle del Panteoncito bist, wird wohl Zola die tausend Gemeinheiten schreiben, die dir widerfahren, und solltest du Nonne werden, Juan de la Cruz. Den Betrunkenen, die aus den Bars taumeln, träumt selbstverständlich Edgar Allan Poe die Albträume. Den Verrückten? Dostojewski. Den Abenteurern? Melville. Den Liebespaaren? Wenn es gut läuft, Tolstoi, wenn nicht, Goethe. Den Bettlern? Das ist leicht, denn das Elend ist überall gleich: Das Leben der Bettler von Lima schreibt Dickens, aber ohne Nebel, Gogol, aber ohne Wodka, Mark Twain, aber ohne Hoffnung.

Ein unerbittlicher Zufall unterscheidet die Figuren außerdem in Haupt- und Nebendarsteller, und manchmal streiten die beiden minutenlang darum, ob eine bestimmte hübsche Frau oder ein gewisser malerisch anmutender Bettler Hauptfiguren in einer Geschichte sind oder nicht. Man darf das nicht auf die leichte Schulter nehmen, denn tatsächlich sind die Hauptfiguren rar; man muss sie finden, geduldig aufspüren im Mob der Statisten, die auf ein und derselben Seite des Buches ihres Lebens auf- und gleich wieder abtreten.

Was hätten die beiden über sich selbst gedacht, hätten sie sich über jenen Platz spazieren sehen? Mit welchem Schriftsteller hätten sie ihre Schritte in Verbindung gebracht? Würden sie sich als Haupt- oder als Nebenpersonen betrachten? Das sind ganz normale Fragen, Fragen, die sie sich selbst stellen sollten, ohne dabei irgendeine Hilfe zu benötigen. Doch so seltsam es auch erscheinen mag – sie haben es noch nicht getan. Vielleicht, weil ihnen nicht eingefallen ist, darüber nachzudenken. Vielleicht aber auch, weil sie spüren, dass ihr Platz irgendwie dort oben ist, nicht zu Fuß unten auf der Straße, sondern in der Höhe, über den Dächern des gewöhnlichen Lebens.

Es ist ein seltsames Spiel. Ein dummes Spiel sogar – wenn man so will –, letzten Endes jedoch angemessen für zwei junge Männer wie sie, gewöhnt daran, in allem Literatur zu sehen; gewöhnt daran, alles um sich herum genau so geschehen zu lassen, wie sie sie es zuerst in Büchern gelesen haben. Eigentlich würde es uns nicht wundern, wenn genau diese Szene – zwei Männer, die in einer Mansarde davon träumen, die ganze Welt zu beherrschen –, ebenfalls aus einem jener Romane stammte.

.

Sehr geehrter Señor Jiménez,
nachdem ich den Brief an Sie mit der Bitte um Ihre Traurigen Arien zur Post gebracht hatte, hätte ich ihn gerne zurückgenommen und zerrissen. Warum? Ich werde es Ihnen anvertrauen: Ich empfand den Schritt, den ich gemacht hatte, als nicht sehr angemessen, nicht korrekt für ein Fräulein. Ohne Sie zu kennen, ja, ohne Sie jemals gesehen zu haben, habe ich Ihnen geschrieben, Sie angesprochen. Ich wagte es, Sie in Verlegenheit zu bringen, indem ich Ihnen einen schimpflichen Gefallen abverlangte, Ihnen, der solch ein guter Mensch und mir gegenüber zu nichts verpflichtet ist ...

All dies sagte ich mir ein ums andere Mal, bis es schmerzte. Wenn man, wie ich, zwanzig Jahre alt ist ... denkt man überstürzt und leidet heftig! Doch glücklicherweise wurden meine rastlosen Befürchtungen ausnahmslos besänftigt und meine Zweifel völlig zerstreut, als ich Ihren aufmerksamen Brief und Ihr wundervolles Buch empfing.

Ihre tieftraurigen Verse sprechen zum Herzen und zu den harmonischen Schwingungen von Schuberts melancholischen Klängen. Ich werde stets dieser vom zarten, sanften Duft der Seele ihres Autors durchzogenen Strophen gedenken.

Würde ich Ihnen sagen, ein Teil Ihres Buches habe mir besser gefallen als ein anderer, so löge ich. Ein jeder hat seinen Zauber, seinen traurigen Ton, seine Träne und seinen Schatten ...

Dies jedoch kann ich Ihnen sagen: Viele Ihrer Verse gehen mir seitdem nicht mehr aus dem Kopf. Mir ist, als träfe ich in meiner Umgebung die Gärten, die Bäume, die Sehnsüchte an, von denen Sie in Ihren Gedichten sprechen. Als hätten Sie diese vielen schönen Gefühle hier, auf dieser Seite des Ozeans, erlitten und genossen.

*Geht es Ihnen nicht auch so, wenn Sie die Welt anschauen, dass sie Ihnen erscheint, als wäre sie gemacht aus den Ingredienzien der Bücher, die Sie lesen? Haben Sie nicht auch den Eindruck, in den Passanten die Figuren bestimmter Romane wiederzuerkennen, die Geschöpfe bestimmter Autoren, die Abenddämmerungen bestimmter Gedichte? Ist Ihnen nicht manchmal, als könnten Sie das Leben lesen, wie man in den Seiten eines Buches blättert ...?*

*Sie wollen Juan Ramón Jiménez sein.*

José bewahrt jeden Brief, jede vom kostbaren Speichel des Poeten angeleckte Briefmarke wie Schätze in einer Schublade seines Schreibtischs auf. Fünf handgeschriebene Gedichte. Zwei signierte Porträts. Eine Buchwidmung in purpurner Tinte, »mit der aufrichtigsten Zuneigung« für die junge Señorita Hübner aus Lima. Glücklicherweise macht Carlos ihm keine dieser Trophäen streitig, denn José hat das Bedürfnis, sie stets in seiner Nähe zu wissen. Er kann sich nicht einmal mehr hinsetzen und ein Gedicht schreiben, ohne zuvor das Blatt zu betasten, auf dem, für einen Moment, Juan Ramóns Finger ruhten. Die Feder, mit der er *Veilchenseele* kritzelte, als der Dichter genau im selben Alter war wie er jetzt. So jung! Dies ist der Augenblick, sagt er sich, während er das gerippte Papier berührt, als würde er die Haut einer Frau streicheln. Und dann sitzt er an seinem Schreibtisch und wartet, umklammert fest die Feder, in der Hoffnung, es möge etwas geschehen. Doch dieses Etwas tritt nicht ein.

Carlos belächelt Gálvez' Ergebenheit, mit der er jedes noch so kleine Fitzelchen aus dem Leben von Juan Ramón mit geradezu philatelistischer Geduld sammelt. Um es deutlich zu sagen: Er belächelt sie, doch natürlich macht er sich nicht darüber lustig. Dies ist ein Privileg, das allein José selbst vorbehalten ist. Carlos denkt einfach, dass es ihm nicht darum geht, irgendeine dieser Reliquien zu ergattern, wenn er diese Briefe schreibt. Es geht ihm nicht einmal um ein Vorabexemplar des neuesten Buches des Meisters, *Ferne Gärten*, welches dieser mit dem nächsten Brief zu schicken versprochen hat. Carlos gibt aus einem ganz anderen Grund vor, Georgina zu sein; würde ihn aber jemand fragen aus welchem, er wüsste nichts zu antworten.

Jene Schatztruhe ist der Neid ihres Freundeskreises. Auch wenn es vielleicht übertrieben ist, sie Freunde zu nennen oder gar Kreis. Sie sind keine Freunde, denn noch bevor sie Freunde sind, sind sie Dichter – ein Gewerbe, in dem die guten Absichten ebenso selten sind wie die guten Gedichte. Und natürlich bilden sie keinen Kreis, denn ihre verdrehte Art, sich zu verbünden, um sich später gegenseitig zu vernichten, oder etwa literarische Zeitschriften und Magazine mit dem einzigen Vergnügen zu gründen, die Gedichte gewisser Personen gerade nicht darin aufzunehmen, erinnert weniger an die Ebenmäßigkeit von Kreisen, als an die gequälte und kantige Geometrie der Polyeder. Aber nun gut, nennen wir sie einen Kreis, und mit ein wenig Fantasie können wir sie auch Freunde nennen. Die Wahrheit ist, dass sie in diesem Kreis Juan Ramón bewundern, und deshalb bewundern sie auch José und Carlos mit einer kühlen, gnadenlosen Leidenschaft. Sie geben vor, sich für ihre Anfängergedichte zu interessieren, auch wenn dies nur ein Mittel ist, sich dem Meister zu nähern. Eine Zeit lang wird unter ihnen sogar die Mode aufkommen, großen Literaten Briefe zu schreiben und vorzutäuschen, jemand anderes zu sein, fast immer wunderschöne Novizinnen oder Jungfrauen, die kurz vor ihrem Tode durch die Schwindsucht stehen. Briefe an Galdós, an Rubén Darío, an die dicke Pardo Bazán, an Echegaray. Sogar ein bewegender Brief an Yeats ist darunter, verfasst in einem zweifelhaften Englisch, den zu beantworten Yeats, dieser Gauner, nicht die Güte hat. So viel Mitgefühl, um *Die geheime Rose* zu schreiben, und so wenig, um dem letzten Willen eines armen sterbenden Mädchens Folge zu leisten.

Bevor er Dichter werden wollte, wollte Carlos vieles andere
sein: Entdecker von Dinosaurierknochen. Gegerbter Seewolf
am unüberwindbaren Kap Hoorn. Missionar bei den wilden
Jíbaro-Indios. Elefantendompteur. Kaiserlicher Grenadier.
Perlenfischer im Japanischen Meer. Mit sechs oder sieben Jahren wollte er sogar Jude sein, ein malerischer Beruf, der nach
seinem Dafürhalten darin bestand, Haupthaar und Bart sehr
lang zu tragen. Woran er sich nicht erinnern kann, ist, dass er
jemals Anwalt werden wollte. Dies war nur der erste von vielen
Wünschen, die allein seinem Vater gehörten, und die nach und
nach in ihm Gestalt annehmen sollten.

In jener Zeit lebten sie in der Umgebung von Iquitos, mitten
im Amazonischen Regenwald. Im Laufe seiner Kindheit be-
wohnte er eine ganze Reihe von Häusern, immer erbaut in der
Nähe des unaufhörlich weiterziehenden Kautschuklagers seines Vaters. Hunderte von Indios mit nackten und von Narben
entstellten Rücken, zwischen denen einige wenige weiße Vor-
arbeiter hin und her eilten. Manchmal vermischte sich das Zi-
schen der Macheten, die Breschen in die Vegetation schlugen,
mit dem Geschrei von Männern, die schreckliche Schmerzen
in unbekannten Sprachen zu erleiden schienen. Das sind die
Moskitos, erklärte sein Vater, als Carlos ihn nach der Herkunft
der Schreie fragte. Diese Wilden, die für uns arbeiten, ertragen
die Stiche nicht.

Es war eine einsame Zeit, denn seine Schwestern waren noch
sehr klein, und in seiner Umgebung gab es nicht ein einziges
Kind, mit dem er hätte spielen können. Oder, um genau zu sein:
Das Lager war voller Kinder, die im strengen Sinne des Wortes
keine Kinder waren, denn sie gehörten den eingeborenen Arbeitern, und deshalb konnte man nicht mit ihnen spielen, geschweige denn, ihnen in die Augen schauen. Nicht ein einziges

Wort, so lustig ihre Streiche auch schienen, und so einsam er sich auch fühlte. Stell dir vor, sie wären unsichtbar, riet ihm sein Vater. Und mit der Anstrengung, das zu versuchen, nichts zu sehen, wo in Wirklichkeit etwas war, lernte er auch, da Spielkameraden zu sehen, wo alle anderen nichts sahen. Und so kam Román zur Welt, sein imaginärer Freund. Da er die Wahl hatte, entschied er sich dafür, dass Román elf Jahre alt sein soll, wie er selbst. Außerdem weiß und kein Indio, natürlich. So weiß, wie es nur die Deutschen und die Eisbären sein können, damit er von morgens bis abends mit ihm spielen konnte. Ferner war Román ein Junge, der Respekt einflößte, so dass Carlos ihn stets siezte – was würden Sie heute gerne spielen, Román – und er ergab sich gefügig seinen Launen, denn dieser Junge war nicht nur weiß, sondern auch ein kleiner Tyrann. Wurde nach dem Unterricht nicht das gespielt, was er wollte, dann ging er zu seinen eigenen imaginären Freunden – Kinder, die Carlos nicht sehen konnte, so sehr er sich auch anstrengte, genauso wie er gelernt hatte, die eingeborenen Kinder nicht zu sehen, die sich Bambusschwerter bastelten oder lachend mit einem Kautschukball Fußball spielten.

Trotz allem hatten die zwei viel gemeinsam. So viel, dass sie enge Freunde wurden. Beide zogen es vor, in den Dielen und Schlafzimmern zu spielen und nie an die frische Luft zu gehen. Beide langweilten sich sehr im Mathematikunterricht von Don Ateliano, dem Hauslehrer, mit dem Unterschied, dass Román hinausgehen und spielen konnte, wann immer er wollte, während Carlos bis zum Ende bleiben und die Trigonometrie-Aufgaben machen musste. Beide hassten sie die Arbeit des Vaters, diese endlose Prozession von Lastkarren, die bündelweise Kautschuk transportierten, und manchmal auch seltsame Dinge, wie jener Wagen, den sie eines Nachts an sich vorbeirollen sahen, mit einem Dutzend schlafender und übereinandergestapelter Indios auf der Ladefläche, schlecht versteckt unter Palmenwedeln und Bananenblättern.

Zu viel Fantasie. So lautete die Diagnose des Arztes: »Seien sie unbekümmert, Don Augusto, ihr Sohn hat bloß zu viel Fantasie.« Aber Don Augusto beruhigte sich nicht: »So viel, verdammt. Neulich hat er zwei Stunden lang mit der Luft gesprochen, wie ein Irrer.« Doch der Arzt beharrte darauf, dass es keinen Anlass zur Sorge gebe. Gegen die Fantasie verschrieb er: mehr Fleisch auf dem Speiseplan und mehr Trigonometrie-Unterricht.

»Und was ist mit dem anderen, Herr Doktor?«

Das andere war vieles. Es war, dass er manchmal den ganzen Tag in der Bibliothek seines Vaters verbrachte und Gedichte las; Verse, die, im Überfluss konsumiert, wie alle Welt weiß – hier senkt sich die Stimme, der Mund wird mit der Faust verdeckt – dazu führen können, dass sich einem Jüngling die Männlichkeit verdrehen kann. Das andere war, dass er manchmal grundlos weinte und ihm der Atem stockte, vor allem, wenn Don Augusto ihm von seinen Zukunftsplänen erzählte: das Internat in Lima, die Laufbahn als Rechtsanwalt, der Kautschuk. Das andere war auch jener Satz, den der Junge mit derselben Höflichkeit, mit der er sich an Román richtete, dem Vater sagte, als dieser ihm erklärt hatte, eines Tages werde er, sein Sohn, die Verantwortung für alle Pflanzungen übernehmen: Lieber sterbe ich. Das andere war seine weibliche Handschrift. Doch nichts davon erschien dem Arzt besorgniserregend. Gegen die Weinkrämpfe und die beschleunigte Atmung verschrieb er: Leibesübungen, trockenes Klima und gewisse Öle, welche die Leber stärken sollten. Gegen die Dichtung verschrieb er: Kopfnüsse und mehr frische Luft. Gegen die Homosexualität: zwei Jahre Geduld bis zu seinem 13. Geburtstag – und anschließend Huren. Gegen den Tod: den Drohungen eines Kindes keinen Glauben schenken, aber, als reine Vorsichtsmaßnahme und nur ein paar Wochen lang, die Haushaltsmesser verstecken.

Es war ein guter Arzt. Fähig, ein gebrochenes Bein zu richten, die Malaria zu bekämpfen und das Gift eines Schlangenbisses zu neutralisieren. Doch von Psychologie wusste er gar nichts. Und dieses Wissen hätte ihm im letzten Jahrzehnt des 19. Jahrhunderts auch nicht nützlich sein können, als man den menschlichen Geist für wenig mehr als ein Anhängsel der Biologie hielt. Und deshalb erkennt er in den Weinkrämpfen nicht die Angststörung, weil sie noch nicht erfunden wurde; sogar die Krankheiten existieren weniger oder in anderer Weise, so lange sie keinen Namen haben. Und er versteht auch nicht, dass der Tyrann Román die Projektion eines beginnenden Minderwertigkeitskomplexes darstellt, gespeist aus dem autoritären Vater und der passiven Mutter, einer kleinen, fast unbedeutenden Frau. So wenig Bedeutung hat diese Mutter, dass sie bisher noch nicht einmal in diesem Roman vorgekommen ist.

So wächst Carlos mit Angstattacken auf, die durch das feuchte Klima des Amazonas verursacht werden. Mit Minderwertigkeitskomplexen, welche eine ererbte Schwäche der Leber sind. Doch die Rezepte des Arztes, der nichts von Psychologie weiß, erfüllen ihren Zweck. Zumindest bewertet Don Augusto es so. Nach und nach hört Román auf, das Haus zu besuchen, denn er ist nicht nur weiß und ein Tyrann, sondern auch ein sehr pragmatischer Junge, der sich lieber andere Freunde sucht, als heimlich mit Carlos zu spielen. Die Lust zu sterben wird gelindert, indem die Dienstmädchen dazu angehalten werden, Carlos den Zutritt zur Küche zu verwehren. Als er dreizehn Jahre alt wird, erledigt sich die Homosexualität in einem

Luxusbordell für Kautschukbarone mit einer Prostituierten aus Polen, die selbst noch Jungfrau ist, doch das ist eine andere Geschichte. Und das Problem des feuchten Klimas löst sich nur ein Jahr später, als die Villa, die sie in Lima haben bauen lassen, eingeweiht wird, und sie umsiedeln, damit Carlos dort das Abitur macht.

Nur die Sache mit der Poesie findet kein Ende. Man zwingt ihn zwar zu endlosen Spaziergängen, doch stets gelingt es ihm, ein Buch von Hölderlin in der Hose versteckt mitzunehmen. Und als das Laster schon bezwungen scheint, betritt Don Augusto eines Nachmittags das Zimmer seines Sohnes und findet unter der Matratze die gebundenen Beweise zahlloser Verratsdelikte: Gedichtbände von Rilke, Mallarmé, Salaverry, Gustavo Adolfo Bécquer – Bücher über Bücher, deren Fehlen in seiner Bibliothek er nicht bemerkt hat, weil er sie von einem bankrotten Lord erstanden hat und nicht einen einzigen ihrer Titel kennt. In jener Nacht verabreicht Don Augusto viele Dosen der Medizin, die der Arzt verschrieben hat. Eine Lawine von Schlägen mit dem Gürtel, die Carlos mit Mühe und Not über sich ergehen lässt, während er weinend auf dem Bett liegt. Das ist für die französische Dichtung, und das ist für die englische, und diese zwei Ohrfeigen sind für die spanische Dichtung, sogar da ist er ein Verräter, zu allem Übel musste es die spanische sein. Keine Frage, er ist ein warmer Bruder, und dann auch noch ein unpatriotischer warmer Bruder, doch er wird ihm das schon austreiben, und wenn er ihn die ganze Nacht prügeln muss. So spricht er. Denn er, Don Augusto, hat bereits drei Töchter, und er will nicht noch eine vierte, ein dummes Mädchen, das mit verdrehten Augen Gedichte liest, sondern einen ganzen Kerl. Und jetzt ist Schluss mit Mädchensein, sagt er, Schluss damit, ein empfindliches Gör zu sein, vor dem man verheimlichen muss, dass die Arbeiter nicht wegen der Moskitos schreien, sondern wegen der Peitschenhiebe, und dass die Wagen, die tief in den Dschungel hineinfahren, nicht voller schlafender, sondern voller toter Indios sind. Er will nicht noch ein Mädchen im Haus. Aber noch viel weniger als ein Mädchen will er einen Mann, der Schwänze lutscht, das sagt er ihm mit dem letzten Peitschenhieb in aller Deutlichkeit, Schwänze werden nicht gelutscht, Schwänze werden benutzt, um Frauen aufzuspießen, hast du das verstanden? Und Carlos versteht und sagt Ja, doch er sagt es mit einer verzerrten und lächerlichen Stimme, mit der Stimme des warmen Bruders, der er ist und immer sein wird, denkt sein Vater resigniert.

Und währenddessen sitzt die kleine, unbedeutende Mutter in ihrem Schlafgemach und betet einen endlosen Rosenkranz und lauscht dabei der Prügel, die ihr Sohn bezieht.

Manchmal, wenn er keine Briefe in Georginas Namen verfasst, wenn er die Nachmittage nicht auf dem Dach einer Mansarde verbringt, schreibt auch Carlos Gedichte. Don Augusto hat das über die Jahre schließlich hingenommen. Welche andere Wahl bleibt ihm, wenn sein Sohn, der so mädchenhaft in einigen Dingen ist, zu allem Unglück sich in anderen als so männlich erwiesen hat, wie zum Beispiel, die Prügel, die er für die Dichtung bezieht, stoisch zu erdulden. Nun gut, immerhin betreibt er diese Unart der Metaphern nicht allein. Kein Geringerer als der Erstgeborene der Familie Gálvez unterstützt ihn darin; eine Gesellschaft, von der man nur Gutes erwarten kann. Er beginnt sogar, sich davon zu überzeugen, dass es nach allem vielleicht sogar überhaupt keine Gefahr gibt, denn als er heimlich die Entwürfe der Gedichte seines Sohnes durchgesehen hat, ist er dort auf viele Frauen gestoßen, eine jede mit einem guten Paar nackter Brüste. Auch wenn sein Sohn viele und umständliche Worte macht, um sie einzukleiden.

Die Wahrheit ist, dass die Gedichte nicht sehr gut sind, und sogar Carlos weiß das manchmal in kurzen Momenten, doch es ist ihm gleich. Denn er hat schon vor langer Zeit den Ehrgeiz verloren, zu einem großen Schriftsteller zu werden. Das sagt sich so leicht, in Wirklichkeit ist es ein großes Geheimnis. Um nichts in der Welt würde er es José beichten. Er weiß, dass er ihn damit enttäuschen würde, denn für seinen Freund gibt es nichts jenseits der Poesie, oder, um genau zu sein, jenseits des dazugehörigen Ruhms. José ist derjenige, der unablässig von den neuesten Nachrichten spricht, von den Literaturpreisen, von den Wettbewerben, die sie gewinnen müssen, von den geheimen Verschwörungen, derentwegen sie, die besten Nachwuchsdichter des Landes, ihre Verse nicht veröffentlichen können. Um ehrlich zu sein: All diesen Dingen widmet er viel mehr Zeit als dem Schreiben von Gedichten. Carlos hört ihm schweigend zu. Ihn interessieren weder die Veröffentlichungen noch die Preise, doch noch weniger interessiert es ihn, José zu widersprechen. Also pflichtet er ihm mit derselben Miene bei, mit der er zehn Jahre zuvor jede einzelne von Románs Launen billigte. Wie Sie meinen, Román, ich meine, José.

Aber was will er? Er weiß es selbst nicht genau. Es kommt ihm so vor, als schreibe er aus demselben Grund, aus dem sein Vater Tonnen von Kautschuk anhäuft oder seine Mutter seit 30 Jahren denselben Rosenkranz ohne Unterbrechung betet. Weil er nichts anderes kann. Weil er woanders sein will. Jedes Mal also, wenn er als Erbe der Plantagen von Don Augusto Rodríguez ein Dokument unterschreiben muss, jedes Mal, wenn er für ein Fach jener Studienlaufbahn lernen muss, die er eigentlich niemals einschlagen wollte, oder wenn er zur Kaffeezeit den Freunden seines Vaters dabei zuhört, wie sie um die Wette streiten, wer an einem einzigen Arbeitstag mehr Indios umgebracht hat, schließt er sich kurzerhand in seinem Schlafzimmer ein und schreibt. Oder er legt sich aufs Bett, und während sein Blick sich an der Decke verliert, beginnt er, über einige Formulierungen des nächsten Briefes nachzudenken, den Georgina verfassen wird. Aus irgendeinem Grund sind beide Tätigkeiten, das Verfassen von Gedichten und Georgina zu sein, in seinem Kopf miteinander verknüpft.

Eine Zeit lang gelingt es keinem der beiden Freunde zu veröffentlichen, obgleich José ihre Gedichte an sämtliche Zeitschriften und Verlage schickt, die er kennt. Doch eines Tages bestellt sie der Herausgeber eines kleinen Magazins aus der Hauptstadt in sein Büro. Er ist ein fetter und müder Mann mit Schweißflecken unter den Achseln seines Hemdes, der ihnen eine apathische, aufgedunsene Aufmerksamkeit entgegenbringt, eine

Aufmerksamkeit, die zu seinem Erscheinungsbild passt. Er hebt kaum den Blick von seinen Papieren, als er mit neutraler Stimme den Grund seines Anrufs erläutert. Jemand hat ihm gesagt, dass diese beiden Grünschnäbel mit Juan Ramón Jiménez höchstselbst in Verbindung stehen. Könnten sie dem Meister nicht vorschlagen, ihnen ein paar unveröffentlichte Verse für seine Zeitschrift zum Geschenk zu machen, eine bescheidene Veröffentlichung – da sollten wir uns nichts vormachen –, wohl aber eine saubere und respektable?

Sie benötigen ein paar Sekunden für ihre Antwort. In der Zeit, die verstreicht, fragt sich Carlos, worin die Hygiene einer Zeitschrift besteht. Und José starrt wie hypnotisiert auf den Schweiß im Gesicht des Mannes, auf den enormen Bauch, der sich gegen die Tischkante presst. Es sollte sich verbieten, Dichter zu sein, wenn man fett ist und außerdem schwitzt, denkt er, und vor allem, Herausgeber einer Zeitschrift zu sein, von der so viele Dichter abhängig sind. Schließlich ist José derjenige, der antwortet. Sie werden mit Juan Ramón sprechen, selbstverständlich, er ist ein guter Freund und wird gewiss zusagen. In der Zwischenzeit aber können sie vielleicht zu einem Einvernehmen gelangen, denn tatsächlich sind auch sie selbst Dichter, was für ein Zufall, und derzeit noch im Besitz des einen oder anderen unveröffentlichten Gedichts. In Wirklichkeit überwiegen die unveröffentlichten; um ehrlich zu sein: Sie haben ausschließlich Unveröffentlichtes, doch natürlich ziehen sie es vor, diesen Punkt nicht zu erläutern. Und, welch neuerlicher Zufall: Sie haben zwei Entwürfe mitgebracht.

Angesichts dieser Serie von Zufällen – nicht weniger als drei, in einem einzigen Satz –, bleibt dem Herausgeber nichts anderes übrig, als die Blätter, die José ihm hinhält, entgegenzunehmen. Er beäugt sie ohne Leidenschaft. In jeder Hand hält er ein Blatt und während er das eine liest, fächert er sich mit dem anderen Luft zu. Er schnaubt. Nach ein paar Minuten kommt er zu dem Schluss, nun gut, während die Briefe von Juan Ramón unterwegs sind, wird es ihn nicht umbringen, eines dieser Gedichte zu veröffentlichen, aber leider nur eines. Zum Beispiel dieses hier in seiner Hand, mit der Unterschrift von José Gálvez, denn dieses von Carlos Rodríguez in seiner anderen – er sagt es, ohne ihn anzuschauen; tatsächlich weiß er nicht mehr, wer von beiden José ist und wer Carlos –, ist ein bisschen unreifer.

José verlässt das Büro in Jubellaune. Doch weil er sich für die Ablehnung, die sein Freund erlitten hat, vage schuldig fühlt, bemüht er sich, die ganze Kraft seiner Euphorie in eine angemessene Empörung zu investieren. Er versucht Carlos mit einer langen Liste an Vorwürfen zu trösten. Was glaubt dieser Fettwanst, wer er ist; der würde ein wahres Talent nicht einmal erkennen, wenn es vor seiner Nase stünde; das Komplott gegen sie besteht immer noch fort; sie haben nur die erste Schlacht eines langen Krieges gewonnen, etc. Weißt du, wer diesen Brief an Juan Ramón schreiben wird? Nun, niemand Geringeres als die große Hure, die diesen Fettwanst in die Welt geworfen hat, dem es niemals gelingen wird, ein Gedicht des Meisters in seiner Zeitschrift zu veröffentlichen. In seiner beschissen sauberen und respektablen Zeitschrift. Er entwirft sogar die Rede, die er halten wird, wenn er eines Tages den nationalen Literaturpreis gewinnt und Carlos bis dahin – Gott behüte – noch immer kein einziges seiner Gedichte hat veröffentlichen können; eine Ansprache, in welcher er verkünden wird, dass er alles, alles ihm, seinem lieben unveröffentlichten Freund, verdankt.

Beide geben vor, aufgrund der Ablehnung betrübt zu sein, doch Carlos gelingt es ein wenig besser. Sein Mienenspiel ist wieder einmal eine perfekte Imitation. Manchmal, wenn er sich langweilt, vertreibt er sich die Zeit, indem er vor dem Spiegel verschiedene Ausdrücke einstudiert: Freude, Enttäuschung, Melancholie, Hoffnung. Es gelingt ihm so gut, dass er manchmal zu seiner eigenen Überraschung wahre Trauer empfindet und nicht fassen mag, was er im Spiegel sieht.

Nach einiger Zeit findet José unvermittelt seine Freude wieder. Er legt Carlos freundschaftlich den Arm um die Schultern und lädt ihn auf eine Runde ein.

»Auf Juan Ramón! Ihm verdanken wir alles!«, sagt er, als sie anstoßen. »Seine Briefe haben uns inspiriert!«

Und als er dies sagt, küsst er den letzten versiegelten Umschlag. Er küsst ihn wie im Mittelalter ein Pilger eine Reliquie geküsst hätte. Er küsst ihn außerdem genau auf jene Stelle, auf der nur wenige Wochen zuvor die naschhafte Schnauze einer Ratte Halt gemacht hatte. Jener Ratte, welche die Post im Laderaum des Transatlantikdampfers auf allen Reisen begleitet.

Carlos führt das Glas an seine Lippen, doch als er es geleert hat, denkt er nicht mehr an den Trinkspruch oder an Juan Ramón. Aus irgendeinem Grund hat er angefangen, an Georgina zu denken. Das passiert ihm häufig in letzter Zeit. Er überrascht sich selbst dabei, dass er sich an sie nicht wie an ein Spiel oder wie an eine Maskerade erinnert, sondern wie an jemanden, der wirklich lebt. Als wäre sie eine entfernte Cousine, die auf dem Land lebt, und die wir nur selten sehen, oder wie an ein Mädchen, von dessen Schönheit wir gehört haben, und mit dem wir beim nächsten Empfang hoffentlich ein paar Worte wechseln können. Manchmal fragt er sich sogar, ob nicht Georgina selbst es ist – mehr noch als Juan Ramón und seine Briefe –, die ihn zu so vielen Versen über unmögliche Liebe und ätherische Musen inspiriert.

Doch er zieht es vor, nichts zu sagen, denn dies ist ein weiteres
Geheimnis.

»Und die Nonne da?«

»Wo?«

»Die da, die da, die unter den Arkaden entlanggeht ...«

»Ach so. Na, Statistin, ist doch klar, wen zum Henker interessiert die Geschichte einer Nonne.«

»Außerdem sieht sie aus, als hätte sie in ihrem Leben noch nicht einen Teller zerbrochen. Das macht sie eher zu einer Figur von San Juan de la Cruz als von Zorrilla ...«

»Was sagst du zu der Alten, die am Eingang der Kirche bettelt?«

»Sie hat etwas von einer Hauptdarstellerin, oder? Aber in einer sehr kurzen Geschichte natürlich. Eine Erzählung. Zwanzig Seiten oder so. Höchstens.«

»Ja, eine kurze Erzählung. Und traurig. Sehr französisch, oder sehr russisch vielleicht, in der der Hauptdarsteller am Anfang arm ist und den Rest der Geschichte damit verbringt, endgültig vor die Hunde zu gehen ... Und die Soldaten da drüben, die ihre Runden drehen?«

»Nichts ... Das ist alles, wofür sie gut sind – dass sie im Hintergrund ihre Runden drehen. Die bekommen nicht einmal eine Seite.«

Bis zum späten Nachmittag haben sie das Spiel betrieben. Langsam ist die Straßenbeleuchtung angezündet worden, und hinter den Fenstern in den Armenvierteln beginnen die Lichter der Kerzenhalter und Spirituskocher zu flackern. Es riecht nach Nudeln und weißem Reis. In diesem Gebäude voller Chinesen riecht es immer nach Nudeln und Reis und manchmal auch ein wenig nach Opium.

»Und die hübsche Frau da?«

»Und der spielende Junge dort?«

»Und der Eseltreiber, der sein Tier schlägt?«

Sie machen noch eine ganze Weile weiter mit dieser gegenseitigen Befragung, obwohl die Gestalten, die zu ihren Füßen vorübergehen, nur noch formlose Schemen sind, in die man alles und jeden hineindeuten kann. Doch keiner von beiden scheint sich bewegen zu wollen.

Als die Dunkelheit schließlich alles verschluckt und nichts mehr zu sehen ist, fragt einer von ihnen, ganz gleich welcher:

»Und Georgina?«

Und der andere, ganz gleich welcher, schweigt.

Es kommt jedoch der Tag, an dem auch das langweilig wird. Die Mode der anonymen Briefchen erschöpft sich. Niemand kümmert sich mehr darum, was Juan Ramón antwortet. Als sie noch beim »Sehr geehrter Juan R. Jiménez« waren, füllte sich der Club de la Unión bis auf den letzten Platz, um der Lektüre des Briefes zu lauschen, als sie indes beim »Lieber Freund« angelangt sind, sitzen da nicht mehr als drei oder vier Stammgäste, die ihren Worten Aufmerksamkeit schenken. Gálvez weiß längst nicht mehr, welche Trophäe er vom Meister erbitten soll, denn sie haben bereits alles, und gleichzeitig immer noch gar nichts. Ihre Korrespondenz ist fade geworden, wie die Gedichte von José und Carlos, die in Wahrheit nie jemandem gefallen haben; die auf Abendgesellschaften und Liederabenden nur deshalb ertragen wurden, weil die Anwesenden noch einmal die Geschichte von Juan Ramón und Georgina hören wollten.

Andere Neuigkeiten machen die Runde. Vor allem diese: Ein junger Journalist namens Sandoval, der als Schriftsetzer bei der Monatszeitschrift *Los Parias* arbeitet. Das ist schon an sich eine Neuigkeit. Jemand aus ihrem Zirkel, der arbeitet, obwohl er das nicht nötig hat. Wenn er im Club auftaucht, dann stets mit Händen voller Tinte von der Linotype, und er trägt diese Spuren der Bescheidenheit wie eine Tapferkeitsmedaille. Außerdem hat er an der Schläfe eine Narbe, die, wie er sagt, vom Schlagstock eines Polizisten während eines Streiks herrührt, und er zeigt sie voller Stolz, wann immer er vom Klassenkampf spricht. Er ist Anarchist. Vielleicht nicht gerade einer von diesen Terroristen, die in der Oper von Barcelona Bomben legen, aber sehr wohl ein friedfertiger Revolutionär, ein Anarchist, der mit beiden Beinen auf der Erde steht – wie er es ausdrückt –, und der Artikel schreibt, um die Streikdrohungen der

Hafenarbeiter aus Callao und des Bäckerverbandes von Lima zu unterstützen.

Die Teilnehmer des Zirkels – viele von ihnen gehören den blühendsten Zweigen der Aristokratie von Lima an –, lauschen ihm mit Respekt. Sie applaudieren sogar ein wenig, wenn er voller Leidenschaft von der Revolution und dem Niedergang des Kapitalismus spricht. Sie halten ihn für ungefährlich und außerdem für einen sehr sympathischen Kerl. Zudem hegen sie den vagen Verdacht, seine Forderungen könnten in gewisser Weise gerechtfertigt sein. Dass die Arbeiter vielleicht ein Anrecht auf mehr haben, als in ihren Fabriken zu leben und zu sterben, auch wenn sie, um die Wahrheit zu sagen, keine Ahnung haben, was die Arbeiter stattdessen tun könnten. Womit würde ein Proletarier die sechzehn Stunden Freizeit pro Tag verbringen, falls der verdammte Achtstundentag Gesetz würde. Im Übrigen verstehen die jungen Dichter nicht allzu viel von Politik. Und auch ein paar Jahre später, wenn sie einer nach dem anderen die Dichtung aufgeben, um ihre Väter als Direktoren ebendieser Fabriken zu ersetzen, werden sie nicht mehr von Politik verstehen.

Um alles noch schlimmer zu machen, schreibt Sandoval an einem Roman. »Ich habe Roman gesagt, genau. Bloß keine Gedichte«, versicherte er eines Nachts, beinahe mit Verachtung in der Stimme, als ihn jemand nach der Möglichkeit, Verse zu verfassen, fragte. Das 20. Jahrhundert wird der Tod der Lyrik sein, fügte er hinzu, wen interessieren die Bruchstücke und die bürgerlichen Gefühle, während um ihn herum der letzte Akt des Klassenkampfes beginnt. Nur die Reichen haben diese Art von Gefühlen, diese Art von Tiefe und existenziellen Ängsten; denn wenn die Menschen zu viel Freizeit haben, wenn sie ihre Lebenskraft nicht darauf verwenden, die Mauern einzureißen, die sie von ihren Brüdern trennen, dann wird all diese Energie dazu benutzt, nach innen zu graben, sich selbst auszuhöhlen, bis man diese feinsinnigen und falschen Gefühle erfindet. Schluss mit der Nabelschau, fährt er mit geschwollener Stimme fort, lasst uns hinausschauen, denn auf den Großgrundbesitzen und in den Fabriken der ganzen Welt gibt es arme Männer, die sterben, tatsächlich sterben, nicht wie diese warmen Brüder, die denken, sie sterben vor lauter Gefühlen, die niemanden interessieren. Und, damit das klar ist: Dies ist nur der Anfang. Jetzt schreiben wir Romane, um von Taten zu sprechen, und später werden die Taten für sich selbst sprechen. Denn das ist – wie sie hören – die wahre Literatur, die Aktion, die Kraft der Taten, nicht der Worte, die die Taten erklären. Der wahre Roman des 20. Jahrhunderts wird nicht in einer Mansarde geschrieben werden, sondern auf der Straße, mitten im Lärm der Streiks, der Attentate, der Kriege, der Revolutionen. Und von diesem Roman, merkt es euch, von diesem Roman schreiben wir bereits die ersten Kapitel.

Und noch einmal bricht Beifall los: Dutzende reiche Dichter beklatschen zuerst das Ende des Kapitals und anschließend den Tod der Dichtung.

José und Carlos sagen nichts. Und sollten sie doch etwas sagen, hört ihnen niemand zu.

Juan Ramón ist ein Genie. Niemand zweifelt daran, erst recht nicht José und Carlos. Aber ihm ist wenigstens der Vater gestorben, und jeder kann traurige Arien schreiben, wenn ihm der Vater stirbt und er ihn auch noch liebt. Jeder hätte ausreichend Stoff für Hirtenbriefe und Veilchenseelen und ferne Gärten, wenn man ihn in nicht weniger als zwei Sanatorien eingesperrt hätte, und er sich in einem der beiden außerdem hoffnungslos in eine Novizin verliebt hätte. Sie dagegen ...

»Das Problem sind nicht die Gedichte, sondern das Leben«, sagt José. »Um Außergewöhnliches zu schreiben, muss man es zuerst erfahren. Das ist der Unterschied zwischen den gewöhnlichen Dichtern und den wahren Genies: die Erfahrung. Und um ehrlich zu sein: Was haben wir denn schon erlebt?«

Carlos zögert einige Augenblicke mit der Antwort – bis er begreift, dass es sich nicht um eine rhetorische Frage handelt. Zuerst öffnet er den Knoten seiner Krawatte.

»Nichts?«

»So ist es. Nichts. Wir hängen in dieser Scheißstadt, trinken immer aus denselben Flaschen und lachen über dieselben Sachen. Das Aufregendste, was wir in unserem Leben gemacht haben, ist doch das: eine Handvoll Briefchen schreiben, um die Autogramme des einzigen Mannes zu sammeln, der wirklich zu leben versteht. Und lass uns erst gar nicht von Musen sprechen. Man kann nicht behaupten, wir hätten große Leidenschaften erlebt. Mit ein paar Frauen sind wir ins Bett gegangen, das stimmt, doch das ist auch schon alles. Außerdem waren viele von ihnen Nutten. Niemand revolutioniert die spanische Lyrik, wenn er über Nutten schreibt.«

»Vermutlich nicht.«

»Selbst wenn es teure Nutten sind, wie die, die dein Vater dir bezahlt.«

»Fahr zur Hölle.«

Sie sitzen auf einer der Bänke auf dem Vorplatz der Universität und sehen zu, wie der Morgen verstreicht, wie die Studenten in den Unterricht gehen und wieder herauskommen. Carlos denkt, dass sie genau das auch schon oft getan haben: sich von ihren Eltern verabschieden, die Jurabücher als Alibi in der Tasche, und dann vor den Toren der Fakultät rauchend darauf warten, dass die richtige Zeit kommt, um wieder nach Hause zu gehen. Er erinnert sich, dass er in einer Kurzbiografie über Juan Ramón folgende Worte gelesen hat: »Er beginnt das Jurastudium, doch im Jahr 1899 bricht er es ab, um sich ausschließlich der Dichtung und der Malerei zu widmen.« Also auch er! War das vielleicht ein Zeichen? Unwillkürlich fragt er sich, ob nicht auch Juan Ramón viele Tage auf dieselbe Weise verbracht hat, vielleicht mit einem Gedichtband in den Händen; und diese Hoffnung lindert ein wenig die Langeweile und den Ekel, die ihn erfüllen.

»Genau das brauchen wir«, sagt José gerade. »Eine unerreichbare Muse, der wir unsere besten Gedichte widmen können. Ohne so etwas läuft nichts, verstehst du? Nicht mehr als Anfängerverslein. Was wäre aus Dante geworden, wenn Beatrice kein kleines Mädchen gewesen wäre, oder aus Catull, wäre Lesbia keine Hure gewesen? Du weißt es nicht? Ich sage es dir. Die Weltliteratur wäre zum Teufel gegangen, das wäre passiert.«

Er hat irgendwo einen kleinen Zweig gefunden, mit dem er abwesend Striche auf den Boden zeichnet, während er spricht. Parallele Linien, die seine Worte zu unterstreichen, sein Schweigen zu nuancieren scheinen.

»Manchmal glaube ich, dieses ganze Theater um gutes oder schlechtes Schreiben ist eigentlich nebensächlich«, fährt er nach einer kurzen Pause fort, in der seine Lippen und sein

Zweig sich für einen Augenblick nicht bewegen. »Die wahre Poesie erschaffen die Musen mit ihrer Schönheit. Mehr ist gar nicht nötig. Das einzige Problem besteht darin, ihnen zu begegnen. Und solange wir unsere nicht finden, werden die Zeitschriften uns weiterhin die Gedichte zurückschicken, denn sie werden weiterhin das sein, was sie sind, jämmerliche Versuche von kleinen Jungen, Schulaufsätze von Knirpsen, die an sich herumspielen, während sie von den Frauen träumen, die sie kennen werden, wenn sie erst mal groß sind.«

»Wir müssen von Juan Ramón lernen«, murmelt Carlos, als habe er den Satz erahnt, den Gálvez hören will.

»Richtig! Unser Freund weiß genau, wie er immer die richtigen Musen findet. Eine Novizin, nicht weniger als das! Und davor, im Sanatorium von Bordeaux, diese Geschichte mit der anderen ... die Französin ... Wie hieß sie doch gleich?«

»Jeanne Roussie«, antwortet Carlos sofort. Sie sind anerkannte Experten der Biografie von Juan Ramón. Sie wissen auswendig, in welchem Alter sein Vater starb, und kennen die intimsten Details seiner unglücklichen Liebschaften. Nicht die kleinste Kleinigkeit haben sie ausgespart, vielleicht, weil sie sich daran gewöhnt haben zu denken, alle diese Tragödien seien so etwas wie ein notwendiger *Cursus Honorum*, um einen guten Gedichtband zu verfassen.

»Genau, Jeanne. Das hat es auch in sich. Sich in die Ehefrau des eigenen Arztes zu verlieben! Da ist doch die Katastrophe programmiert. Aber mit der Novizin übertrifft er sich selbst. Stell dir nur vor: der Kampf zwischen Leiblichkeit und Spiritualität, zwischen der irdischen Liebe und der Liebe zu Gott ... Ach! Was für ein vollendeter Künstler, dieser Juan Ramón! Bei solchen Geschichten muss man ja innerlich tot sein, um keine guten Gedichte zu schreiben.«

»Na ja, einmal hast du auch eine Novizin geküsst, nicht wahr?«
José schleudert den Zweig lustlos fort: »Du hättest sie sehen
sollen! Die taugte eher für einen Albtraum als für ein Gedicht.
Als ich ihr die Haube abnahm, verstand ich ihren Wunsch,
Nonne zu werden.«

Carlos erwidert nichts. Aus den Augenwinkeln hat er noch immer das Fortschreiten des Werks verfolgt, das Josés Zweig auf
dem Boden vollbringt: ein Raster aus Strichen, die sich immer
weiter verdichten und so ein feinmaschiges Gitter bilden.
Während er es betrachtet, fällt ihm aus irgendeinem Grund
sein Vater ein. Georgina fällt ihm ein. Er achtet kaum auf Josés
Worte, der weiterhin darauf besteht, dass das einzige, was
seine Gedichte von der Genialität trennt, die Abwesenheit der
perfekten Frau sei, jener göttlichen Inspiration, die allein in der
Lage ist, seine Verse auf die Höhen des Erhabenen zu heben.
Denn es mag ja sein, dass sie beide ihre Jugendlieben gehabt
haben, fährt er fort, doch das sind Geschichten, von denen sie
selbst wissen, dass sie gewöhnlich sind und langweilig und
glücklich, weit entfernt von der mythologischen Gestalt jener
Liebe, die sie in den Büchern finden, wo die beiden Liebenden
am Höhepunkt der Leidenschaft sterben. Obgleich es in ihrem
Fall besser wäre, nur die Frauen würden sterben, denn wie sollten sie andernfalls ihre unsterblichen Verse schreiben? Irgendjemand muss auf jeden Fall sterben oder in ein Kloster gesperrt
werden, oder zumindest müssen die Familien sich gegen die
Verbindung stellen und sie auf der Flucht vor angeheuerten
Pistoleros die Anden überqueren. Doch nichts dergleichen geschieht jemals, fügt er mit Bitterkeit hinzu. Alles um sie herum
erscheint so unglaublich leicht: Die Familien stimmen der Verbindung zu – und wozu soll man sich dann noch binden –, und
was noch schlimmer ist, die Töchter stimmen allem Übrigen

mit einer verblüffenden Geschwindigkeit zu, und wie sollen sie dann noch ihre Musen sein. Was soll man angesichts einer solch öden Szenerie tun, fährt José fort, außer Salongedichte für ranzige Abendgesellschaften zu verfassen, für sommerliche Liederabende im Hause der Tante; unbedeutende Verse ohne Gewicht, die dazu dienen, an einem Sonntagnachmittag zwischen Fächern, Gähnen und Zigarren gehört zu werden.

»Wir brauchen also nur eine Muse«, sagt Carlos zu sich selbst, ohne den Blick von der Zeichnung abzuwenden.

»Eine Muse oder irgendetwas. Was weiß ich. Einen Krieg, zum Beispiel. Stell dir vor: die Fahnen, die Aufmärsche, die Reden. Das vergossene Blut deines besten Freundes. Was für ein schöner Anlass muss das sein, ein Gedicht zu schreiben! Verse, geschrieben am Rand der Verzweiflung, mit der Gewissheit, dass dich im nächsten Augenblick eine Kugel niederstrecken kann...«

»Wenn sie dich nicht schon vorher erwischt, natürlich.«

»Im Ernst: Als Quelle der Inspiration ist der Krieg das Allerbeste. Möglicherweise war Homer ein mittelmäßiger Dichter, und was ihn rettete, war, dass er von dem passenden Krieg gehört hatte. Wer weiß. Ich schätze, alle Soldaten haben Stoff genug, um jeden zu erschüttern, nur wissen sie es nicht. Wie zum Beispiel mein Onkel José Miguel. Du weißt schon, der Held des Salpeterkrieges. Also, ich habe immer geglaubt, vor allem er hätte ein großer Dichter sein können. Alle Welt weiß, dass er ganz allein ein chilenisches Schiff in die Luft gejagt hat, und dass die Explosion so stark war, dass er am Ende ohne Pferd dastand und so gut wie blind war. Was aber nur wenige wissen, ist, dass diese Erinnerung ihn in seinen letzten Lebensjahren in den Wahnsinn trieb. Er sagte, dass er ständig die Schreie der chilenischen Seeleute hörte, die bei lebendigem Leibe verbrannten und ihn anflehten, ihnen um Gottes Willen das Leben zu retten. Mit so etwas auf dem Gewissen könnte man das beste Gedicht der Weltliteratur verfassen oder sich die Kugel geben. Und du weißt ja, wofür mein Onkel sich entschieden hat.«

»Also, ich hätte das Gedicht geschrieben.«

»Natürlich, aber du und ich, wir sind ja auch Dichter. Mein Onkel war Soldat, ich nehme an, er tat das, was am besten zu seinem Beruf passte.«

Carlos lächelt.

»Mit anderen Worten, das sind deiner Meinung nach unsere beiden Optionen: eine Muse oder wieder einen Scheißkrieg mit Chile anfangen ...«

José fährt in dem Ton fort, den er sich für Witze vorbehält:

»Das oder die Tuberkulose, Bruder! Wir sollten es ausprobieren. Man sagt, dass einen im letzten Moment eine außergewöhnliche Klarheit überkommt. Dass man während der Krämpfe anfängt, Anfälle von Kreativität zu empfinden, und dass hervorragende Gedichte verlorengehen, weil man die Kranken in ihrem Todesröcheln nicht mit Papier und Tinte versorgt ...«

»Ich weiß nicht, wie es dir geht, aber ich glaube, ich ziehe die Option Muse vor. Oder aber ein langes Leben als schlechter Dichter.«

Auch José lacht. »Ja ...«

Für eine Weile sagt keiner etwas. Die Sonne steht bereits im Zenit. Auf den Dächern der Fakultät singen noch immer die Vögel, doch das bemerken sie erst jetzt. Schon bald werden ihre Kommilitonen in den Hof herauskommen und die Schläfrigkeit des Seminars über Kirchenrecht abschütteln, alle mechanisch und grau wie die Bürokraten, die sie eines Tages sein werden. Zeit, nach Hause zu gehen.

»Könnten wir doch unseren Lebenslauf erfinden«, sagt José, als er mit einem Seufzer aufsteht.

»Zumindest können wir den von Juan Ramón erfinden«, fügt Carlos hinzu, und den Rest des Satzes vervollständigt er in Gedanken.

Wenn die Idee einen einzigen Ursprung hat, dann ist dies sein Ursprung. Und wenn sie einen einzigen Schöpfer hat, dann ist dieser Schöpfer einzig und allein Carlos, so sehr Gálvez sich später auch darum bemüht, sie zu seiner zu machen, und er derjenige ist, der die Freunde versammelt, um ihnen zu sagen: »Meine Herren, Carlota und ich haben damit begonnen, einen Roman zu schreiben.« Denn die Wahrheit ist, dass alles mit ein paar Worten von Carlos beginnt, und dass José zu Beginn den Kopf schüttelt und schweigend verneint.

Die Unterhaltung findet an einem beliebigen Ort statt. Vielleicht auf eben jener Bank auf dem Vorplatz der Universität, vielleicht auf jener Dachterrasse, die stets wirkt, als sei sie im Begriff einzubrechen, oder betrunken in der Kneipe, wo sie mit bürokratischer Geduld auf die Sperrstunde warten. Entgegen seiner Gewohnheit spricht Carlos. Am Vorabend, verzweifelt angesichts einer erneuten Ablehnung seiner Gedichte durch eine weitere Zeitschrift, hat José vorgeschlagen, nun sei möglicherweise der Augenblick gekommen, die Korrespondenz mit Juan Ramón zu beenden. Was bitteschön hat ihnen dieser nervtötende Spaß denn schon gebracht, abgesehen von viel Kopfzerbrechen, einigen Blättchen mit Autogrammen und den immerhin lustigen Spitznamen Carlota. Das macht sie kaum zu besseren Dichtern, und lässt sie bestimmt nicht die Muse finden, der das gelingt. Also: Zum Teufel mit Georgina. Aber Carlos ist nicht einverstanden. Zum ersten Mal antwortet er nicht mit einer seiner einstudierten Gesten, sondern das »Nein« kommt tief aus seinem Inneren. Das sagt er: Nein. Seine Stimme zittert, denn er ist nicht mehr als der Sohn eines Kautschukbauern, dessen Bestimmung es ist, Josés Wünsche gutzuheißen, und dennoch gibt er nicht nach. Nein, wiederholt er stur. Warum nicht? Dafür hat Carlos keine Erklärung: Nein, weil Nein. Und Schluss.

In dieser Nacht findet er keinen Schlaf. Er liegt im Bett und wälzt Josés Worte über die Musen von einer Seite auf die andere und zurück. Und gerade bevor er endlich doch einschläft, glaubt er, eine Antwort gefunden zu haben. Ein Argument, das seinen Freund, so, wie er ihn kennt, unbedingt überzeugen muss. Etwas, das ihr Leben verändern könnte. Und so hält er, als sie sich endlich treffen, die Rede, die er für diesen Anlass vorbereitet hat. Einen gestammelten Monolog, den Gálvez schweigend anhört. Zumindest einige Minuten lang, mit einer Herablassung, die man mit Ehrfurcht verwechseln könnte. Doch in einem bestimmten Moment hält er es nicht mehr aus und unterbricht ihn ungeduldig:

»Nein, nein, nein, was redest du denn da, Carlitos, was für ein Scheißroman? Wir schreiben keine Romane, erinnerst du dich? Das überlassen wir Sandoval und seiner Bande.«

Er versteht es nicht. Oder vielleicht ist das, was er nicht versteht, was seinen Freund dazu bringt, eine eigene Idee zu haben, wie auch immer diese aussieht. Und so muss Carlos darauf beharren – so schwer es ihm auch fällt, José zu widersprechen, so oft er sich auch durch das Haar fahren oder räuspern muss, während er spricht. Er fragt ihn, ob er sich daran erinnert, wie sie darüber sprachen, dass das Leben aller Literatur sei, und José antwortet einfach: »Ja«. An jene Nachmittage auf der Dachterrasse, an denen die Welt voller Nebenfiguren zu sein schien mit nur einer Handvoll Hauptdarstellern, und José antwortet: »Natürlich«. An jene Diskussionen darüber, welcher Schriftsteller wessen Leben schreibt, und José krächzt: »Ich sage doch Ja, zum Teufel«. Nun, also, stottert Carlos, es sei genau das Gleiche. Juan Ramóns Leben sei auch ein Roman, und sie hätten bereits Kapitel für Kapitel, Brief für Brief damit begonnen, ihn zu schreiben, obwohl sie es bislang nicht einmal bemerkt hätten. In dieser ganzen Zeit glaubten sie, einen mehr oder weniger üblen Streich zu spielen oder ein paar Andenken zu sammeln, doch in Wirklichkeit taten sie etwas viel Ernsteres: Sie waren dabei, den Roman über das Leben eines Genies zu verfassen.

José öffnet den Mund. Dann schließt er ihn wieder. Und Carlos fährt fort, wobei er immer weniger stammelt. Vielleicht ist es ja wahr, dass sie keine eigene Muse haben und deshalb niemals ein perfektes Gedicht erschaffen können, fügt er hinzu, doch vielleicht hat das gar keine Bedeutung. Vielleicht hat die Vorsehung ihnen, Carlos Rodríguez und José Gálvez Berrenechea, ein noch viel edleres Schicksal vorbehalten: aus dem Nichts heraus die Schönheit zu erschaffen, die ein anderer Dichter feiert. Und wer weiß schon, fährt Carlos, der nicht mehr zu halten ist, fort, ob dies nicht eine andere Art des perfekten Gedichts sei, die einzige, die wahrhaft über sich selbst hinausgeht: den Lehm der Worte zu formen und zu sagen, Erhebe dich und lebe. Dem göttlichen Vater und Schöpfer aller Dinge so ähnlich zu sein, wäre es nicht Sünde, das zu sagen oder auch nur zu denken. Sie beide hauchen der Muse, in die Juan Ramón sich verlieben soll, Leben ein, und diese mögliche Geschichte, diese stürmische Romanze, dieses Bruchstück eines Daseins, auf halbem Weg zwischen Wirklichkeit und Fiktion, wird ihr Roman sein. Und sollte der Meister eines Tages ein Gedicht über das Brennen dieser Liebe verfassen, selbst wenn es nur ein einziges ist, so werden sie insgeheim wissen, dass sie fähig waren, das Allerschwerste zu tun; dass die ganze Schönheit dieses Werks ihnen viel mehr gehört, als wenn sie es selbst geschrieben hätten.

Carlos hält inne. Um seine These zu untermauern, alles sei Literatur, die ganze Welt sei ein aus Worten konstruierter Text, würde er gern Foucault, Lacan, Derrida zitieren. Aber er kann nicht, denn noch ist keiner von ihnen geboren, weder Derrida, noch Lacan noch Foucault. Das heißt, Lacan schon; er ist genau drei Jahre alt, und in diesem Augenblick spielt er selbstvergessen mit einem Puzzle – in Paris ist die Sonne bereits aufgegangen –, und vielleicht konstruiert er zukünftige Erinnerungen dessen, was er eines Tages Spiegelstadium nennen wird. Carlos kann also nichts hinzufügen.

José ebenso wenig. Er beschränkt sich darauf, ihn anzustarren, als ob sein Freund erst jetzt zu existieren begonnen hätte.

Mit einer langsamen Kopfbewegung stimmt er ihm zu.

Auf seinen Lippen liegt das gleiche Lächeln, mit dem er die Geburt Georginas feierte.

# 2.
# EINE LIEBESGESCHICHTE

Ihr Roman hat bisher weder einen Titel noch eine bestimmte Handlung. Sie kennen allein die Namen ihrer beiden Hauptfiguren und die Schauplätze, die sie beherbergen: ein reales Lima und ein vage imaginiertes Madrid auf der anderen Seite des Atlantiks. Zu Beginn ist es eine Komödie. Zumindest erscheint es so. Auf den ersten Seiten gibt es Reiche, die vorgeben, arm zu sein, und Männer, die sich als Frauen verkleiden und in menschenleeren Alleen in der Hocke urinieren. Es gibt Doppeldeutigkeiten, es gibt Gelächter, es gibt gefräßige Ratten, die in Postsäcken leben, es gibt krügeweise Pisco und Chicha. Ein großer Dichter wird wie ein kleiner Junge hinters Licht geführt, und zwei Jungen erscheinen als große Dichter. Es gibt auch Missgunst, doch eine letztlich gesunde und unterhaltende Missgunst. Und dank dieser Missgunst gibt es unter den Señoritos von Lima auch die Mode, den Lieblingsautoren Briefe zu schreiben und so zu tun, als seien sie einfältige Verehrerinnen.

So sind, vielleicht um diesem jovialen Geist zu entsprechen, auch die Briefe von Georgina und Juan Ramón leicht und ungezwungen wie Zettelchen, die Schüler sich gegenseitig zustecken. Für José und Carlos, die Autoren der Komödie, ist es eine glückliche Zeit, zum einen, weil ihnen das Schreiben sehr viel Freude bereitet, zum anderen, weil sie sich wie die Hauptfiguren ihres eigenen Romans fühlen. Irgendjemand sollte ihnen sagen, dass sie es nicht sind, dass die einzige Hauptfigur Georgina ist, obwohl dies vermutlich nutzlos wäre. Sie sind Jungen, voller Ehrgeiz und Träume. Noch können sie sich nicht vorstellen, dass es irgendeine Geschichte auf der Welt gibt, deren Hauptfiguren sie nicht sind.

Später folgt die Offenbarung. Sie entdecken, dass sie sich geirrt haben. Es handelt sich nicht um eine Komödie. Es ist nie eine gewesen, obwohl die Besäufnisse, die Witze und die blinden

Mädchen, die an Yeats schreiben, sie das Gegenteil haben glauben lassen. Es ist eine Liebesgeschichte, wie so viele wunderschöne Bücher, und nur sie können sie schreiben. Ein Briefroman, so großartig wie Goethes *Werther* oder *Pamela* von Richardson; wer weiß, vielleicht sogar noch besser, denn ihr Buch wird das erste in der Geschichte sein, dessen Figuren von echtem Fleisch und Blut sind. Jeder verschickte oder empfangene Brief entspricht einem Kapitel dieses Romans. Juan Ramón, Georgina, die Freunde und Verwandte, die die beiden erwähnen, alle sind sie Darsteller, eingeladen, in ihren Seiten mitzuspielen. Das Gedicht, das der Meister seiner Geliebten eines Tages schreiben wird, wird das perfekte Ende sein. Und natürlich sind sie die Autoren: zwei besonnene Romanschriftsteller, die sich in der Mansarde einschließen, um die Einzelheiten der Handlung zu besprechen. Sie sagen zum Beispiel: »Im fünften Kapitel ist die Heldin zu dramatisch gewesen, es ist angebracht, die Spannung im siebten etwas zu senken.« Oder sie sagen: »Geh noch einmal das letzte Kapitel durch, der Absatz klingt eher unwahrscheinlich.«

Noch wirkt es freilich wie ein Spiel. Doch in gewisser Weise ist es das Ernsteste, was sie jemals in ihrem Leben getan haben.

Selbstverständlich geschehen inzwischen viele andere Dinge. Wir dürfen nicht vergessen, dass ein Schiff nicht weniger als dreißig Tage für die Fahrt über den Atlantik benötigt. Tatsächlich dauert im Jahr 1904 alles sehr lang, von der Trauerzeit bis hin zur Pose, die man für eine Fotografie einnehmen muss. Deshalb geht das Leben von José und Carlos während des langen Wartens seinen gewöhnlichen Gang, morgens die geschwänzte Universität, nachmittags die Mansarde, nachts der Club; abends ins Theater und in Konzerte; nachmittags Sonne und ausgiebiges Bad in den Wellen am Strand von Chorrillos;

samstags Wetten in der Hahnenkampfarena von Huanquilla
oder im Hippodrom von Santa Beatriz oder an irgendeinem
Billardtisch; sonntags Kirche und Übungen in Geduld, während die Standuhr des kleinen Saals Stunde um Stunde schlägt;
und wieder ein Semesterende, zu dem die Leistungsnachwei-
se gefälscht werden müssen; nachmittags im Frühling, wenn
sie auf dem Jirón de la Unión umherspazieren; die ersten und
dritten Mittwoche im Monat, an denen sie Besuche abstatten
und empfangen und dabei heiße Schokolade und Kuchen zu
sich nehmen, sich verbeugen, Klavierkonzerten lauschen und
über das Wetter oder mit affektierten jungen Damen, die eines
Tages ihre Gattinnen sein könnten, über die Annehmlichkeiten
von Zugreisen sprechen. Früher nannten sie das Leben, doch
jetzt erscheint es ihnen wie ein langsamer und klebriger Traum,
der sie in seinem entsetzlich zähen Fluss Tropfen für Tropfen
ertränkt. Denn jetzt besteht das wahre Leben darin, zu warten,
bis der Transatlantikdampfer am Hafen von Callao festmacht
und seinen Vorrat an Briefen des Meisters entlädt. Im Club von
ihrem Roman aus Fleisch und Blut zu sprechen und zuzuse-
hen, wie das Interesse der Stammgäste für Sandovals Streik der
Hafenarbeiter, der immer nicht stattfindet, langsam nachlässt.
Den nächsten Brief zu schreiben.
Um ihre Arbeit zu perfektionieren, besorgen sie sich sogar ein
Buch mit dem Titel *Ratschläge für den jungen Romancier*, ein
mehr als siebenhundert Seiten dicker Band, der wenige Ratschläge und viele Befehle erteilt, und dessen junger Romancier
eher ein gebildeter Greis von achtzig Jahren zu sein scheint.
Der Autor, ein gewisser Johannes Schneider, greift häufig zu
Begriffen wie »Dissektion«, »Exhumierung«, »Analyse« und
»Autopsie«. Mehr Ehrlichkeit kann man nicht erwarten, denn
mit preußischer Strenge seziert das Buch die Weltliteratur, bis

alles, was diese an Einzigartigem und Schönem besitzt, unter seinem Skalpell abstirbt. Sie versuchen, sich das Buch abwechselnd laut vorzulesen, doch sie schlafen am Ende immer ein. Über den Ratschlag hundertvierzehn kommen sie nicht hinaus. Eines Nachts folgen sie einer Eingebung und entfachen den Herd der Mansarde mit einer Buchseite, zunächst noch schüchtern, doch als sie die Flammen sehen, gibt es kein Halten mehr. Unter Gelächter verbrennen sie die siebenhundert Ratschläge, Seite für Seite; ein Fest, das etwas von einem heidnischen Ritual hat, von Befreiung vom Alten und Ankunft des Unbekannten: eine neue Literatur, deren Seiten keine Wärme verbreiten, sondern allein Tatsachen und Handlungen enthalten, die ihre Spuren im Fleisch und im Gedächtnis der Menschen hinterlassen. Daran denken sie, während das Feuer flackert, zittert und gemeinsam mit dem Lachen allmählich erlischt. Währenddessen streift irgendwo die Katze maunzend umher, und ein paar Stockwerke tiefer essen die Chinesen oder träumen oder stimmen alte Lieder an vom Gelben Fluss oder arbeiten einfach, um weiterzuleben, ohne an irgendetwas zu denken und ohne zu bemerken, dass sie bereits begonnen haben, die Gesichter ihrer Mütter und Ehefrauen zu vergessen.

Vielleicht ist es übertrieben, sie als Schriftsteller zu bezeichnen, nur weil sie ein paar Briefe verschickt haben. Das hängt von der Bedeutung ab, die wir ihrer Korrespondenz verleihen. Ganz zu schweigen davon, wie ernst wir das Handwerk des Schreibens nehmen, das eigentlich kein Beruf ist, sondern etwas, das eher einem Glaubensakt gleichkommt. Das einzige, dessen wir sicher sein können, ist dies: Sie halten sich für Schriftsteller und genauso, wie sich der Körper bei einer Scheinschwangerschaft aufbläht, um das Kind zu beherbergen, das nicht sein wird, so bilden sich auch um ihr hypothetisches Literatendasein herum einige der Tugenden und Laster wahrer Schriftsteller heraus. So kommen ihre ersten Unsicherheiten, ihre ersten Ängste. Die große Furcht, die früher oder später jeder Schöpfer kennenlernt. Letztendlich kann niemand, der kein Dummkopf ist – auch wenn man nicht ganz von der Hand weisen kann, dass dies unter guten Schriftstellern vorkommen soll –, auf etwas so Zerbrechliches wie Worte vertrauen, die ja der Rohstoff ihrer Arbeit sind. Sie haben also beide Angst; doch so, wie es nicht zwei gleiche Künstler gibt, sind auch ihre Ängste völlig verschieden.

In Josés Fall ist es die Angst, dass Juan Ramón ihnen auf die Schliche kommt, und es keine Briefe mehr gibt; dass Juan Ramón ihnen nicht auf die Schliche kommt und es trotzdem keine Briefe mehr gibt; dass sie im Club lieber über Sandovals Streik sprechen als über ihren Roman; dass der Meister bereits liiert ist oder eine Muse hat oder beides; dass sie glauben, Briefe von der Klasse der *Heroides* zu schreiben, die in Wahrheit höchstens für ein Schmierblatt taugen. Doch vor allem hat er Angst, dass Juan Ramón das Gedicht nicht schreibt; schlimmer noch, dass er es schreibt und es mittelmäßig ist. Um es deutlich zu sagen: Er hat Angst, das Gedicht könnte abscheulich sein, barer Unsinn, eine literarische Totgeburt, und dass der Undankbare es ihr zu allem Übel auch noch widmet; was werden sie beide tun, wenn sie sich wie Autoren einer Muse fühlen, die nicht zu feuriger Leidenschaft inspiriert, sondern nur zu Verslein, diktiert von der Barmherzigkeit oder von der Langeweile oder gar von der Freundschaft, von der die Männer stets sprechen, wenn es um jene Frauen geht, an denen sie kein Interesse haben.

Carlos für seinen Teil sorgt sich nicht um dieses ungeschriebene Gedicht. Seine Ängste sind in Wahrheit eine einzige: dass Georgina es nicht wert ist. Dass es ihnen trotz all der Briefe, der vielen schlaflosen Nächte, in denen sie sich Georgina vorgestellt haben, nur gelungen ist, eine gewöhnliche, unbedeutende Frau zu gebären, unfähig, das Interesse von Juan Ramón zu wecken. Dass sie für immer dazu verdammt ist, eine Nebenfigur zu sein. Eine von den zahllosen Durchschnittsfrauen, die sie von der Mansarde aus vorbeilaufen sehen, namenlos und ohne Ziel. Wohin gehen sie, und wen kümmert es? Jedes Mal, wenn sie einen etwas offizielleren, etwas steiferen Brief als gewöhnlich erhalten, werden seine Zweifel größer. Woher sollen sie wissen, ob Juan Ramón nicht hundert Briefe am Tag schreibt, die genauso sind wie dieser? Eines Morgens liest Carlos in der Zeitung einen Artikel über die Fließbänder, mit deren Hilfe die Amerikaner neuerdings ihre Automobile herstellen, und in derselben Nacht träumt er von Juan Ramón, der in seinem Arbeitszimmer sitzt und fieberhaft damit beschäftigt ist, Höflichkeitsformeln zusammenzubauen, Briefmarken zu stempeln und Absätze zu korrigieren, die sich in identischer Weise Brief für Brief wiederholen.

*Heute Morgen habe ich Ihren bezaubernden Brief erhalten, und ich eile, Ihnen mein Buch* Traurige Arien *zu schicken und bedauere allein, dass meine Verse nicht halten mögen, was Sie sich von ihnen versprechen, Georgina / Maria / Magdalena / Francisca / Carlota ...* Das ist der Kern seiner Angst, wenn Angst denn genaue Umrisse haben kann. Dass Georgina am Ende ihm selbst mehr bedeutet als dem Meister.

Es spielt keine Rolle, wer ihnen als Erster von den Schreibern auf der Plaza Santo Domingo erzählt hat. Wer auch immer es war, sie sind sehr schnell davon überzeugt, dass ihnen nur dort geholfen werden kann. Und dass der Magister Cristóbal, ein Fachmann für Heiratsanzeigen und Liebesbriefe, die Person ist, die sie brauchen.

Hätten José und Carlos den Magister von der Mansarde aus vorbeigehen sehen, mit seinem abgetragenen Hut und seinen Schreiberlingsutensilien auf dem Rücken, so hätten sie ihn schnell für eine Nebenfigur gehalten. Und sie hätten recht gehabt, zumindest, was diese Geschichte betrifft. Doch wenn das alltägliche Leben von Lima im Jahr 1904 seinen eigenen Roman hätte, sagen wir einen Band von vierhundert Seiten, dann hätte der Magister Cristóbal sich zweifellos eine Hauptrolle verdient, und sei es allein für die Geheimnisse, die im Laufe von zwanzig Jahren an seinen Augen und Händen vorbeigezogen sind. Sämtliche Priester der Stadt mit all den Geschichten, die sie in ihren Beichtstühlen gehört haben, hätten sich keine genauere Vorstellung von der Redlichkeit ihrer Kirchgänger machen können.

Das Leben berühmter Männer beginnt mit ihrer Geburt und in gewisser Weise sogar schon früher mit den Heldentaten ihrer Vorfahren, die ihnen den Namen und die Titel vermacht haben. Die einfachen Leute kommen dagegen viel später zur Welt, wenn sie bereits Hände zum Arbeiten haben und Rücken, auf denen sie gewisse Lasten tragen können. Einige, die meisten, werden niemals geboren. Sie bleiben ihr ganzes Leben lang unsichtbar und bewohnen elende Winkel, in denen die Geschichte nicht Halt macht. Man könnte sagen, dass Cristóbal mit siebzehn Jahren zur Welt kommt, als er einen winzigen Posten als Schreiber in einem Notariat von Lima erhält.

Was davor geschieht – seine Kindheit, seine Sehnsüchte, die Gründe, wie es eine bettelarme Familie zuwege brachte, ihm eine Ausbildung zum Schriftgelehrten zu verschaffen – ist ein Geheimnis. Oder besser gesagt, es wäre ein Geheimnis, hätte irgendjemand Interesse daran, es aufzudecken. Doch so verhält es sich nicht, niemand schert sich darum. Seine Biografie beginnt also dort, in einem winzigen, mit Papieren vollgestopften Zimmer, wo der Notar ihm befiehlt, Testamentsnachträge über heißem Wasserdampf zu öffnen und bestimmte Posten aus der Buchhaltung herauszuhalten. Wie jedes Neugeborene beschränkt Cristóbal sich darauf, schweigend zu gehorchen, ohne die Welt, die ihn umgibt, zu hinterfragen. Über das, was ihm währenddessen durch den Kopf geht, wissen wir ebenso wenig wie über das, was vor seiner Geburt geschah.

Im Jahr 1879 wurde der Magister Cristóbal eingezogen, um während des unglückseligen Krieges gegen Chile in Arauca als Schütze zu dienen. Natürlich nannte man ihn zu jener Zeit noch nicht Magister. Und der Krieg gegen die Chilenen schien auch keine Katastrophe zu sein, sondern eher ein sportliches Ereignis oder ein Jagdausflug. So etwas wie eine lange Pilgerfahrt, damit die jungen Leute Uniformen mit Epauletten tragen und dieses Lebe hoch dem einen und Tod dem anderen durch die Gegend rufen konnten. Die ersten Schüsse sollten viele bittere Erkenntnisse mit sich bringen. Denn nach zwei Tagen in der Schlacht waren die Uniformen versaut von Schlamm und Blut, und die jungen Leute wirkten nicht mehr ganz so jung, und es waren diese Männer, die gerade erst zu Männern geworden waren, und nicht die Ideen oder die Nationen, die in den Gräben zu sterben begannen. Viele von ihnen waren zweifellos Jungfrauen, und aus irgendeinem Grund erschien dieser Umstand Cristóbal als das Traurigste am Ganzen. Dies und die Kameraden, die weder lesen noch schreiben konnten – was die Mehrheit war – und die, bevor sie starben, nicht einmal den Trost hatten, die Briefe derer zu lesen, die sie liebten. Eines Tages eilte Cristóbal herbei, um den letzten Willen eines Waffenbruders, der sich von seiner Mutter verabschieden wollte, aufzuschreiben. Ein anderes Mal half er seinem Feldwebel dabei, die richtigen Worte zu finden, mit denen er seiner kleinen Kriegspatin seine Liebe gestehen wollte, und ehe er sich versah, verdiente er seinen eigenen Sold, indem er die persönlichen Briefe der halben Kompanie schrieb. Er war sogar zum persönlichen Adjutanten von Hauptmann Hornos befördert worden, was viel damit zu tun hatte, dass die sechs Geliebten, die der Hauptmann in Lima zurückgelassen hatte, täglich mit Versprechen und Versen zufriedengestellt werden mussten.

Kurz darauf endete der Krieg. Oder besser gesagt, was als Krieg begann und auf dem Schlachtfeld vier Jahre andauerte, wurde schließlich zur schmachvollen Niederlage gegen Chile, die sich im Gedächtnis der Peruaner jahrzehntelang fortsetzen sollte. Doch als Cristóbal nach Lima zurückkehrte – nun gewiss der Magister Cristóbal –, wollte er seinen Platz im Notariat nicht wieder einnehmen. Es handelte sich, wie es scheint, um eine moralische Angelegenheit – keine gefälschten Testamentsverfügungen mehr; keine Meineide mehr, um den Herrn Notar reich zu machen –, wenngleich die Sache nicht ganz eindeutig ist, denn in jener Zeit war der Magister noch zu arm, um Prinzipien zu haben. Er hatte sich allerdings fest vorgenommen, keinem Herrn mehr zu dienen, und so kam es, dass er begann, in den Kolonnaden der Plaza Santo Domingo zu arbeiten.

Briefschreiber haben weder Vorgesetzte noch geregelte Arbeitszeiten. Wollen sie hochtrabend sein, so nennen sie sich öffentliche Sekretäre; eine erhabene Art, zu sagen, dass man nicht einmal über ein eigenes Büro verfügt, beziehungsweise, dass dieses und die Straße nicht voneinander zu unterscheiden sind. Sie halten eine Ecke unter den Arkaden des Platzes besetzt, und dort errichten sie jeden Morgen ihre morschen Schreibtische und warten auf Kunden, die um ihre Dienste bitten. Man kennt sie auch unter der Bezeichnung Evangelisten, denn wie die Evangelisten des Neuen Testaments schreiben sie die Worte nieder, die andere ihnen diktieren. Und das ist das einzige, was sie von morgens bis abends in den Kolonnaden des Platzes tun: die Briefe der Analphabeten schreiben. Dem Auswanderer eine Stimme verleihen, der Nachrichten nach Hause schicken will – du müsstest sehen, wie groß Juanito geworden ist. Der ungebildeten jungen Frau Augen geben, die sie braucht, um das Zettelchen, das jemand unter ihrer Tür hindurchgeschoben hat, zu lesen. Der Witwe oder dem Beamten im Ruhestand höfliche Worte in den Mund legen, wenn sie eine bestimmte Rente oder einen bestimmten Versetzungswunsch in die Provinz beantragen wollen und sich zu diesem Zweck an die Regierung wenden.

Der Magister Cristóbal ließ sich in einem leeren Winkel des Platzes nieder, und nach kurzer Zeit gehörte ihm die Ecke so vollkommen, dass er sogar einen Haken an einer der Säulen anbringen ließ, um sein Jackett und seinen Hut daran aufzuhängen. Er besitzt ein Schreibpult, dessen Oberfläche mit Kratzern und Strichen in vier Teile unterteilt ist, und auf dem er in den folgenden zwanzig Jahren dieselben Objekte stets auf dieselbe Weise anordnet: Tintenfass, Schreibfeder, Füller, Winkelmaß und Zeichendreieck, Löschpapier. Er hat auch einen Kasten, der einmal zu einer Singer Nähmaschine gehörte, und der nun als Hocker und sogar als Stauraum dient, wo er Münzen aufbewahrt. Außerdem das Bild seiner verstorbenen Gattin, der er vielleicht nie geschrieben hat, weder Briefe noch Gedichte.

Cristóbal nimmt ausschließlich Aufträge für romantische Korrespondenz an. Ein Kärtchen auf dem Tisch gibt darüber deutlich Aufschluss: »Magister Cristóbal: Liebesbriefe«. Die Kategorie »Liebe« ist indes vage genug, um auch das Großmütterchen unterzubringen, das ihn zwölf Jahre lang jeden Montag aufgesucht hat, um ein neues Gnadengesuch für ihren Sohn im Gefängnis aufzugeben. Briefe, in denen nach Cristóbals Dafürhalten genauso viel Gefühl steckt wie in den leidenschaftlichsten Romanzen. Tagtäglich stehen Dutzende Kunden vor seinem Pult Schlange und ringen die Hände, während sie warten, oder starren ins Nichts oder erfüllen irgendein anderes ihren Umständen entsprechendes Klischee, denn die Verliebten von Lima sind so wenig originell wie die Verliebten sonstwo auf der Welt. Nicht nur Analphabeten wenden sich an ihn, auch junge Leute, die einen Bedarf an galanten Formulierungen haben, um damit ihre Geliebten zu umwerben. In einem solchen Fall ist Cristóbal nicht nur ein Evangelist, sondern vielmehr ein Dichter, dessen Aufgabe darin besteht, sich den Adressaten der Briefe so oder so vorzustellen, um dort Verse sprechen zu lassen, wo die Bewerber nur noch über die wortlose Hitze der Liebe verfügen.

Wenn er fertig ist, zielt er mit den Entwürfen und den verworfenen Briefen auf einen Weidenkorb. Später wird er sie benutzen, um den Herd in der Küche zu befeuern. Darüber macht er häufig Scherze: Im Winter, sagt er, wärmt ihn die Liebe der anderen. Ein flüchtiges Feuer ist das der romantischen Gefühle, es entbrennt schnell, doch es hinterlässt weder Wärme noch Glut.

Zunächst bemerken sie nichts Außergewöhnliches. Nur einen alten Mann mit Brille und ergrautem Haar, der nicht einmal von seinen Papieren aufblickt, als sie an der Reihe sind.

»Guten Tag, Herr Magister ...«

»Nur Magister, seien Sie so freundlich.«

»Wir kommen, um ein Problem mit Ihnen zu erörtern, Magister.« Immer noch ohne die Augen zu heben, spricht Cristóbal wieder:

»Darauf würde ich wetten. Und sicher trägt Ihr Problem Rock und Mieder.«

José lacht zu laut.

»Vergessen Sie nicht die Unterröcke, Magister.«

In diesem Augenblick schaut Cristóbal auf. Die Pause dauert nur einen Moment, doch in diesem Moment scheint sein Blick alles zu erfassen. Die importierten Anzüge. Den Silberknauf von Carlos' Spazierstock. Die goldenen Manschettenknöpfe.

»Sehr edle Unterröcke, würde ich sagen.« Anschließend verschränkt er die Hände und stützt das Kinn darauf. »Lassen Sie mich raten. Eine junge Dame aus ... La Punta oder Miraflores, aber ich würde sagen aus Miraflores. Nicht mehr als zwanzig Jahre alt. Sehr schön. Ebenmäßige Züge, gut gebaut, kleine Ohren, samtweiche Haut, wunderschöne Augen ...«

José hebt die Augenbrauen.

»Wie können Sie das alles wissen?«

»Nun gut, was Miraflores angeht ... Um die Wahrheit zu sagen: Ich sehe Männer wie Sie nicht verliebt in ein Frauchen aus San Lázaro. Im Übrigen weiß ich nicht, ob Ihre kleine Dame so ist, wie ich sie beschrieben habe, aber bestimmt glauben Sie, dass sie so ist. Ich bin noch nie einem Mann begegnet, der gesagt hätte, seine Geliebte wäre schlecht gebaut, hätte große Ohren und hässliche Augen. Und was die samtweiche Haut angeht – wie könnten Sie das Gegenteil denken, wenn Sie doch noch nicht einmal eine Faser ihrer Kleidung berührt haben?«

»Und woher wollen Sie das wissen?«

»Noch viel seltener als ein Mann, der seine Geliebte nicht schön findet, ist eine Dame, die, wenn sie einmal in Zärtlichkeiten eingewilligt hat, nicht auch in alles weitere einwilligt. Und im Namen von welchem Heiligen sollten Sie Briefchen schreiben, wenn Sie doch schon alles haben?«

José beginnt zu lachen.

»Ihre Logik ist unwiderlegbar, Magister. Ich wusste nicht, dass die Mathematik und die Liebe so gut miteinander harmonieren.«

»Und jetzt kommt das Leichteste. Welcher von Ihnen der Verliebte ist und welcher der treue Knappe, der ihn begleitet ... Und ohne jeden Zweifel sind der Verliebte Sie, der bisher noch nicht gesprochen hat.«

Er zeigt auf Carlos.

»Ich?«

»Sehen Sie, da irrt die Logik, Magister«, mischt sich José ein.

»Sagen wir, wir sind beide an der kleinen Dame interessiert, was sagen Sie nun?«

Cristóbal scheint das nicht zu beeindrucken.

»Dass Sie sich näherstehen, als ich dachte.«

»Hören Sie nicht auf ihn«, meldet sich Carlos zu Wort. »Sie ist von keinem die Geliebte. Zumindest noch nicht. Und außerdem ist sie meine Cousine.«

»Sie heißt Carlota.«

»Mein Freund scherzt erneut. Georgina. Ihr Name ist Georgina.«

Cristóbals Miene ist streng geworden.

»Ihre Cousine also. Und wer von beiden wirbt um sie? Um unseres Vorhabens Willen hoffe ich, dass ich mich mit Ihnen getäuscht habe, denn aus Prinzip mache ich meine Feder nicht für Liebschaften unter Blutsverwandten nass. Ebenso wenig erhalten Romanzen zwischen zwei Männern mein Siegel, und erst recht billige ich nicht Briefe an Mädchen, die noch nicht der Gesellschaft vorgestellt wurden. Sogar wir Schreiber haben unsere Ethik, stellen Sie sich vor.«

»Sie müssen sich deshalb keine Sorgen machen. Nicht wir sind die Verliebten.«

»Sie ist völlig verrückt nach einem anderen Mann. Ein Freund aus Spanien, mit dem sie seit Monaten Briefe wechselt.«

»Ein Freund, oder wer weiß, ob nicht mehr«, ergänzt Carlos.

»Die Sache ist noch nicht ganz klar, Magister.«

»Die Sache ist nicht klar, und trotzdem ist meine Cousine, nun ja, verliebt.«

»Sie denkt an nichts anderes, die Arme.«

Cristóbal wendet sich erneut seinen Papieren zu.

»Ich verstehe. Und ich nehme an, Sie möchten, dass ich ihr mit den nächsten Briefen helfe, ist es nicht so? Dass ich die Korrespondenz ein wenig verblüme, um zu sehen, ob wir damit diesen Spanier einfangen.«

»Nein, um die Briefe kümmert sie sich selbst«, antwortet Carlos mit plötzlicher Härte.

»Um so viel bitten wir gar nicht, Magister. Außerdem besteht das Mädchen darauf, ihre Briefchen selbst zu verfassen. Hoffnungslos romantisch, das Cousinchen. Doch über diesen Freund wissen wir nicht so viel.«

»Wir machen uns Sorgen, ob ihre Gefühle erwidert werden, verstehen Sie? Oder ob er sie nur bei Laune hält.«

»Ob es nur so scheint, dass er ihr den Hof macht, während er in Wirklichkeit nur an den Hof herankommen will.«

»Aus diesem Grund brauchen wir Ihre Ratschläge, Magister.«

»Und man hat uns gesagt, dass es in Lima niemanden gibt, der so viel über Liebesbriefe und darüber, wie sie zu deuten sind, weiß wie Sie.«

»Wenn Sie uns Ihr Gutachten über die Absichten dieses Herrn geben könnten ...«

»Oder uns sagen könnten, ob es Anzeichen gibt, dass ihr Freund demnächst irgendeine großherzige Geste machen wird, vielleicht ein paar kleine Verse schreibt. Sehen Sie, solche Details machen ihr Freude.«

Der Magister Cristóbal lässt die Brille in der Hand tanzen, während er zuhört.

»Ich verstehe. Und nun das Wichtigste: Wollen wir oder wollen wir nicht, dass diese Galanterie zu einem guten Ende führt?«

»Wir wollen, wir wollen.«

»Wie sollten wir nicht! Alles, was wir wollen, ist das Glück des Cousinchens.«

Cristóbal nickt zufrieden.

»Es freut mich, das zu hören, denn um gegen den Strom der Liebe zu schwimmen, befeuchte ich meine Feder auch nicht. Dies ist sozusagen die goldene Regel meiner Arbeit: Zuerst die Liebe. Auch wenn man arm ist, hat man eine Ethik. Sie wissen schon.«

»Machen Sie sich darum keine Sorgen.«

»Ich wiegele auch keine verheirateten Frauen auf. Das ist eine weitere Regel, die nicht zur Diskussion steht.«

»Seien Sie ganz beruhigt. Alles ist sehr moralisch und sehr sauber.«

»Und sehr romantisch. Auch wir sind hoffnungslose Romantiker.«

Der Magister klatscht laut in die Hände.

»Dann genug der Worte. Doch wenn Sie meine Meinung wollen, werden wir die Briefe dieses Burschen benötigen. Wenn Sie also ...«

Bevor er den Satz beenden kann, hat Carlos bereits ein Paket auf den Tisch gelegt.

»Hier sind seine und dahinter ihre. Sie können sich nicht beklagen.«

Cristóbal nimmt den Stapel in die Hand und sichtet ihn vorsichtig von beiden Seiten.

»Und wie kommt es, dass Sie auch ihre haben? Oder schreibt Ihre Cousine sie nur, um sie dann in der Schublade aufzubewahren?«

»Sie schickt sie ab, doch davor macht sie viele Entwürfe, Magister.«

»Wir haben Ihnen ja gesagt, dass sie an nichts anderes denkt.«

»Und wie von Sinnen ist.«

»Und dass die Sache noch nicht klar ist«, fügt José hinzu.

»Die Sache ist nicht klar«, bestätigt Carlos.

Cristóbal betrachtet sie eine Weile schweigend, als wolle er etwas entdecken, was sich jenseits ihrer Worte befindet. Dann löst er den Knoten und entfaltet mit sanften Bewegungen den ersten Brief. Fast augenblicklich blickt er zu ihnen auf.

»Welch eine Handschrift ihre Georgina hat! Das ist vollendet! In meinem ganzen Leben habe ich nichts Vergleichbares gesehen. Das wirkt wie die Schrift einer Puppe!«

José lacht erneut.

»Genau das sage ich ihrem Vetter auch immer.«

Er benötigt fast eine Stunde, um alle Briefe zu lesen, und in dieser Zeit beschränken sich die beiden darauf, schweigend zu warten. Sie studieren jede seiner Reaktionen. Die unbekümmerte oder aufmerksame Miene, mit der er umblättert. Sie befürchten, dass er im nächsten Moment den Blick hebt und etwas so Lapidares sagt wie:

»Das sind die besten Briefe, die ich in meinem ganzen Leben gelesen habe.«

Oder auch:

»Das sind die schlechtesten Briefe, die ich in meinem ganzen Leben gelesen habe.«

Doch nichts dergleichen geschieht. Als er den letzten Briefbogen wieder zusammenfaltet, nimmt Cristóbal die Brille von der Nase, zündet sich gleichmütig eine Zigarre an und fragt sie, ob sie jemals eine der verhüllten Frauen von Lima gesehen hätten.

»Eine verhüllte Frau?«

»Natürlich nicht«, mischt José sich ein. »Schon seit einem halben Jahrhundert sieht man diese Mode nicht mehr im Land.«

Der Magister nickt zustimmend.

»Genau. Aber zweifellos haben Sie diese Tracht auf Postkarten oder Fotografien gesehen. Oder, wer weiß, vielleicht sogar im alten Kleiderschrank einer reizenden Großmutter ... nicht wahr?«

»Ja ...«, sagt Carlos, der noch nicht versteht, was die Verhüllten mit seiner Georgina zu tun haben. Das heißt, mit seiner Cousine. Aber Cristóbal fährt fort:

»Ich hatte noch die Gelegenheit, die letzten Verhüllten zu sehen, als ich klein war. Das ist schon viele Jahre her. Die französische Mode mit ihren Reifröcken und Korsetts war bereits stark im Kommen, und nur sehr wenige Frauen trugen weiterhin die koloniale Tracht. Sie waren bewundernswert. Ein langer Rock bis zu den Knöcheln, der so eng war, dass die Frauen kaum einen Fuß vor den anderen setzen konnten, um sich fortzubewegen. Und um die Schultern einen gefältelten Umhang, der etwas von einem maurischen Schleier hatte, und der den Oberkörper und sogar den ganzen Kopf verhüllte, um nur eine kleine Stelle des Gesichts freizulassen. Eine schmale Spalte aus Seide, durch die nur ein Auge der Verhüllten sichtbar war ... Und wissen Sie, warum die Verhüllten dieses Auge frei ließen?«

»Damit sie sehen konnten, wohin sie gingen?«, fragt José lachend.

»Aus Koketterie«, antwortet Carlos, ohne auf den Scherz einzugehen.

»So ist es. Und glauben Sie nicht, dass es die Männer gereizt hätte, mehr vom Gesicht oder vom Körper freizulegen?«

»Nein«, antwortet Carlos schnell.

»Warum?«

»Weil das, was man nur halb sieht, mehr verheißt als das, was man ganz sieht, Magister.«

»Und glauben Sie, sie wären verführerischer gewesen, wenn sie sich vollkommen bedeckt hätten, wenn sie, sagen wir, vom Kopf bis zu den Füßen verbunden gewesen wären wie die Mumien im alten Ägypten?«

»Nein«, antwortet Carlos vorsichtig. »Denn, wenn man zu viel von sich zeigt, ist es ebenso wenig verführerisch, wie wenn man sich gar nicht zeigt.«

Der Magister Cristóbal schlägt die Hände so fest zusammen, dass ihm fast die Zigarre herunterfällt.

»Genau! Sogar Sie, die Sie noch Rekruten in diesen Gefechten sind, Säuglinge gewissermaßen, was die Liebe angeht, verstehen dieses grundlegende Gesetz, nicht wahr? Die Liebe ist eine angelehnte Tür. Ein Geheimnis, das nur bestehen bleibt, so lange man es halbwegs bewahrt. Und jenes schelmische Auge war der Angelhaken, mit dem die Frauen von Lima während ihrer Spaziergänge Fische fingen. Der Köder, an den die Männer wie blöde anbissen. Haben Sie von der Sprache des Fächers und des Taschentuchs gehört? Wie viele Liebesworte konnte eine Frau sagen, ohne den Mund zu öffnen? Nun, es war das Gleiche mit dem Zwinkern der Verhüllten. Eine langes Zwinkern bedeutete: Ich bin die Eure. Zweimal kurz zwinkern: Ich begehre Euch, doch ich bin nicht frei. Ein langes und ein kurzes ...«

»Sie wissen viel über Verhüllte«, stellt José mit einem Ton in der Stimme fest, der kein bisschen Bewunderung enthält. »Aber was unser Cousinchen angeht ...«

»Ihr Cousinchen«, unterbricht Cristóbal ihn mit didaktischer Gelassenheit, »hat diese Grundregel der Liebe, an die Ihr Freund sich so gut erinnert, vergessen. Vielleicht hat sie sie nie gekannt. Lesen Sie ihre Briefe selbst, wenn Sie es nicht bereits getan haben. Gut, an Ihren Gesichtern sehe ich, dass Sie es getan haben. Mehrmals sogar. Nun antworten Sie mir, wie ist Ihre Cousine?«

José und Carlos wechseln einen Blick.

»Sie ist zwanzig Jahre alt ...«

»Sie ist sehr schön ...«

Cristóbal schlägt mit der Hand in die Luft.

»Ja, ja! Und ihre Züge sind ebenmäßig, sie ist gut gebaut, ihre Haut ist samtweich, die Gestalt schlank ... Das alles weiß ich schon. Das wusste ich bereits, bevor sie den Mund geöffnet haben. Aber wie ist sie? Was sagt sie uns in ihren Briefen über sich selbst? Nichts! Sie spricht kaum über etwas anderes als Literatur und Gedichte und ... was weiß ich. Am Ende habe ich ihr nicht mehr besonders viel Aufmerksamkeit geschenkt, um ehrlich zu sein. Möglicherweise sieht jener vornehme Herr, der ihr schreibt, eine gebildete Begleitung in ihr, wer weiß, aber ich bezweifle, dass sie ihm mehr als das geben kann. Einige Frauen lassen sich in ihren Briefen zu große Offenheit zuschulden kommen. Sie rennen nackt auf die Liebe zu, um es einmal so zu sagen. Ihre Cousine begeht den entgegengesetzten Fehler. Sie ist eine so schüchterne Verhüllte, dass sie sich vom Kopf bis zu den Füßen mit dem Umhang verhüllt hat und vergaß, das Auge frei zu lassen. Und wie Sie richtig gesagt haben, ist eine solche Schamhaftigkeit dem Spiel der Verführung nicht zuträglich. Haben Sie das verstanden?«

Es vergehen ein paar Sekunden, in denen keiner der beiden etwas sagt. Sie schauen auf den Boden wie gescholtene Schüler.

»Dann ... ist Juan Ramón nicht ...«

»Verliebt? Wie sollte er es sein, wenn er niemanden zum Verlieben hat? Man kann nicht etwas begehren, wovon man nichts weiß. Wenn die Dinge sich ändern würden ... Wer weiß? Er schreibt eindeutig wie ein Junggeselle. Wenn Sie mich genau fragen, würde ich sogar sagen, er spricht wie jemand, der sich wünscht, sich zu verlieben. Aber so ...«

Carlos' Stimme zittert.

»Also ... Was raten Sie uns, Magister?«

»Ihnen? Ihnen nichts. Höchstens Ihrer Cousine. Und was ich ihr empfehlen würde, wäre, etwas mehr über sich selbst zu sprechen. Ein klein wenig von ihrem Gesicht zu zeigen, damit dieser Juan Ramón etwas hat, woran er sich erinnern kann, wenn er an sie denkt. Etwas, was sie vom Rest der Frauen unterscheidet. Kurz, sie soll die Verhüllte spielen, nicht die Mumie. Alles klar?«

Doch er lässt Ihnen kaum Zeit zu antworten. Mit einer schnellen Bewegung kramt er in seiner Hosentasche und öffnet den Deckel seiner Uhr.

»Und mit Ihrer Erlaubnis, Señoritos, es ist Zeit für meinen Vormittags-Pisco. Wenn es Ihnen also keine Umstände bereitet, würde ich Sie bitten, mir mein Honorar von zwei Sol zu geben, damit ich wiederum dem Barbesitzer sein Honorar geben kann ...«

José und Carlos zögern einen Moment. Nie zuvor hat ein einfacher Mann, das heißt, eine Nebenfigur, sie auf so unverschämte Weise auf ihre Schulden hingewiesen. Normalerweise beschränken sich die Diener, die Laufburschen und sogar die Beamten darauf, leicht zu hüsteln. So leicht, dass es wirkt, als bäten sie um Verzeihung oder um Erlaubnis. Den Hut, die Mütze gegen die Brust gepresst. Den Blick gesenkt. Erst, wenn man sie fragt, nennen Sie eine Summe, die fast immer angemessen versüßt ist. »Einen Solecito, Señor, wenn Sie die Güte haben.« Solecitos, Centavitos und Moneditas, denn die wahren Wörter scheinen ihnen den Mund zu verbrennen.

»Ihr Honorar, natürlich«, sagt José kühl.

Und er zahlt die zwei Sol, oder besser gesagt, er versetzt Carlos einen Stoß mit dem Ellbogen, damit dieser bezahlt. Anschließend gehen sie.

Nein, sie gehen nicht. Als sie gerade dabei sind, sich zu entfernen, wendet Carlos sich plötzlich um wie jemand, der sich an etwas Wichtiges erinnert.

»Herr Magister.«

»Belassen Sie es beim Magister. Und sagen Sie mir, was unserem Cousinchen nun über die Leber gelaufen ist.«

Er ist damit beschäftigt, das Pult mit Zeitungspapier abzudecken, denn manchmal gesellt sich zum Vormittags-Pisco der Mittags-Pisco, und dann kommen die Tauben, um sich auf seinem Arbeitsplatz zu putzen und zu gurren.

»Sehen Sie, das hat nichts mit meiner Cousine zu tun, Magister. Es ist nur so ...«

»Ah! Dann geht es um Sie. Amor scheint die ganze Familie durchbohrt zu haben, wie ich sehe!«

»Das ist es nicht, es ist ... es ist nur Neugierde, Magister. Mehr nicht. Ich habe mich nur gefragt, ob Sie viele Briefe im Namen von Leuten haben schreiben müssen, die Sie nicht kannten.«

»Was für eine seltsame Frage! Sie spielen doch wohl nicht mit dem Gedanken, alle meine Geheimnisse in Erfahrung zu bringen, um mich anschließend um meine Arbeit zu bringen?«, sagt er lächelnd. »Tatsächlich waren es viele. Manchmal handelt es sich bei den Kunden um Señoritos, die sich nicht zu erkennen geben wollen, und die mir Mitteilungen durch Diener oder Freunde zukommen lassen ... wie zum Beispiel Ihre unschuldige Cousine. Dann muss ich improvisieren. Ich nenne das ›aus der Erfahrung schöpfen‹. Einige grundlegende Instruktionen erfragen und mir dann die Verliebten so oder so vorstellen und zulassen, dass die Feder den Rest macht. Einmal wollte ein verärgerter Vater sogar, dass ich einen Brief schreibe und vorgebe, ein gewisser armer Freier seiner Tochter zu sein. Dass ich sage, ich sei ihrer nicht würdig und was weiß ich für Dinge ... Ich habe natürlich nicht angenommen. Eine Frage der Prinzipien, Sie wissen schon.«

»Aber wenn Sie diese Romanzen erfinden ...«

»Aber ich erfinde doch gar nichts! Man kann nur über sich selbst schreiben, sogar wenn man glaubt, im Namen anderer zu schreiben. Und deshalb sind meine Briefe immer wahr, zumindest scheint es mir so. Wenn überhaupt etwas nicht wahrhaftig ist, dann sind es die Namen, mit denen diese Briefe unterzeichnet sind, finden Sie nicht?!«

Der Magister schaut auf die Uhr. Carlos schaut den Magister an. José schaut Carlos aus den Augenwinkeln flehend an. »Wann zum Teufel gehen wir endlich, Carlotita«, scheint er zu sagen. Aber Carlota ist noch nicht bereit, zu gehen.

»Und ist das nicht schwierig?«

»Was?«

»So zu tun, als wäre man jemand anderer.«

»Schwierig? Überhaupt nicht! Ich sage Ihnen, es ist so leicht, wie man selbst zu sein.«

»Und wenn Sie so tun müssen, als wären Sie eine Frau?«

»Noch viel leichter! Man muss nur einige ›ich weiß nicht‹, ›ich glaube‹ und ›mir scheint, dass‹ hinzufügen, denn Frauen zweifeln viel. Und auch Auslassungspunkte, so viele wie möglich. Und dann ist da die Sache mit der schönen Schrift, das ist komplizierter, als es scheint. Aber abgesehen davon ... Wissen Sie, was das Geheimnis ist? Sich vorzustellen, dass es sich um eine Frau handelt, die man geliebt hat. Und da wir Männer uns alle ähneln, ist zu erwarten, dass der Kerl, dem wir schreiben, unsere Ansichten teilt ...«

»Und funktioniert es?«

Der Magister beginnt zu lachen.

»Ob es funktioniert, fragen Sie! Nun ... nicht immer. Ich will Ihnen nichts vormachen. Es geschieht das, was auch passiert, wenn man sich wirklich verliebt. Manchmal funktioniert es und manchmal nicht.«

Über die Liebe schreiben, keine Frage. Doch was weiß er davon? Vielleicht ist Carlos unsicherer, als es zunächst schien, und man muss ihm eine zweite Angst zugestehen: Dass der Roman über Juan Ramón und Georgina offenbart, wie wenig sein eigenes Leben wert ist. Denn letztlich wurzelt gute Fiktion immer in einem wahrhaftigen Gefühl – das sind die Worte des Magisters –, und das bedeutet, dass der Romancier, um über die Liebe zu schreiben, sich seiner Erfahrungen bedienen muss, dass er alles nutzen muss, was er in den Armen einer Frau gelernt hat. Und was hat er gelernt? Was weiß er über Frauen aus Fleisch und Blut?

In Wirklichkeit kaum etwas. Gewiss verfügt er trotz seiner Jugend bereits über einen bescheidenen Erfahrungsschatz, doch bisher hat er sich stets in Fantasiegestalten verliebt. Eine schöne Frau, die er einen kurzen Moment lang durch die Straße spazieren sah. Der winzige Körper einer Nymphe auf einer Gravur von Gustave Doré. Eine Romanfigur. Am nächsten war er dem Verliebtsein in einen wirklichen Menschen, als er jene polnische Prostituierte kennenlernte. Falls man das überhaupt Liebe nennen kann und vor allem, falls man eine Frau als Prostituierte bezeichnen kann, die noch unberührt ist.

Es geschah am Vorabend seines 13. Geburtstags. Am nächsten Tag würde er ein Mann sein. Zumindest wurde sein Vater nicht müde, ihm das zu sagen, als er ihn in der Pferdekutsche auf dem Weg zu seinem Geburtstagsgeschenk begleitete. Ein Mann zu sein, bringt viele Pflichten und Verantwortungen mit sich, sagte er, aber auch gewisse Privilegien. Carlos wusste nicht, ob er wollte oder nicht wollte. Weder, ein Mann zu werden, noch dieses Privileg, das sein Vater im Begriff war, ihm anzubieten. Erst kurz zuvor hatte er hinter einer doppelten Rückwand ihrer Bibliothek ein wunderbares und zugleich abstoßendes

Büchlein voller Drucke mit ineinander geschlungenen Männern und Frauen entdeckt, die Dinge taten, die ... Nein, auf keinen Fall. Er verbrachte den ganzen Sommer damit, heimlich in dem Buch zu blättern, und kam nach jeder Prüfung seines Inhalts zu demselben Schluss: wie ekelhaft, diese Vignetten. In manchen Nächten schloss er sich im Bad ein und betrachtete seinen nackten Körper im Spiegel. Dann verglich er seine magere Gestalt, seinen unbehaarten Oberkörper mit den Bildern, die er im Buch sah. Es gab auch andere Momente, in eben diesem Bad, in denen die Vignetten ihn plötzlich nicht mehr abstießen. Doch dann erzeugten sie Gewissensbisse.

Anfangs dachte Carlos, sie würden ins Zentrum von Iquitos fahren, zu den Bordellen, wo die jungen Männer der Stadt debütierten. Doch sein Vater hielt eine Überraschung für ihn bereit. Man darf nicht vergessen, dass er einer der reichsten Männer des Landes war. Und dass das Geld, ebenso wie das Heranreifen zum Mann, nicht nur Privilegien mit sich bringt, sondern auch gewisse Verpflichtungen. Die zuweilen mühsame Verantwortung, es zu verschwenden, um zu zeigen, dass man es besitzt. Dies alles geschah außerdem in der Hitze des Kautschukfiebers, als die Städte in Brasilien und Peru begannen, sich mit Magnaten wie ihm zu füllen, die darunter litten, dass sie nicht wussten, was sie mit ihrem Vermögen anstellen sollten. Die weniger Glanzvollen begnügten sich damit, den Durst ihrer Pferde mit französischem Champagner zu löschen. Andere schickten ihre schmutzige Wäsche per Schiff zum Waschen nach Lissabon – zwei Monate Wartezeit, nur, weil sie vermeiden wollten, dass die importierte Kleidung mit dem unreinen amerikanischen Wasser in Berührung kam. In einigen Clubs war es gar üblich, die Zigarren mit Hundert-Dollar-Scheinen anzuzünden, und, falls man nicht rauchte, warf man die Scheine in öffentliche Brunnen, um sich etwas zu wünschen. Flüchtige Wünsche mit dem Konterfei von Präsident Washington, die sogleich aufweichten und vor den ohnmächtigen Blicken der Passanten untergingen.

Don Augusto war jedoch weder besonders an Pferden interessiert noch an Zigarren. Es kümmerte ihn auch nicht, dass die Dienerschaft seine Fracks mit dem Wasser des Amazonas reinigte. Das größte Vergnügen bereiteten ihm die Frauen, und er war bereit, alles zu tun, damit Carlos seine Auffassung teilte. Damit er die widernatürlichen Versuchungen vergäße, die der Vater hinter allen Versen vermutete, sogar jenen, die vollkommen harmlos wirkten. Für den Geburtstag des Sohnes kam daher nur das Beste infrage, das heißt eine Nacht im Luxusbordell der Kautschukunternehmer.

Es handelte sich um einen kleinen Palast am Rande des Dschungels, den Carlos von der Kutsche aus mit einer Mischung aus Furcht und Faszination betrachtete. Von seinem Vater wusste er, dass Jungfrauen aus allen Ecken der Welt dorthin gebracht wurden, ausgestattet mit Reinheitszertifikaten in vier oder fünf Sprachen. Da die Kautschukbauern in ihren Betten nur ehrbare Frauen dulden konnten, Prostituierte, die noch keine Zeit gehabt hatten, Prostituierte zu sein, selbst wenn sie lange vor ihrer ersten Blutung taxiert, verkauft, verfrachtet worden waren. Potenzielle Huren, die man nach einer einzigen Arbeitsnacht, in der sie für einen horrenden Preis ihre Jungfräulichkeit verloren, an die gewöhnlichen Bordelle weiterreichen würde.

Die Wahl erstreckte sich über einen Zeitraum, der Carlos endlos vorkam. Ungarinnen, Russinnen, Chinesinnen, schwarze Afrikanerinnen, Französinnen, Inderinnen defilierten an ihnen vorbei. Es gab Ottomaninnen, die noch einen Schleier trugen, und Engländerinnen, damit die britischen Magnaten sich wie zu Hause fühlten. Portugiesinnen und Spanierinnen, mit denen die Mestizen alte koloniale Rechnungen begleichen konnten. Sie alle waren fast noch Kinder. Und sie waren wunderschön, doch diese Schönheit schmerzte auf eigenartige Weise. Carlos vermied es, ihnen in die Augen zu schauen. Er blickte in die Luft zwischen ihnen und zeigte willkürlich auf diese oder jene, wenn sein Vater ihn bedrängte. Jedes Mal, wenn dieser den Preis erfahren wollte, hielt ihnen ein Diener mit einem Silbertablett und einem Stapel Preisschilder das entsprechende Kärtchen hin. Darauf standen weder Namen noch Spitznamen, nur die Nationalität und der Tarif. Dreihundert amerikanische Dollar für die Japanerinnen. Zweihundertfünfzig für die Ägypterinnen. Nur zweihundert für Mulattinnen von den Antillen. Aber Don Augusto schüttelte den Kopf, wenn er die Kärtchen las. Die da ist nur eine Brasilianerin, Brasilianerinnen finden wir überall, und außerdem kostet sie nur hundert Dollar. Sei nicht schüchtern, du kannst dir das Beste aussuchen, ich lade dich ein. Das Beste bedeutete natürlich auch das Teuerste. Und am Ende schenkte Don Augusto ihm genau dies: ein verschrecktes Mädchen im Alter von dreizehn oder vierzehn Jahren, das nicht schöner war als die anderen, aber das passende Preisschild trug.

Polen. Vierhundert Dollar.

Während man die Bestellung vorbereitete, legte Don Augusto seinem Sohn den Arm um die Schultern. Das macht vierhundert, sagte er zu ihm, du tust also gut daran, mir zu sagen, ob sie blutet oder nicht. Gib gut acht, bei diesen Nutten weiß man nie. Einige arbeiten schon vor und trösten Seeleute auf dem Atlantik, und dann sind sie nicht einmal mehr die Kleidung wert, die sie tragen.

Carlos erschauderte. Die Erwähnung von Blut erinnerte ihn an das erste Mal, als sein Vater ihn auf die Jagd mitnahm, und er es nicht über sich brachte, auf ein einziges Tier zu schießen. Einen ganzen Tag lang zogen Affen und wilde Schweine sorglos an ihm vorbei und genossen die Amnestie, die seine Feigheit ihnen gewährte. Am Ende entriss Don Augusto ihm wütend das Gewehr und machte sich daran, sie niederzustrecken, eines nach dem anderen, und ihnen mit zielgenauen Schüssen das Fleisch zu zerreißen.

Doch die Erinnerung dauerte nur einen Moment lang. Jemand öffnete die Tür zum Séparée, und als er aufblickte, wartete das Mädchen bereits auf ihn.

Carlos beherrscht die angemessenen Umgangsformen, um mit ehrwürdigen Greisinnen zu verkehren, mit Dienstmädchen, mit Müttern, mit Schwestern, mit Zimmermädchen, mit den würdevollen Nonnen vom Orden der Klarissen. Doch er weiß nichts darüber, wie man mit Huren umgeht, die noch mehr Mädchen sind als Huren. Vielleicht rührt er sich aus diesem Grund zunächst nicht. Er steht immer noch mit dem Rücken gegen die Tür gelehnt – geben wir ihnen ein wenig Zeit, sich besser kennenzulernen, hat sein Vater gesagt und die Tür geschlossen –, während die Polin sich auf den Bettrand setzt und wartet. Auch sie scheint nicht zu wissen, wie es weitergeht. Denn sie weiß zwar, wie man mit galizischen Bauern umgeht, mit zwölf Geschwistern, die im selben Bett schlafen, mit Eltern, die dich für zwanzig Kopeken verkaufen, mit den rüden Besatzungsmitgliedern der *Carpathia*, doch sie weiß nichts über Kunden, die noch mehr Jungen als Kunden sind. Und vielleicht ist sie deshalb so erschrocken, wie sie es bis jetzt noch nie gewesen ist. Nicht einmal, als es jenem betrunkenen Seemann beinahe gelungen wäre, die atlantische Nacht zu nutzen und sie in seine Kajüte zu zerren.

Carlos spricht nur Spanisch und die Polin nur polnisch. Aber um ehrlich zu sein, fällt in den ersten fünfzehn Minuten kein einziges Wort. Sie beschränken sich darauf, das Zimmer zu betrachten – die Vorhänge aus Samt, das Gitter vor dem Fenster, den Baldachin, unter dem sie Zuflucht gesucht hat –, als wäre keiner der beiden anwesend. Nach einer Weile versucht Carlos, eine Begrüßung zu improvisieren. Er sagt Guten Abend, und die Polin schweigt. Ich heiße Carlos, und wie heißt du, und wieder nichts. Morgen werde ich dreizehn Jahre alt. Immer längere Sätze probiert er aus, während er sich ihr nähert und sich schließlich neben sie setzt.

Er will ihr nicht in die Augen schauen, doch lange kann er seiner Neugier nicht widerstehen. Er glaubt, er werde in ihnen Spuren der Wut oder des Schmerzes finden, die Züge des vorzeitigen Alterns, die das Leid hinterlässt. Doch stattdessen findet er etwas anderes: den blauen, erschrockenen Blick eines kleinen Mädchens, das vage um ein zerbrochenes Porzellanspielzeug oder eine verlorene Puppe trauert. Fast im selben Augenblick begreift er, dass er nichts tun wird. Dass genau dies sein Geburtstagsgeschenk sein wird: die Chance, seinem Vater wenigstens einmal im Leben den Gehorsam zu verweigern. Er möchte dies dem Mädchen sagen. Er sagt es ihr. Er sagt: Hab keine Angst, wir werden es nicht tun. Wir werden heute Nacht nebeneinander schlafen, doch wir werden uns nicht einmal berühren. Morgen werde ich immer noch Jungfrau sein, und du wirst immer noch vierhundert Dollar kosten.

Sie schaut ihn an, ohne überzeugt zu sein. Natürlich misstraut sie ihm, denn sie versteht die Bedeutung seiner Worte nicht. Oder vielleicht ist sie, gerade weil sie die Worte nicht versteht, in der Lage, etwas Tieferes zu entdecken, was sich unter ihnen, zwischen ihnen, im Gegensatz zu ihnen verbirgt, eine furchtbare Botschaft, von der nicht einmal Carlos etwas weiß.

Sie trägt ein geknöpftes Sommerkostüm, einen langen blauen Rock, rosa Strümpfe. Man hat ihr das Haar zu zwei dicken, blonden Zöpfen geflochten, die sich bis in ihren Ausschnitt hinab schlängeln. Ein Ausschnitt, wo es noch nicht viel zu sehen gibt. Und das wird sich frühestens in ein paar Jahren ändern. Aus den Augenwinkeln sieht Carlos, wie sich diese winzige Brust unter den Rüschen und dem fast durchsichtigen Musselin schnell hebt und senkt, als wäre es der Herzschlag eines erschrockenen Vögelchens. Er will ihr noch einmal sagen, sie solle keine Angst haben, sie könne ihm vertrauen, doch in diesem Augenblick hält er inne. Er sieht ihre Hand, ihre kleine Hand, die sich langsam nähert und dann ungeschickt und zitternd und zögernd seinen Körper streichelt. Diese Geste wirkt ein wenig wie die Ausführung eines Befehls, wie eine Instruktion, der man mechanisch Folge leistet, so, wie man eine bittere Medizin schluckt oder einen Behördengang erledigt. In seinem Gedächtnis vermischt sich die Berührung dieser weißen Finger mit etwas anderem. Zum Beispiel: das Gefühl, wieder in den Dschungel zu gehen. Die exotischen Vögel und die Affen, auf die er nicht schießen konnte, die Enttäuschung seines Vaters, die Rückkehr. Und an diese Erinnerung sind viele andere geknüpft: die unter seiner Matratze verstecken Gedichtbüchlein; die Seufzer seiner Mutter; die unanständigen Vignetten, die ganz abgenutzt waren vom vielen Gebrauch; die Worte seines Vaters, bevor er ihn in die Kutsche setzte. Ein Mann zu sein bringt viel Verantwortung mit sich. Sein Vater, der eine Hand auf seine Schulter gelegt hat und ihn zum ersten Mal seit langer Zeit anlächelt. Sein Vater, der in der Halle wartet, vielleicht mit einer Zeitung in der Hand, vielleicht flirtet er mit einem der Mädchen; sie sitzt auf seinem Schoß, und er erklärt ihr geduldig und mit demselben Lächeln, dass er ein verheirateter Mann ist, der nur hier ist wegen seines Sohnes, auf den er sehr stolz ist, weil er endlich ein ganzer Mann sein wird.

Und dann schaut Carlos sie an. Dieses Mädchen, das zittert und gehorcht. Sie hat genauso wenig Lust wie er, hier zu sein, und trotzdem ist sie da, ohne einen einzigen Vorwurf, sie feiert nicht ihren Geburtstag und sie wird keine vierhundert Dollar verdienen, und gleichwohl spielt sie mit in dieser langen Folge von Aufsehern, *Mesdemoiselles*, Seeleuten und Frauenhändlern. Eine Marionette, die zuerst die Hand bewegt und später die

Beine spreizt, nur, weil der Señor Rodríguez an den richtigen Fäden gezogen hat.

Er spürt kalten Schweiß auf seiner Haut. Ein elektrisches Zucken läuft seinen Rücken hinab, zum einen ausgelöst durch diese Gedanken, zum anderen dadurch, dass auch seine Hand, beinahe ohne es zu wollen, begonnen hat, über ihre Hüfte zu gleiten. Eine Hand, die nicht mehr Teil seines Körpers zu sein scheint. Das Mädchen beißt sich auf die Lippe. Ihr angespannter kleiner Körper erstarrt, sie unterdrückt einen Schrei. Carlos schließt die Augen. Wir werden heute Nacht nebeneinander schlafen, aber wir werden uns nicht einmal berühren, sagt er. Morgen werde ich immer noch Jungfrau sein, und du wirst immer noch vierhundert Dollar kosten, wiederholt er, doch auch dieses Mal glaubt sie seinen Worten nicht. Stück für Stück hat sogar er aufgehört, ihnen Glauben zu schenken, denn plötzlich sieht er hinter seinen geschlossenen Lidern, wie das Mädchen mit intakten Zöpfen das Zimmer verlässt, wie die Madame laut über das vierhundert-Dollar-Geschenk lacht, wie sein Vater mit eisiger Langsamkeit den Kopf bewegt, weil er versteht, weil er es immer schon wusste, und später die Hiebe mit dem Ledergürtel auf den Rücken und die Gebete der Mutter und der Arzt, der Rizinusöl verschreibt und Sommeraufenthalte in den Bergen.

Nichts dergleichen wird geschehen – die Hand erklimmt den Oberkörper, ohne dass sie mehr tun kann, als weiter zu zittern, diese Hand, seine Hand, die zum ersten Mal eine weibliche Brust berührt. Es wird nicht geschehen, denn sein Vater bekommt immer, was er will, und dieses Mal wird es nicht weniger sein. Wenn er, um ein Mann zu sein, den Körper der Polin unter sich erdrücken muss, dann wird er es tun, er wird sich an dieses Mädchen drücken, das aussieht, als würde es immer noch mit Spielzeuggeschirr hantieren, als würde es den Nachmittagstee und das Sticken nachspielen, als würde es spielen, in vielen Jahren eine Mama zu sein. Sie dürfte ihn gar nicht erregen, doch sie erregt ihn, und er dürfte nicht damit beginnen, sie zu küssen und auszuziehen, doch er tut es bereits. Die Polin atmet jetzt heftig, sie kämpft darum, nicht aus purer Angst in die Hose zu machen, nun schließt auch sie die Augen, denn endlich glaubt sie ihm. Ohne Worte hat sie den Sinn seiner Bewegungen besser verstanden, den Kurs, den dieser schreckliche Junge eingeschlagen hat, der sich nun über sie hermacht, obwohl er die Hosen noch anhat.

Er weiß so gut wie nichts über den Körper einer Frau. Er hat nur eine vage Vorstellung davon, die plötzlich deutlich und mühsam wird, wie die Offenbarung eines Reisenden, der glaubte, die Wüste zu kennen, weil er sie auf einer Karte gesehen hatte. Er fühlt, wie er auf ihrem Körper verbrennt, der ihm jedoch mit einem Mal kalt und fern erscheint wie ein Opferstein. Er nimmt neue Gerüche war, die ihm irgendwie vertraut sind. Einen brackigen Geschmack, der von irgendwo her zurückzukehren scheint, als wäre er durch einen langen Traum zu ihm gelangt. Während er ihren Büstenhalter zerreißt und ihr den Rock hochrafft, denkt er an die alte Dienerin Gertrudis. An die Geduld, mit der sie seine Schwestern kleidet und entkleidet. Als er die schneeweiße Berührung mit ihrer Haut wahrnimmt, ihren Geschmack nach heiliger Hostie; als er das unverständliche Klagen des Mädchens hört, die leidet, betet, vielleicht auf Polnisch stirbt, denkt er an die Mutter. Als er das ganze Gewicht seines Körpers in sie hinein sinken lässt, denkt er an nichts.

Nach kurzer Zeit verursacht das, was er tut, plötzlich Schmerzen. Er hat das Bedürfnis zu weinen. Doch die Feuchtigkeit auf seinen Wangen ist nichts im Vergleich zu einer anderen, schrecklicheren Feuchtigkeit, die heiß wie eine Wunde ist, unterirdisch wie eine Krankheit, die sein Geschlecht nass macht. Er hört, wie das Mädchen schreit und anschließend sieht er Blut, eine schmale Spur, genau dort, wo sein Vater gesagt hatte. Blut, das das Blätterwerk des Dschungels benetzt. Rote und schwarze Spritzer, die das Weiß des Lakens besudeln. Er fühlt sich, als wäre der Rest seines Körpers der Griff eines Messers, das erst heute, in dieser Nacht, aus seiner Scheide gezogen worden ist.

Er weiß nicht, ob so die Liebe aussieht. Ob er das schreiende Mädchen, das sich schwach unter seinem Körper bewegt, tötet. Vielleicht ist er gerade dabei, sie umzubringen, doch das spielt keine Rolle. Sein Vater hat vierhundert Dollar bezahlt, damit es keine Rolle spielt.

Es dauert genauso lange wie ein Albtraum.

Und als alles aufhört, beginnt er wirklich zu weinen. Das Mädchen weint mit ihm und, was noch seltsamer ist, sie umarmt ihn dabei. Sie ist nicht tot, denkt Carlos voller Freude, voller Überraschung. Sie ist nicht tot, und sie hasst ihn nicht. Sie schlingt die Arme um ihn, als wäre er gleichzeitig ihre Eltern, ihre Geschwister, das Land, dass sie nicht wieder sehen wird, die Sprache, die sie nie mehr hören wird, der Handelskapitän, der sich einen Monat lang um sie kümmerte und sein Wort hielt. Sie umarmt ihn, als wären sie zwei Kinder, die zusammen gespielt und sich gestritten haben und jetzt wieder spielen wollen.

Plötzlich beginnt sie zu sprechen. Sie murmelt geheimnisvolle Sätze, denen er lauscht, und die er geduldig versucht, im Gedächtnis zu behalten. Vielleicht sind es Fragen, und in den Pausen antwortet er mit anderen Fragen. Er fragt sie, ob sie dreizehn Jahre alt ist. Er fragt sie, ob das, was sie soeben getan haben, das ist, was man auf der anderen Seite der Tür von ihnen erwartet hat. Ob auch ihr Vater ihr gesagt hat, eine Frau zu werden, bringe viel Verantwortung mit sich, kurz bevor er sie am Hafen verabschiedete. Und sie antwortet auf ihre Weise, und dann schweigt sie.

Die Kerzen sind heruntergebrannt. In der Dunkelheit umarmen ihre Körper einander noch immer. Carlos hat begonnen, sie mit langsamen Bewegungen zu streicheln. Seine Hand fährt sanft über ihr Haar, ihre milchige Haut, und sie wird weich und schläfrig in der Wärme dieser Berührung. Noch immer weinen sie, doch nun tun sie es ohne Geräusch, ohne Bitterkeit, und das Mädchen wiederholt nur noch einen einzigen Satz wie eine Litanei, als wäre die Nacht an diesem Punkt auf Grund gelaufen.

*Chcę iść do domu.*

Während sie spricht, öffnen und schließen sich ihre feuchten Lippen und streifen sein Ohr.

*Chcę iść do domu.*

Und Carlos denkt an diese Worte, während er immer schläfriger wird und auch später noch, als er nach wenigen Minuten oder Stunden aufwacht und entdeckt, dass die Polin verschwunden ist, und sein Vater ihn in der Halle erwartet, um ihm zu sagen, nun sei er ein ganzer Mann.

*Che is do domo.*

Er versucht an diesem Tag und anschließend sein Leben lang, sie sich einzuprägen, und währenddessen entwirft er unsinnige Pläne, Pläne, in denen er und die Polin gegen den Rest der Welt,

*cheis to tomo,*

und nach und nach werden diese Pläne dumpfer, verschoben, aufgegeben, sterben, denn schließlich ist sie nicht mehr in dem Bordell, niemand weiß, wo er sie finden kann, und wüsste es jemand, würde es keinen Unterschied machen, natürlich nicht, denn es ist eine Sache, sich aufzulehnen, indem man ein paar

Gedichte liest, und eine ganz andere, alles aufzugeben für ein Mädchen, das inzwischen nicht einmal mehr ein Mädchen ist. Für eine Hure, die inzwischen nicht einmal mehr einen Dollar kostet. Für eine Ausländerin, deren letzte Worte er nach und nach resigniert vergessen hat, die unverständlichen Laute, die sich in seinem Gedächtnis vermischen und durcheinandergeraten, und mit ihnen die jugendliche Hoffnung, ihre Beschwörung möge etwas Wundervolles verschlüsseln, *cheis torromo* heiße ich verzeihe dir, *cheis mortoro* bedeute ich liebe dich, *cheistor moro*, auch ich werde dich nicht vergessen, niemals.

Der Besuch beim Magister war Zeitverschwendung. Zumindest glaubt das José, und er bemüht sich, es bei jeder Gelegenheit zu wiederholen. Andererseits erwähnt er Carlos' zwei Sol nicht, allein die verlorene Zeit, die doch so wertvoll ist. Und was haben sie im Gegenzug dafür bekommen? Ein paar bedeutungslose Ratschläge und eine kurze Geschichte der Mode, die ihren Roman natürlich nicht verbessert hat und sie dem Meister nicht näherbringt.

»Er hat nicht einmal gesagt, ob er glaubt, dass er das Gedicht schreiben wird. Er hat gar nichts gesagt! Er ist nur ein Scharlatan.«

Carlos wagt nur halbherzig, ihm zu widersprechen:

»Ich weiß nicht ... Ich fand es nicht so unnütz. Und ich glaube, einige Ratschläge waren gut ... auf ihre Weise. Dass man sich eine Frau vorstellen soll, die man geliebt hat ... Oder das mit den Verhüllten zum Beispiel ...«

»Geschichten eines Großvaters! Und was sagst du zu diesem dummen Geschwätz über die Zwinkersprache? Wie praktisch! Jetzt kommt heraus, dass sie das Morsealphabet beherrschten, die Limeñas. Ein langer Wimpernschlag, um Küsschen zu geben ... Ein langer und ein kurzer, um sie zu verweigern ... Wie viele sind nötig, um zu sagen, *Ich glaube, ich muss kotzen?*«

Gegen seinen Willen lacht Carlos.

Sie sitzen auf dem Dach der Mansarde. Aber heute sind sie nicht in der Stimmung, das Figurenspiel zu spielen. Soeben ist der Transatlantikdampfer von der Halbinsel eingetroffen und mit ihm drei Briefe des Meisters, die den vorhergehenden so sehr ähneln, dass es ihnen vorkommt, als hätten sie sie bereits gelesen. Dieselben Formeln der Freundschaft und Höflichkeit; Bezugnahme auf die Erfindung der Kinematographie; eine gelehrte Note zu ihrer gemeinsam erörterten Frage, ob die Seele der Dinge existiere oder nicht – sie existiert –, und worin sie bestehen könne – vielleicht in dem, was die Philosophen Essenz nennen? Die einzige Neuigkeit besteht aus ein paar Gedichtentwürfen, die mit den Briefen gekommen sind. Sie stammen aus Juan Ramóns neuem Buch. Es wird im folgenden Jahr herauskommen und den Titel *Ferne Gärten* tragen. Natürlich gibt es in ihnen nicht eine Anspielung auf Georgina. Nur viele Abenddämmerungen und selbstverständlich auch Gärten; unbewohnte Paradiese, die vor ihren Augen entrückt werden, oder vielleicht schon immer entrückt waren, als gehörten sie zu einem Paradies, das man von der anderen Seite des Zauns betrachten muss. Und auf dieser anderen Seite ist sehr wenig zu sehen. Bäume, die ihre Blätter wehmütig auf die Erde fallen lassen. Unbedeutender Regen, der auf eben diese Bäume fällt. Langeweile.

Trotz allem gibt José nicht auf. Er kann nicht glauben, dass Juan Ramón nicht längst ein Gedicht an Georgina geschrieben hat. Es muss das eine oder andere geben, oder besser gesagt, viele, sehr viele, Hunderte Verse, die irgendwo versteckt liegen. Zumindest muss José daran glauben, denn seit Wochen schreibt er selbst nichts mehr. Er setzt sich nur an seinen Schreibtisch und betrachtet lange das Porträt des Meisters. Könnte er sich doch als junger Dichter, der seinen Rat benötigt, an ihn wenden, und nicht als kleine Dame mit Rock und Büstenhalter! So viele Fragen würde er ihm gerne stellen. Tatsächlich stellt er sie ihm jeden Abend, den Blick fest auf die schwarz-weiße Karte geheftet, auf die leeren Augen des Porträts. Er fragt ihn, wann er entdeckt hat, dass er ein Dichter ist; wie er sicher sein konnte, genug Talent zu haben. Aus welchem Grund er weiterhin über seinen Schreibtisch gebeugt Hefte mit Wörtern vollkritzeln soll, die niemals einen Kritiker in Erstaunen versetzen, noch einer Dame Tränen in die Augen treiben werden. Oder vielleicht doch? Sagt mir wenigstens dies, Meister: Bin ich bereits ein Genie, ohne es bislang zu wissen? Muss ich auf meiner Leidenschaft beharren, oder mein Scheitern ein für alle Mal hinnehmen? Aber der Meister antwortet nicht, und das hat zur Folge, dass José nicht schreibt. Vielleicht ist er deshalb zu der Überzeugung gekommen, dass Carlos recht hat. Dass auch eine besondere Würde, eine feierliche und fast heilige Hingabe darin liegt, eine Muse zu erschaffen, damit ein großer Dichter seine besten Metaphern schreiben kann. Und bis diese erhabenen Seiten eintreffen, beschäftigt José sich damit, die Verse des Meisters ein ums andere Mal zu lesen, um überall die verborgene Spur von Georgina zu finden.

»Hör dir das einmal an, Carlota!«, sagt er plötzlich und wedelt mit dem Brief von Juan Ramón: »*Und mit einem Mal erzittert / eine ferne und wehmütige / Stimme über dem Wasser / in der Stille der Luft. / Es ist die Stimme einer Frau / und eines Klaviers, ein sanftes / Wohlgefühl für die schläfrigen / Nachmittagsrosen; / eine Stimme, die mich / weinen lässt um niemanden und jemanden / in dieser traurigen und goldenen / Pracht der Parks.* Das kann nur Georgina sein ...! Eine Stimme, ganz klar, wegen der Briefe, die von so weit her kommen und trotzdem zu ihm sprechen ... Und weil er sie noch nicht kennt, weint er um niemanden und um jemanden ... Verstehst du ...? Um niemanden und um jemanden! Das ist doch eindeutig!«

Carlos sagt nichts. Er betrachtet weiterhin den Platz aus der Höhe, als gebe es etwas an ihm, dass entschlüsselt werden kann. Es wird Nacht. Schon bald wird José nicht mehr genug Licht haben, um weiter in den Gedichten zu lesen.

»Ich glaube, ich werde noch einmal zu ihm gehen«, sagt Carlos unvermittelt, als müsse er etwas loswerden, das auf ihm lastet.

»Zu wem?«

»Zum Magister ... Wenn du einverstanden bist.«

José sieht von seiner Lektüre auf.

»Zu Magister Cristóbal? Wozu?«

»Ich weiß nicht... Es ist nur eine Idee.«

José zögert kurz. Dann zuckt er mit den Schultern.

»Wie du willst. Solange du mich nicht zwingst, mitzukommen...«

Mehr sagt er nicht. Aber kurz darauf hört Carlos, wie er weitere verdächtige Verse murmelt, als bete er:

*»Und es gibt Versuche von Zärtlichkeit, / von Blicken und Gerüchen, / und es gibt verlorene Küsse, die / auf den Wellen sterben.«*

*»Stets sprach sie in Blau / so sanft war sie ... Doch / nie erfuhr ich / ob ihr Haar blond war.«*

*»Ich habe eine Geliebte aus Schnee, / die nicht küsst und nicht singt / für mich ist sie gestorben / und ich kann sie niemals vergessen ...«*

Damit der Roman perfekt wird, müssen sie auch die kleinsten Details ihrer Figur kennen. Was wären sie für Schriftsteller, wenn sie nicht wüssten, ob Georgina groß oder klein ist, ob sie ihre Briefe in einem Kurort oder in einer Mansarde schreibt, ob sie verheiratet oder ledig oder Witwe oder Nonne ist. Ein guter Schreiber, sagt der Magister, muss seine Kunden besser kennen als diese sich selbst. Und das sollte auch für Romanciers gelten. Carlos glaubt, einmal gehört zu haben, dass Tolstoi – oder vielleicht war es nicht Tolstoi, sondern Dostojewski oder Gogol oder irgendein anderer Russe – die Arbeit an seinem Roman einen ganzen Monat lang unterbrach, weil er nicht wusste, ob seine Figur in einer bestimmten Szene ein Tässchen Tee annahm oder ablehnte.

Wissen sie beide dergleichen? Wissen sie, ob Georgina Tee trinkt? Carlos stellt sie sich blond, blass, vielleicht sogar krank vor. Von einer vagen Traurigkeit. Und auch sehr jung, fast wie ein kleines Mädchen. Sie hat blaue Augen und zarte und so weiße Hände, als wären sie aus Schnee. Sie ist schüchtern und zartfühlend, wie es nur wahrhaft schöne Frauen sein können, und vielleicht beben deshalb ihre Lippen, wenn sie Nacht für Nacht in der stillen Heimeligkeit einer Kerze wieder und wieder die Briefe von Juan Ramón liest. Auch die Hand, die das Papier hält, bebt. Und sie wird immer noch beben, wenn sie ihr Antwortschreiben aufsetzt.

Georgina ist niemand anderes als die polnische Prostituierte.

Die polnische Prostituierte, wäre sie sechs Jahre später noch immer Jungfrau.

Die polnische Prostituierte, wäre sie weder Prostituierte noch Polin, wäre sie nicht in Galizien zur Welt gekommen und für zwanzig Kopeken verkauft worden, sondern in einem Herrenhaus in Miraflores geboren worden, und hätte man ihr zu ihrem Debütantinnenball Geschenke im Wert von vierhundert Dollar gemacht.

Die polnische Prostituierte, würde sie manchmal genauso weinen, wie sie es auf jenem Bett tat, doch würden ihre Tränen nicht von der Furcht herrühren, geschändet zu werden, sondern von ihrer Verbundenheit mit gewissen winzigen Tragödien: ein Vers, der sie bewegt; die schmerzliche Schönheit eines Sonnenuntergangs; das Leid eines Kätzchens, das sich die Pfote verletzt hat.

Die polnische Prostituierte, hätte sie lesen und schreiben gelernt, und würde nun mit ihrem Gekritzel – und wieder die Hand, bebend – Juan Ramón all die Dinge sagen, die Carlos gerne gehört hätte.

Sätze voller Seufzer wie:

»... *Wie oft habe ich an Sie gedacht, mein Freund ...! Ein Cousin hat mir Ihr Buch gezeigt, Ihre* Veilchenseelen, *die so voller Seufzer und Tränen sind, und die mich sehr berührt haben. Ihre sanften und lieblichen Verse waren mir Begleitung und Trost ...«*

»... *Doch wozu erzähle ich Ihnen, dem alles zulächelt, meine armseligen melancholischen Dinge ...?«*

»... *Und es gibt Tage, an denen ich so voller Trauer erwache ...!«*

Ihr Leben spielt sich nicht in einem Bordell ab, sondern in einer Szenerie, die prächtig und kühl wie Marmor ist. Ein Labyrinth aus rankenden Gärten, aus Schlafgemächern mit Baldachinen und Stuck und Tapeten aus Satin. Nachmittage, an denen Besuche abgestattet und empfangen werden und Klavier für behäbige Señoras gespielt wird. Lange Abende, an denen man im Pavillon sitzend auf geladene Gäste wartet oder auf nichts; dass wieder ein Tag zu Ende geht, und nur die Furcht zurücklässt, dass dies alles gewesen sein soll. Manchmal sitzt sie stundenlang unter den Ranken jenes Gartens – Carlos kann sie beinahe neben sich sehen – und beobachtet die Motten und Bremsen, die um die Petroleumlampe kreisen und, wie sie selbst, Gefangene eines unsichtbaren Gefängnisses sind, das ihnen früher oder später die Flügel verbrennen wird. Manchmal löscht sie die Flamme, um sie mit einer einzigen Geste zu befreien. Doch dann wieder erliegt sie der Grausamkeit, nichts zu tun, einfach nur zuzuschauen, bis die Dienstmagd mit einem Tuch angelaufen kommt und mit der strikten Anweisung, die Señorita möge ins Haus kommen.

Und in dieser Szenerie – einige andere Figuren und ein oder zwei Gefühle. Ein autoritärer Vater, der die Länge ihrer Briefe beschneidet. Eine kranke oder tote Mutter. Und immer wieder das Gefühl, dass die Welt um sie herum plötzlich unwirklich wird – *widerfährt Ihnen das nicht auch, mein lieber Juan Ramón?* Der Verdacht, alles, was sie umgibt, sei womöglich nur irgendein Bühnenbild, die Probe für ein Theaterstück ohne Publikum, ohne Regisseur, ohne Premiere. Und vor allem die sechstausend Meilen, die sie von dem einzigen Menschen trennen, der sie zu verstehen scheint. Von demjenigen, durch den sie sich wieder lebendig fühlt, vollkommen lebendig, und dessen Briefe im Klavierkasten versteckt schlummern.

José Gálvez stellt sie sich mit braunem Haar und jung vor, fast ein Mädchen. Seine Georgina hat dunkle Haut und leicht indianische Züge: Wenn sie einen Poncho aus Vicuñawolle trüge, könnte man sie sogar mit den Eingeborenen verwechseln, die einmal im Monat von der Hochebene herunterkommen, um ihre bescheidenen Produkte zum Kauf anzubieten. Ein Teil dieser Beschreibung deckt sich mit einer kleinen Dienstmagd, die seine Familie zwei oder drei Jahre zuvor entlassen hat, doch das erzählt er Carlos nicht. Auch sie war wunderschön und fröhlich, José erschien sie wie eine Inka-Prinzessin, die nur wie eine Dienerin verkleidet war, obwohl seines Wissens die Inkas zumindest die Knoten ihrer Quipus lesen konnten, während Marcela nicht einmal in der Lage war, ihren eigenen Namen zu erkennen. Doch auch sie liebte die Dichtung, oder so verstand es der Señorito José, der die Angewohnheit hatte, sie mitten in ihren Pflichten zu unterbrechen, um ihr seine ersten Gedichte vorzulesen. Marcela setzte sich mit dem Wedel oder dem Besen in der Hand hin, um ihm zuzuhören, und wiederholte wie betört diese komplizierten und wunderschönen Wörter, deren Bedeutung sie nicht verstand. In Wirklichkeit war sie recht dumm. José zumindest glaubte das, und ihre ländliche Unwissenheit faszinierte ihn.

»Oh, geliebte Marcelita ...! Wer könnte sein wie du und das Leben mit der gesegneten Unschuld der Vögel und der Blumen schauen ... Du allein, die du nichts weißt, besitzt die Gabe des vollkommenen Glücks ...«

Und die kleine Dienstmagd nickte ehrlich überzeugt. Zweifellos war sie glücklich, wenn der Señorito José ihr dies versicherte, denn der Señorito José, der doch so klug war, hatte immer in allem recht. Es war nur so, dass sie in letzter Zeit – zwischen den zwölf Stunden Arbeit pro Tag, die sie mit dem Polieren des

Tafelsilbers verbrachte, und der Nachricht vom Tod ihrer Mutter im Elend ihres Heimatsdorfs – nicht allzu viel Gelegenheit gehabt hatte, an das Glück zu denken.

»Wie sehr ich dich beneide, meine geliebte Freundin! Das Wissen ist eine schwere Bürde, die ich, wie der unglückliche Sisyphos, auf meinen Schultern tragen muss, ganz gleich, wohin ich gehe ... Natürlich weißt du nicht, wer Sisyphos ist, sogar darin bist du glücklich. Was gäbe ich darum, zu verlernen und so einfach und flach zu werden wie du ...!«

Marcela wurde ganz gerührt von solchen Worten. Sie weinte, bewegt von der Vorstellung der vielen ihr unbekannten Schmerzen, an denen der Señorito litt, und vielleicht um ihn zu trösten, ließ sie es zu, dass er ihr an die Wäsche ging, in der Küche, unter den Rhododendronsträuchern im Garten, im Weinkeller, in ihrem schmalen Dienstbotenbett, wann immer die Mamá von Señorito José schlief. Einmal sogar im Arbeitszimmer von Señor Gálvez, wobei, während des Vorgangs, ein Tintenfass zu Fall kam und einige Dokumente ruinierte, deren Wert selbstverständlich von Marcelas Lohn abgezogen wurden. In den Armen dieser ungebildeten Dörflerin lernte José all das, was weder die Bücher, noch die anständigen Frauen, die sie lasen, ihm beibringen konnten. Denn Marcela konnte mit geöffneten Lippen küssen und stöhnen, und sich bewegen, wenn eine Dame sich versteift hätte, und ihre Hände, diese Hände, die dafür gemacht zu sein schienen, sich um die Hüte von Gästen zu kümmern, hatten auch gelernt, Orte zu stimulieren, von denen eine keusche Ehefrau nichts hätte wissen dürfen. Viele Jahre später sollte José sich an seine Lehrzeit zurückerinnern, sodass die Wörter »Leidenschaft« oder »Begierde« in seinem Gedächtnis für immer mit jener Erfahrung verbunden sein würden. Auch das Wort »unmöglich«, denn es ist offensichtlich, dass die Geschichte endet: ein von der Familie Gálvez elegant herbeigeführtes Ende, dessen einzige Folgen in einer Verabschiedung und einer kleinen Pension in Höhe von fünfzehn Sol bestanden, sowie dem feierlichen Versprechen, den Sohn nicht wiederzusehen; diesen Sohn, der den Trauernden spielt, zumindest einige Nächte lang, weil er vielleicht sogar die wahnwitzige Vorstellung hat, die Liebe zwischen einem Señorito und einer Dienstmagd sei möglich – eine Dummheit, die wir im Jahre 1904 auf keinen Fall dulden können.

Jetzt hat sich diese Dienstmagd, die er nicht wiedersehen wird, in Georgina verwandelt. Georgina ist Marcela, wäre Marcela weder Dienstmagd noch Analphabetin gewesen und hätte sie, anstatt auf Knien die Kacheln im Hausflur zu schrubben, sich der Lektüre der Symbolisten und Parnassianer gewidmet. Sie ist es, die nur zu gerne gewisse Anspielungen in die Briefe an Juan Ramón einfließen lassen würde, mit derselben Koketterie, mit der sie früher vergaß, den Riegel ihrer Zimmertür vorzuschieben. Doch Carlos lässt es nicht zu, dass diese Georgina jemals sichtbar wird. Wenn Sie in der Mansarde zusammenkommen, um einen neuen Brief zu verfassen, und José eine seiner Einlassungen vorschlägt, lehnt Carlos dies brüsk ab. Nein, sagt er. Niemals würde Georgina das sagen. Oder aber, kurz davor zu schreien: Georgina ist eine Señorita, keine Hure. Zu Beginn ist José von Carlos' Bestimmtheit, die von Brief zu Brief nachdrücklicher wird, überrascht; schließlich ist er derjenige, der gewöhnlich recht hat, und dessen Ideen gefeiert werden. Am Ende lacht er darüber. Die Verbohrtheit, mit der sein Freund jeden einzelnen von Georginas Zügen verteidigt, amüsiert ihn. »Als wäre sie deine Geliebte«, sagt er.

Aber er lässt ihn gewähren. Im Großen und Ganzen bedeutet ihm die Frage, ob seine Version von Georgina die Oberhand behält, in etwa so viel, wie ihm damals die Dienstmagd bedeutete, das heißt, sehr wenig. Ihn interessiert allein das Gedicht, das Juan Ramón noch nicht geschrieben hat. Und wenn er, um es endlich zu tun, eine blonde Muse statt einer Mestizin benötigt, eine frigide statt einer frechen, dann sollen ihm Carlos' Einfälle willkommen sein.

»Ihr müsstet Carlota sehen«, wird er später im Club sagen. »Eine so weibliche Schrift – die kriegt man nicht mal auf Bestellung. Sehr verdächtig. Und er kennt die Kleine besser als ihr eure Mütter und Geliebten. Jeder würde sagen, dass er keine Briefe, sondern ein geheimes Tagebuch schreibt, und nachts bedeckt er sich mit einem Rebozo und verkleidet sich als verhüllte Limeña ...«

Carlos kümmert sich nicht um das Gelächter. Wenn José sich nicht um Georgina kümmert, dann er umso weniger darum, was man im Club denkt; dass sie ihn inzwischen alle Carlota nennen, dass sie sich verbeugen, wenn sie ihn grüßen und ihm den Stuhl zurechtrücken, wenn er sich an den Tisch setzen will. Mit Ihrer Erlaubnis, Madame. Carlos hat nur Zeit, an wichtige Dinge zu denken. Zum Beispiel, endlich zu entdecken, wie Georgina den Tee mag. Zwei Würfelchen Zucker. Einen Schuss Milch. Und vielleicht, doch nur, wenn der Vater nicht hinschaut, ein Tröpfchen Anisette auf den Löffel.

*Geschätzter Freund,*

*Sie fragen mich, wie Lima sei. Wie diese meine geliebte Stadt aussehe, die einige die Perle des Pazifiks nennen, oder Stadt der Könige, oder Dreifach Gekrönte Stadt – zum Gedenken an eine alte Geschichte, derer ich mich nicht entsinne. Sie bitten mich, Ihnen von alldem zu erzählen, und ich stelle mir vor, die beste Art und Weise, dies zu tun, sei womöglich, mir einzubilden, dass Sie hier bei mir weilen. Oder besser noch: mir zu denken, wir stünden gemeinsam hoch oben im Glockenturm der Kathedrale. Von dort könnte ich auf jeden einzelnen Winkel meiner Stadt, auf ihre Schönheiten zeigen ...*

*Oder noch viel besser: Haben Sie mir nicht anvertraut, Sie seien ein Liebhaber der Malerei? Stellen Sie sich also vor, dass ich Ihnen Anweisungen gebe, damit Sie eine Landschaft malen. Diese großartige Aussicht aus dem Himmel von Lima, der immer etwas neblig ist, der sich stets verändert, was ihn so geeignet macht für Erfindungen und Fantasien ... Wenn es Ihnen angenehm ist, gehen wir davon aus, dass wir dieses Bild gemeinsam malen. Und dass, wie es stets in der Malerei geschieht, in meiner Art und Weise, es Ihnen auszumalen, Farben und Texturen hinzuzufügen, auch ein wenig ein Porträt sichtbar wird, welches mich selbst darstellt.*

*Stellen Sie sich zunächst ein Raster aus Straßen und Häusern vor, das so perfekt ist, dass Sie es mit Zirkel und Lineal zeichnen können. Haben Sie es? Aus der Ferne ähnelt es den Waben eines Bienenstocks oder dem Geflecht einer Jalousie. Doch sobald man genauer hinschaut, löst sich ihre gesamte Geometrie in Leben auf, in Söller und Vordächer, in mit Malereien verzierte Balkone, die Rundbögen des Rathauses, den kleinen Platz des 2. Mai, den Lauf des Rímac, wenn er sich ins Meer stürzt.*

*Alles, was Sie dort sehen, zu Ihren Füßen, ist mein geliebtes Lima.*
*Umgeben wird es, wie Sie sehen, von einigen stattlichen Bergen und*
*gelber Landschaft. Ein goldenes und wunderschönes Gelb, wel-*
*ches Sie, geschätzter Freund, nur mit Mühe auf Ihrer Palette fin-*
*den würden, denn es ist nicht jenes Gelb der Melancholie und des*
*Todes, das Ihren Gedichten vorsitzt, sondern ein lebensfrohes Gelb*
*vom Ton des Johannisfeuers. Von der Farbe der Sonne, die unsere*
*Inka-Vorfahren vor so langer Zeit anbeteten.*
*Hier bedeutet alles, sogar die Farben, etwas anderes.*
*Das Meer? Malen Sie es nicht zu nahe, bitte. Rücken Sie es noch*
*einige Zentimeter von der Leinwand ab, besser gesagt, zwei lange*
*spanische Meilen. Man nennt es die Perle des Pazifiks, gewiss, doch*
*es ist ein trügerischer Name, denn Lima ist eher ein kleiner schüch-*
*terner Edelstein, eine Gemme, die sich ein wenig vom Ozean ent-*
*fernt, ohne dass sie es wagte, ihn jemals aus den Augen zu verlieren,*
*als sehne sie sich nach seinen Wassern und fürchte sie zugleich.*
*Malen Sie es in Blau, doch in einem Blau, welches, denke ich, wie-*
*derum nicht das Blau der spanischen Meere sein wird. Und setzen*
*Sie in die Ferne einen Hafen und nennen Sie ihn Callao und streuen*
*Sie ein paar Transatlantikdampfer über seine Docks. Riesige Sau-*
*rier, die vom Dampf und vom Rost eingehüllt sind und doch eine*
*eigene Schönheit besitzen, denn immerhin sind sie es, die diesen*
*Brief mitnehmen...*
*Jenseits der Stadt, nur als ein Punkt am Horizont zu erkennen,*
*liegt mein Haus, eine der vielen Villen von Miraflores. Und viel-*
*leicht ist es besser, dass Sie es nicht sehen können. Ich habe zuvor*
*gesagt, die Art und Weise, wie jemand auf eine Stadt schaut, offen-*
*bart seine Seele, doch es ist nicht weniger wahr, dass ein Haus den*
*Geist derer verkörpert, die es bewohnen. Und ich fühle mich diesen*
*Wänden so fern ...! So fremd bin ich meinem Schlafgemach und*
*selbst dem Pavillon, wo ich die Stunden verstreichen lasse, dass ich*

*mir wie eine Lügnerin vorkomme, wenn ich dies mein Haus nenne.*
*In seinem Inneren besteht alles aus Normen und Strafen, die so*
*starr sind, dass sie wirken, als wären sie mit demselben Lineal und*
*demselben Zirkel gezeichnet worden wie die Straßen. Ein Gitter,*
*das man zuweilen eher einen Käfig nennen kann, und dessen Stäbe*
*aus den Verbeugungen der Dienerschaft bestehen, aus den Mono-*
*logen eines Vaters, der dieses oder jenes für unangemessen hält,*
*aus der Kleidung für den Ausritt, und der für den Empfang von*
*Gästen, aus endlosen Abendessen, in deren Verlauf immer dieselbe*
*Suppe geschlürft zu werden scheint. Lektionen aus dem Benimm-*
*buch für Señoritas, das so viel über das Protokoll weiß und so wenig*
*über das Leben … Manchmal ist es so quälend, eine Frau zu sein,*
*eine Tochter, ein Niemand …!*
*Wenn Sie meine Seele kennenlernen wollen, dann dürfen Sie nicht*
*dieses Haus anschauen. Und auch nicht die geometrischen Aveni-*
*das, die ich Ihnen zeige, und die so starr sind wie die Übungen eines*
*strengen Hauslehrers. In meinem Haus bin ich nicht ich selbst, son-*
*dern fern davon, weit entfernt auch vom Herzen dieser Stadt, das*
*so voll von Herrschaften mit Zylindern und Señoritas mit ihren*
*Ausgehkleidern ist. Für meine Spaziergänge sehne ich mich nach*
*einem anderen und unbekannten Lima. Denn, um Ihr Bild weiter-*
*zumalen, mein lieber Juan Ramón, müssen Sie wissen, dass jenes*
*strenge Raster, von dem ich Ihnen erzählt habe, an einigen Rän-*
*dern des Bildes plötzlich durcheinandergerät und sich mit Hügeln,*
*mit Üppigkeit, mit Widerspenstigkeit, mit Bruchstücken füllt. Das*
*sind die Viertel der Armen, und ich liebe es, dort auf den unbe-*
*festigten Wegen spazieren zu gehen, wo niemand vorgeben muss,*
*jemand zu sein. Wo die Leute sich ihre Angelegenheiten mit einfa-*
*chen und wahrhaftigen Worten zurufen, und man stehenbleiben*
*und die Abenddämmerung oder eine Blume betrachten kann, die*
*ungestört zwischen den Felsen wächst. Meine Seele ähnelt mehr*

*diesen Sträßchen, die im Nirgendwo enden, diesen malerischen Gegenden, aus denen ich mit verstaubten Unterröcken und der Genugtuung heimkehre, etwas Wirkliches erlebt zu haben, etwas Wunderschönes ...*

*Was sind das nur für seltsame Geheimnisse, die ich Ihnen hier beichte, mein Freund ...!*

Die letzten Briefe gefallen dem Magister schon viel besser. Das ist etwas anderes, sagt er, Ihr Cousinchen ist jetzt locker geworden, sie zeigt ein bisschen ihr Gesicht. Und er lobt erneut die exquisite Handschrift, und wenn er es tut, senkt Carlos die Augen.

»Also ... Glauben Sie, es gibt eine Chance?«

»Worauf?«

»Naja, sie verliebt zu machen ...«

»Sie verliebt zu machen? Wen verliebt zu machen?«

»Ihn verliebt zu machen, meine ich. Sie wissen schon, Juan Ramón. Den spanischen Dichter ...«

»Ah! Tja ... Wer weiß das schon. Doch eines ist sicher: Das Auge dieser Verhüllten ist entblößt und in der Lage, jeden zu betören ... Das will ich meinen!«

Jede Woche geht Carlos zum Magister und bittet ihn um Rat, wenn Georgina einen Brief erhalten hat oder sich anschickt, einen zu schreiben. Niemals gab es einen hilfsbereiteren Vetter als Sie, sagt er jedes Mal, wenn er ihn in der Warteschlange entdeckt. Carlos kommt stets allein, aber Cristóbal vermisst José nicht. Nur einmal scheint er sich an ihn zu erinnern, als er eines Morgens darauf besteht, ein bestimmter Absatz des nächsten Briefes müsse umgeschrieben werden, und Carlos sich weigert.

»Sie will sie nun mal ohne fremde Hilfe schreiben«, wiederholte er mit Nachdruck.

»Aber aus irgend einem Grund schickt sie Sie doch jede Woche zu mir.«

»Sehen Sie ... Georgina weiß nicht, dass ich Sie aufsuche.«

Cristóbal hebt die Brauen.

»Ah! Dann weiß sie also gar nichts von meiner Existenz?«

»Nein.«

»Und wenn sie nichts weiß – wie vermitteln Sie ihr die Weisheiten unserer Gespräche?«

»Nun ja ... Ich tue so, als käme es von mir, verstehen Sie? Ich frage sie, sie zeigt mir den Antwortbrief oder einen ihrer vielen Entwürfe, ich äußere vorsichtig die eine oder andere Meinung ... Wenn sie mir zuhört, bekommen ihre Augen einen Ausdruck, der ...«

Er bricht ab.

»Los, sprechen Sie, sagen Sie es. Diese Augen Ihrer Cousine. Nun haben wir so viel über sie gesprochen, und ich weiß immer noch nicht, welche Farbe sie haben. Aber jetzt bin ich neugierig. Wie ist Ihre Cousine? Und bitte sagen Sie nicht, sie sei wunderschön und habe eine schlanke Figur, denn das ist eine alte Geschichte.«

Carlos nimmt eine der Zigaretten, die der Magister ihm anbietet. Seine Antwort dauert genau vom Anzünden der Zigarette und dem ersten Zug bis zu dem Moment, als die Glut des Stummels ihm fast die Finger verbrennt. Als er die Kippe zu Boden wirft, lacht Cristóbal laut auf.

»Also blond und mit blauen Augen, was? Wenn ich mich richtig erinnere, dann meinte Ihr Freund, sie sei eine halbe Mestizin ...«

Carlos senkt den Blick nicht. Zum ersten Mal verspürt er einen Anflug von richtigem Stolz.

»Der soll sagen, was er will. Wer soll es besser wissen als ihr Vetter?«

Cristóbal wird plötzlich ernst.

»Das ist wahr. Und außerdem merkt man, dass Sie sie gern haben. Nicht wie Ihr Freund. Ihr Freund hat sie nicht gern.«

»Glauben Sie?«

»Ein Blinder würde das sehen«, sagt er, und dann ist kein Wort mehr aus ihm herauszubekommen.

Der Magister hatte ihn bereits auf die Bedeutung der Entwürfe hingewiesen. Die Briefe sind wie ein Fortsetzungsroman, sagte er: Macht man einmal einen Fehler, kann man ihn nie mehr tilgen. Da gab es den Fall von Alexandre Dumas, der, weil er keine Entwürfe machte, wie es sich gehört, eine Figur in einer Episode umbrachte und sie drei oder vier Lieferungen später wieder auferstehen ließ. Wie es scheint, schrieb er so viele Fortsetzungsromane gleichzeitig, dass er sich daran gewöhnt hatte, Miniaturen seiner unzähligen Figuren anzufertigen und sie nach einem festgelegten System auf diesem oder jenem Regal zu verteilen, um sich mit einem einzigen Blick daran zu erinnern, ob sie noch am Leben oder schon tot waren. Unglücklicherweise entschied sein Hausmädchen eines Tages, die Zeit sei gekommen, diese schmutzigen Figuren zu säubern, und mit einem einzigen Wisch ihres Wedels erweckte sie eine ganze Generation von Verstorbenen wieder zum Leben.

So ergeht es auch Georgina, oder besser gesagt, ihrer Schwester, die es gibt und gleichzeitig nicht gibt, je nach Brief, den man konsultiert.

Sie bemerken es erst, als die nächste Post von Juan Ramón eintrifft. Das Billett ist etwas kleiner, etwas offizieller als gewöhnlich. Sein Ton ist vorsichtig, und sogar die Farbe der Tinte ist anders. Zweifellos handele es sich um einen Irrtum oder ein Missverständnis, beginnt er seinen Brief ohne lange Vorrede. Ja, das werde es sein, gewiss habe er etwas falsch verstanden – es gebe so viele Nuancen, die sich über sechstausend Meilen Entfernung verflüchtigen –, doch seit einiger Zeit gehe ihm ein bestimmter Widerspruch nicht aus dem Kopf. Er will wissen, warum Georgina in ihrem dritten Brief von ihrer Schwester Teresita sprach – erinnern Sie sich, meine Freundin? –, und jetzt, nur fünfzehn Briefe später, gibt es keine Spur mehr von dieser Teresita. Schlimmer noch: In ihrem letzten Brief schreibt sie, sie sei Einzelkind. Und er wüsste nun gern in aller Demut, was er falsch verstanden hat – denn es muss sich um ein Missverständnis gehandelt haben, wiederholt er. Wie kann eine zweifellos in allen Belangen ehrliche Frau in einem Brief die einzige Tochter sein und in einem anderen eine gewisse Teresita, ihre Schwester, über alles lieb haben.

Der Brief schließt mit einem »Es grüßt Sie Ihr ergebener Diener« und nicht mit dem üblichen »Es wartet sehnsüchtig auf Neuigkeiten von meiner Freundin«. Mit anderen Worten, nach den Höflichkeitsformeln zu urteilen, hat ihre Beziehung einen Rückschritt von sechs oder sieben Monaten gemacht.

Zunächst beschuldigen sich Carlos und José gegenseitig. So lange hast du über den Briefen gebrütet und nicht bemerkt, dass wir ihr eine Schwester genommen und dann zurückgegeben haben? Wenn du das etwas ernster nehmen würdest, würden solche Sachen nicht passieren, etc.

Später beschuldigen sie den Magister. Zwei Sol, damit er ein paar beschissene Briefchen liest, und er findet nicht einmal die Fehler? Dann ist Juan Ramón der Schuldige, auch wenn sie nicht so recht wissen, wie sie dies rechtfertigen sollen. Es ist einfach ihre Wut, die eben zum ersten Mal auch ihn trifft. Am Ende ist niemand schuld. Alles ist verziehen, doch zugleich ist es unendlich traurig, und es gibt keine Hoffnung auf Trost.

»Und was jetzt? Welche Lösung hat dein vergötterter Cristóbal?«

»Keine, denn er weiß nichts davon und wird es auch nicht erfahren. Was sollte ich ihm auch sagen? Dass meine Cousine die Anzahl ihrer Schwestern vergessen hat?«

»Scheiße«, sagt José und fasst damit die Lage zusammen.

Aber am Ende wagt Carlos doch, den Magister zu fragen. Zumindest auf seine Weise. Eines Morgens zieht er die Unterhaltung so weit wie möglich in die Länge, um schließlich auf die Geschichte mit den Fortsetzungsromanen und den Bleifigürchen zurückzukommen. Er möchte wissen, wie Dumas seinen Fehler behob, und der Magister beginnt zu lachen, als er ihn danach fragt. Simpel, ganz simpel: indem er das Genre seines Werks wechselte. Aus einer Mantel-und-Degen-Geschichte machte er einen fantastischen Roman mit Zauberei und Magiern und Menschen, die sterben und wieder auferstehen, und damit waren die Leser zufrieden. Doch mehr als alle anderen war der Tote zufrieden, der nun auferstanden war und bis zum Ende des Buchs am Leben bleiben würde.

Das Genre wechseln. Die Idee ist nicht schlecht, und Carlos beeilt sich, sie anzuwenden. Für eine Weile nimmt sein Liebesroman Züge einer Tragödie an – die wahre Tragödie wird natürlich erst später eintreten, auch wenn er noch nichts davon weiß –, und er schreibt ein langes Kapitel, einen fünfseitigen Brief, in dessen Verlauf Georgina sich endlich offenbart. So viele Jahre ist das mit ihrer Schwester nun schon her, und noch immer hat sie sich nicht an den Gedanken gewöhnt, dass sie nicht mehr da ist, die Arme. Diese Manie, von ihr zu sprechen, als lebe sie noch, als wäre sie nie in jenem Fluss ertrunken; als hätten sie nicht eine Nacht lang neben ihrem weißen Sarg gewacht, in welchem sie noch einmal zu ertrinken schien; als hätte sie sich beim Abschied nicht über sie gebeugt, um die blauen Lippen ihres toten Schwesterchens zu küssen. Dieser Verlust sollte ihr jene melancholische und schuldbewusste Aura verleihen, die seither ihren Charakter prägt, denn niemand anderes als sie selbst war es, die sie darum bat, Lilien am Ufer zu pflücken. Und gegen diese Trauer, gegen diesen Riss in der Brust, der sich anfühlt, als fehle auch ihr die Luft, vermochten weder die Heiltränke noch die Ausflüge ans Meer noch der sechsmonatige Aufenthalt in einem Kurhotel etwas auszurichten.

Die Übereinstimmung lässt mich erzittern, Señorita, wird der Dichter in seinem Antwortbrief halb beschämt und halb erfüllt von Zärtlichkeit schreiben. Wussten Sie, dass auch ich nach dem Tod meines Vaters in zwei Sanatorien untergebracht war, um meine Seele von Schmerzen zu reinigen, die womöglich die gleichen sind?

Georgina weiß nichts.

Seit Monaten verspricht Sandoval einen Streik, der ganz Peru lähmen werde. Hafenarbeiter und Maschinisten der Eisenbahn, die sich wie ein Mann erheben, um gemeinsam die Grundfesten des Kapitals zu erschüttern. Dieser Streik findet nie statt, aber Sandoval droht ihn weiterhin jeden Nachmittag im Club an, als wäre es eine Frage von Tagen oder Minuten, bis endlich die soziale Revolution ausbricht. Die Stammgäste haben gelernt, seinen Reden mit Skepsis zu lauschen. Das Ritual wiederholt sich täglich auf fast identische Weise – von dem Moment, wenn er an der Tür läutet, bis zu dem Zeitpunkt, wenn er seine Krawatte lockert, um zu sprechen. Sandoval, wie er dem Pagen seinen Überrock, seinen Hut und seine Handschuhe gibt, damit die Tintenflecke und die Hornhaut auf seinen Händen sichtbar werden; wie er einen Schemel sucht, um einen Fuß daraufzustellen, während er spricht – mit Gesten, die ebenso feierlich wie lächerlich wirken und an einen Fechtschüler erinnern, der sich anschickt, einen Stoß auszuführen. Es sind einstudierte Gesten, deren Absicht darin besteht, Neugierige anzulocken, doch die meisten sind es leid, auf diesen Streik, auf diese Revolution zu warten, die nicht eintrifft und niemanden interessiert. Doch Sandoval gibt sich nicht geschlagen, unbeirrt hält er seine Ansprachen, selbst wenn er den Lärm der Billardkugeln und das Klappern der Steinkrüge auf dem Marmor übertönen muss.

Denn der Streik und mit ihm das Ende des Kapitalismus stehen längst geschrieben. In Wirklichkeit steht alles längst auf den Seiten von Bakunin und Kropotkin geschrieben, sodass für Männer von Verstand die Zukunft der Nationen überhaupt kein Geheimnis birgt. In seiner Sprache bedeutet *Mann von Verstand* Anarchist. Und dieser hypothetische Anarchist müsste sich nur hinsetzen und die Zeichen beobachten, um die Zukunft Perus und sogar der ganzen Welt zu verstehen. Würden sie diese Vorhersagen vielleicht hören wollen?

Niemand antwortet. In seiner Ecke des Salons befinden sich nicht mehr als sieben oder acht Stammgäste, die ihm eher abwesend zuhören, versteckt hinter ihren ausgebreiteten Zeitungen und ihren Whiskygläsern. Sandoval schaut sie der Reihe nach an, in der Hoffnung auf Unterstützung, auf eine Geste der Bestätigung, an der er sich für den Rest seiner Rede festhalten kann. Und da er sie nicht findet, spricht er einfach weiter. Wir befinden uns im Jahr 1904, sagt er, und hier beginnen seine Mutmaßungen, die auf den Meilensteinen der Geschichte gründen, welche auf Abstände von fünf Jahren verteilt sind. In fünf Jahren, das heißt 1909, würde man den achtstündigen Arbeitstag durchsetzen. Zehn Jahre später, das heißt 1914, würde ein großer Krieg zwischen allen Ländern der Welt ausbrechen. Ein Krieg, der in die Geschichte eingehen würde, weil er der erste wäre, in dem niemand kämpfen würde, denn endlich hätten die Proletarier begriffen, dass ihre Feinde sich nicht auf der anderen Seite der Schützengräben befinden; dass trotz Elsass und Lothringen der reiche Franzose in letzter Instanz stets ein Bruder des deutschen Kapitalisten ist, ebenso wie der peruanische Zuckeranbauer trotz Tacna und Arica in Wirklichkeit ein Landsmann des chilenischen Großgrundbesitzers sein müsste. Fünfundzwanzig Jahre später, das heißt 1929, würde die Fata Morgana des Kapitals in einer Explosion zusammenbrechen, welche alle ihre Millionäre aus dem Fenster katapultieren würde. Fünfunddreißig Jahre später, das heißt 1939, würde ein weiterer Krieg ausbrechen, und diesmal würden die Proletarier doch in den Kampf ziehen, denn zum ersten Mal wären die Gegner nicht Nationen, sondern die gesellschaftlichen Klassen. Vierzig Jahre später, das heißt 1944 – ein Jahr früher oder später –, würden die Kommunisten zum ersten Mal mit den Anarchisten in Konflikt geraten – denn man muss ehrlich sein und zugeben, dass die Kommunisten in letzter Instanz genauso gefährlich sind wie die Kapitalisten, gesteht Sandoval flüsternd, und zu allem Übel viel besser organisiert. Fünfundachtzig Jahre später, das heißt 1989, würden die letzten Grundmauern des Kommunismus geschleift werden. Genau ein Jahrhundert später, das heißt 2004, würde nichts Erwähnenswertes geschehen, jeder weiß, dass die Wirklichkeit selten runden Zahlen zugesteht, ihre großen Meilensteine zu beleuchten. Ein Jahrhundert und zehn Jahre später, das heißt 2014, würde der Anarchismus endlich seine letzten Feinde besiegt haben und sich in den entferntesten Winkeln des Globus durchsetzen. Das Ende der Geschichte.

Carlos interessiert sich nicht für Politik. Er versteht nicht einmal die genaue Bedeutung von Begriffen wie »Anarchismus«, »Produktionsmittel« oder »Marxismus«. Doch es gibt etwas an der Leidenschaft, mit der Sandoval sich an sein Publikum richtet, das ihn instinktiv anzieht. Deshalb unterbricht er von Zeit zu Zeit seine Billardpartien oder seine Unterhaltungen mit José, um ihm zuzuhören. Um zum Beispiel zu erfahren, wann der Glaube an Gott endgültig sterben wird – ungefähr 1969, nach dem letzten katholischen Konzil, welches zu Ehren von Friedrich Nietzsche abgehalten werden wird. Und während er Sandoval zuhört, denkt er zum ersten Mal darüber nach, dass, genauso wie die Geschichte ein Ende hat, auch sein Roman eines haben muss, und diese Auflösung, die er sich nicht einmal vorzustellen vermag, zieht ihn an und erschreckt ihn zugleich.

Jeder, der sie gemeinsam spazieren sähe, – zum Beispiel aus der Höhe einer Mansarde –, würde denken, sie seien Freunde. Und vielleicht sind sie es wirklich. Es hängt davon ab, ob man eine Freundschaft zwischen reichen Männern und Männern, die Geld verdienen müssen, für möglich hält; zwischen Hauptdarstellern und Nebenfiguren; zwischen jungen Männern in Anzügen aus Leinen und alten Männern, deren Cordjacken voller Fettflecken sind. Die beiden scheinen auf diese Art von Freundschaften zu vertrauen, und deshalb begleitet Carlos Cristóbal einige Tage lang zu der Bar, in der er seinen Mittags-Pisco nimmt. Wissen Sie, der Alkohol belebt meinen Einfallsreichtum, erklärt der Magister. Bis zum Mittagessen kommen deshalb kaum Kunden. Die Verliebten, die alles wahrnehmen, wissen, dass ich die besten Briefe erst schreibe, wenn ich betrunken bin.

Wenn sie trinken, ist es Carlos verboten, Georgina zu erwähnen. Cristóbal mag es nicht, wenn sich Briefe und Alkohol vermischen, das heißt, die Arbeit und das Leben. Stattdessen sprechen sie über viele andere Dinge, oder, um es genauer zu sagen: Cristóbal spricht, während Carlos zuhört. Er spricht von den letzten verhüllten Limeñas, die er als Kind sah. Er spricht von der Ethik der Schreiber, welche komplex und rigoros ist wie die eines Priesters, und sich doch in letzter Instanz auf ein einziges Prinzip reduzieren lässt: niemals, niemals gegen den Strom der Liebe zu schwimmen. Er erzählt viele denkwürdige Anekdoten, die ihm sein Beruf beschert hat, wie jenes eine Mal, als eine verliebte Frau zu ihm kam, um eine Antwort auf den Brief in Auftrag zu geben, den er selbst am Morgen geschrieben hatte.

Carlos hört ihm geduldig zu. Vielleicht, weil ihm diese Anekdoten dabei helfen, seinen eigenen Roman zu verfassen. Oder weil es tatsächlich so ist, dass sie nach und nach Freunde werden. Oder vielleicht, weil der Magister der einzige Mensch ist, bei dem er das Gefühl hat, dass Georgina lebt, dass sie auf irgendeine Weise wirklich existiert.

»Wissen Sie, es gab eine Zeit, da wollte ich Romane schreiben und sie später einzeln verkaufen, von Tür zu Tür.«

»Und warum haben Sie es nicht getan?«, fragt Carlos.

»Nun, ein kleines bisschen bin ich doch zum Schriftsteller geworden, finden Sie nicht? So viele Liebesgeschichten habe ich erfunden ... Man sagt, als *Die Leiden des jungen Werthers* herauskam, waren diejenigen, die wirklich litten, die jungen Deutschen, die es lasen. So beeindruckt waren sie von der Verzweiflung des Hauptdarstellers, dass es im ganzen Land zu einer Selbstmordwelle kam. Denken Sie nur: Die Deutschen, die so pragmatisch sind, schießen sich wegen der Liebe in den Kopf; nun ja, wegen Goethe, versteht sich. Doch was ich tue, ist nicht weniger verdienstvoll, denn es ist mir gelungen, dass Hunderte Limeños nicht ihre Gattinnen und Gatten heiraten, sondern mein Werk ... Man muss, wie Sie sehen, sehr vorsichtig mit den Worten sein ...«

Denn dies war ein weiteres seiner Lieblingsthemen: die Worte.

»Die normalen Leute glauben, meine Arbeit sei so etwas wie ein Handel, ein einfacher Austausch ... Die Kunden bringen ihre Gefühle, ich füge die Worte dazu. Sagen wir, die Sache würde sich so darstellen, zumindest in ihren Köpfen ... Wäre es nur so einfach!«

»Es ist also nicht so?«

Der Magister tut erschrocken.

»Natürlich nicht! Das heißt, vermutlich stellt es sich den Analphabeten so dar. Sie kommen zu mir mit einem Brief, den sie nicht lesen können, und einem Blatt Papier für die Antwort, und ich bin ihre Augen und ihre Hände. So weit, so gut. Doch mit den Señoritos verhält es sich anders. Sagen wir zum Beispiel, dass Sie der Kunde sind, und Sie kommen zu mir, damit ich einen Liebesbrief für Sie schreibe. Denn Sie lesen und schreiben zweifellos gut, sehr gut sogar, doch Sie wissen nicht, was Sie Ihrer Geliebten sagen sollen. Nur zum Beispiel. Für Sie sieht der Handel so aus, wie wir es eben gesagt haben: auf der einen Seite die Gefühle, auf der anderen die Worte. Sehr einfach, oder zumindest scheint es so. Doch es ist nicht einmal annähernd so! Denn bevor ich Ihnen diese Worte gebe, haben Sie in Wirklichkeit nichts. Schauen Sie mich nicht so an: nichts. Sie fühlen irgendetwas, das will ich nicht leugnen, Dinge, die nicht mehr als Symptome einer Krankheit sind: Herzklopfen, Lustlosigkeit, Schweißausbrüche, Wehmut, Verwirrung, Episoden des Jubels, Schwindel, Atemnot, Schwächeanfälle, das Gefühl der Unwirklichkeit ... Sie wissen schon, das ganze Programm. Und Sie haben selbstverständlich auch eine ganz natürliche Neigung: die Gefühle eines Rüden, der eine Hündin besteigen will, nicht mehr und nicht weniger. Aber wo ist da die Liebe? Sie ist noch nicht da, denn niemand hat ihr Worte gegeben. Die Liebe ist ein Diskurs, mein Freund, sie ist ein Fortsetzungsroman, ein richtiger Roman zwischen zwei Buchdeckeln meinetwegen, und wenn man sie nicht im Kopf schreibt oder auf dem Papier oder wo auch immer, dann existiert sie nicht, dann bleibt sie auf halber Strecke liegen. Dann ist sie nicht mehr als eine Empfindung, die sich für ein Gefühl hält ...«

»Aber Sie ...«

»Ich schreibe sie. In Wirklichkeit kommen die Galane und die Geliebten aus diesem Grund zu mir, und deshalb warten sie eine lange Stunde lang in der prallen Sonne. Sie kommen, damit ich ihnen dieses Gefühl schreibe, damit ich sie lehre, was die Liebe zu sein hat, was sie zu fühlen haben. Darin besteht das Geschäft. Das Wichtigste ist nicht so sehr, den Adressaten zufriedenzustellen, den ich ja gar nicht kenne, sondern den Kunden, der seiner Romanze wegen kommt, so wie der treue Leser eines Fortsetzungsromans die neueste Episode kauft. Je herzzerreißender diese Liebe ist, die ich für sie erfinde, je unglücklicher ich sie auf dem Papier mache, desto zufriedener gehen sie wieder von dannen. Wenn Sie sehen könnten, wie glücklich es sie macht, diesen ganzen Unsinn zu fühlen! Denn von diesem Augenblick an werden sie es wahrhaft fühlen, und das ist es, was zählt. Und dasselbe gilt für die Adressaten, die auch wollen, dass jemand ihnen eine wunderschöne Geschichte schreibt, und die bereit sind, sich in denjenigen zu verlieben, dem das gelingt. Sie betrachten sich im Spiegel des Briefes des anderen: Gefällt ihnen, was sie sehen, ist die Sache klar. Und wenn sie heiraten, falls sie heiraten, setzen sie sich vielleicht eines Abends zu Hause an den Heizofen, um gemeinsam die Briefe zu lesen, die sie sich geschickt haben, und dann werden sie sich erinnern und glauben, sie hätten diese stürmische Liebesgeschichte, die ich für sie erfand, tatsächlich erlebt ...«

Carlos rutscht unruhig auf seinem Hocker hin und her.

»Aber das, was Sie da sagen, kann nicht sein ... Es muss noch mehr geben ... Ich meine ... die Liebe ist mehr als Worte, nicht wahr? ... Es muss so sein ... Sie ist etwas, das tief im Innern entsteht und das man nicht verraten kann ...«

Er schlägt sich leidenschaftlich an die Brust, als er das sagt. Doch Cristóbal nimmt die Unterbrechung mit einer lustlosen Geste hin.

»Tief im Innern! Und vor einem Jahrhundert, als dreizehnjährige Mädchen alten Knackern von sechzig Jahren versprochen wurden, und keine dieser Schönheiten auch nur ein kleines bisschen protestierte – sagen Sie mir: Waren die nicht aus Fleisch und Blut wie Sie? Ich sage Ihnen, was damals passierte: In jener Zeit las man noch keine Liebesromane, das heißt, niemand hatte den Mädchen geeignete Worte gegeben, um etwas anderes zu fühlen, als sie fühlten.« Er hält inne und gibt Carlos einen Klaps auf die Schulter: »Machen Sie sich nichts vor, mein Freund. Die Liebe, so wie Sie sie verstehen, wurde von der Literatur erfunden, ebenso wie Goethe den Deutschen den Selbstmord schenkte. Nicht wir schreiben die Romane, sondern die Romane schreiben uns ...«

Der Magister leert sein Glas in einem Zug. Anschließend betrachtete er Carlos neugierig.

»Und Sie?«

»Ich?«

»Na, was wohl, Herrgott noch mal. Ob es nicht irgendwo eine Frau gibt. Eine Verlobte, eine Geliebte, irgendwen. Ich weise Sie daraufhin, dass, sollten Sie einmal zu mir kommen, damit ich Ihnen eine schöne und leidenschaftliche Geschichte erfinde, ich sie Ihnen mit Vergnügen schenken werde. Ich habe Sie ins Herz geschlossen.«

Carlos macht eine schwache Handbewegung, als wäre etwas an der Frage nicht angemessen.

»Nein, ich ... In Wirklichkeit habe ich nichts.«

Cristóbal rollt sich eine Zigarette, während er zuhört.

»Wie das? Ich meine, Sie sind eine gute Partie, an Kandidatinnen wird es nicht mangeln ... Zumindest werden Sie doch vorhaben, zu heiraten, denke ich.«

»Ja, doch jetzt ist nicht die Zeit, daran zu denken, sondern an meine Studien ... Außerdem werden meine Eltern...«

Er stockt und blickt zur Seite.

»Was werden Ihre Eltern?«

»Sie werden eine Frau finden, die für mich geeignet ist«, sagt er schließlich und versucht, gefasst zu wirken.

»Ah! Ich verstehe«, er lächelt und steckt sich die Zigarette in den Mund. »Da ist mein Talent natürlich nutzlos ... Sie tun jedenfalls gut daran, es so zu nehmen. Die arrangierten Lieben sind die glücklichsten, vorausgesetzt natürlich, man hat den Kopf nicht voll mit gewissen Worten ... Wenn Sie also diese Ruhe bewahren wollen, dann hören Sie auf mich: Lesen Sie um nichts in der Welt Liebesromane! Dieses Gesülze würde Ihnen die Ehe im Handumdrehen vergällen ...«

Eine Zeit lang schweigt Carlos. Er starrt auf das Glas, das der Magister geleert hat.

»Und Georgina?«, sagt er schließlich mit einer metallischen Stimme, die nicht ihm zu gehören scheint. »Sie liebt also auch nicht?«

Der Magister Cristóbal bricht in so schallendes Gelächter aus, dass ihm die Zigarette auf den Tisch fällt und von dort auf die Bodenplatten. Als er sie aufgehoben hat, lacht er immer noch.

»Oh, doch! Ihre Cousine liebt, selbstverständlich liebt sie ... Doch im Unterschied zu Ihnen hat sie gewiss zu viele Romane gelesen ...«

Er ist zwanzig Jahre alt. In diesem Alter arbeitete sein Vater bereits auf den Kautschukplantagen, und seine Mutter war verheiratet und kurz davor, ihn zur Welt zu bringen. Ganz zu schweigen von Großvater Rodríguez, der mit zwanzig bereits tot war. Tot und mit einer Witwe und zwei kleinen Halbwaisen, und ohne die zwölf Sol für den Sarg. So war das. Heutzutage gibt es solche Männer nicht mehr, sagt Don Augusto oft, heute sind sie aus anderem Holz geschnitzt, mit zwanzig wirken sie immer noch wie Kinder, die weiter spielen wollen. Es wird der Tag kommen, an dem sie mit dreißig weder Frau noch Kinder noch Arbeit noch ein Haus noch Lust auf eines dieser vier Dinge haben.

Natürlich übertreibt er, doch er sagt es so überzeugt, so ernst, dass man ihm beinahe glauben möchte.

Normalerweise aber verliert Don Augusto keine Zeit mit Philosophieren. Wer weiß schon, was mit den jungen Leuten von morgen sein wird, und wen interessiert es. Es ist noch immer 1904 – in Wirklichkeit haben sie gerade den Neujahrstag 1905 gefeiert. Viel Zeit ist vergangen und mit ihr viele Briefe – und jetzt heißt es, sich darauf zu konzentrieren. Darauf und auf Carlos und seine zwanzig Jahre. Der Junge muss das Studium beenden, wenn nötig, muss ihm die *Ius Connubium* und die *Ius Praecepta* mit Schlägen auf den Hinterkopf eingetrichtert werden, und gleich nach der Universität ab ins Vikariat. Doch weil es so aussieht, als ziehe sich das Studium in die Länge, könnte es eine gute Idee sein, ihm die Verlobte schon im Voraus zu suchen. Das Terrain sondieren, so nennt es Don Augusto. Es besteht darin, Einladungen zu verschicken und anzunehmen und mit den feinsten Damen von Lima heiße Schokolade zu trinken und Plätzchen zu essen. Ihm dabei zu helfen, eine gute Partie auszuwählen, oder vielleicht sogar, sie ihm zu verpassen.

Die Männer von heute, das weiß Don Augusto sehr gut, sind wie Kinder.

Wahr ist jedoch auch, dass man keine Eile haben soll, denn das schnelle Heiraten ist letztlich typisch für die Armen, für die Habenichtse, die keine Erbschaft erwarten und es sich nicht leisten können, nach Europa zu reisen und sich dort zu vergnügen. Es hat keine Eile, natürlich nicht, doch es stört auch nicht, wachsam zu sein, Freundschaften in höchsten Kreisen und Gesellschaften zu säen, in der Hoffnung, dort mächtigen Einfluss heranwachsen zu sehen. Dem Sohn nach und nach einen Pfad zu öffnen, der ihn von den kleinen Teegesellschaften und den Empfängen bis in das Schlafzimmer einer Tagle-Bracho oder vielleicht sogar einer Quiroga führt. *Das Terrain sondieren, Pfade öffnen, säen und ernten:* die üblichen Redewendungen eines Mannes, für den das Leben ein Dschungel gewesen ist, den man mit der Machete bändigen muss.

Die Rodríguez haben alles außer einem Namen und einer Vergangenheit, weshalb die idealen Kandidaten solche Familien sind, die alles außer dem Namen und der Vergangenheit verloren haben. Die Sáez de Ibarra, die ihren gesamten Besitz im Casino und in den Bordellen von Lima verschleudert haben. Das Geschlecht der Lezcárraga, die unlängst durch ein schlechtes Geschäft mit Wein verarmt sind. Die Ortiz de Zárate y Toñanes, die ehrlich gesagt außer einer zweifelhaften Abstammung von zwei oder drei Nationalhelden nie etwas besessen haben. Solche Häuser beehren die Rodríguez jeden ersten und dritten Mittwoch im Monat. Nur in diesen verwahrlosten Salons, in ihren riesigen Speisesälen ohne Dienstpersonal, in ihren Stück für Stück an die Lumpenhändler verkauften Bibliotheken scheint man ihren neureichen Geruch nicht wahrzunehmen, denn es gibt kein besseres Mittel gegen die allzu feine Nase, als wenn man sich in einen Neuarmen verwandelt hat.

Don Augusto sucht jedoch nicht nur eine Schwiegertochter, Carlos weiß dies sehr wohl. Nicht so sehr um die Heirat sorgt er sich, als vielmehr um die Möglichkeit, durch sie die Vorstellung wahr werden zu lassen, dass die Rodríguez adelig sind, dass sie es immer waren. Seit seiner Kindheit weiß Carlos um diese Obsession seines Vaters. Der Schreibtisch vollgestellt mit Büchern über Wappenkunde und Akten, die beweisen sollten, dass die Familie im vorhergehenden Jahrhundert dieses oder jenes war. Er fand nie auch nur einen spanischen Vorfahren, und erst recht keinen Reichen. Nur Mestizen, Zambos und Cuarterones, die in den Taufbüchern ausnahmslos als »Landarbeiter« oder »Kinder aus dem Volk« auftauchen. Ganz zu schweigen von einem gewissen Ururgroßvater, den ein humorvoller Pfarrer »Sohn der Erde« genannt hatte. Doch man muss beharrlich sein, man muss die Codices auf rechts und links drehen, bis es gelingt, die Vergangenheit so sein zu lassen, wie sie zu sein hat. Denn mit dem Geld und den Manieren der Weißen hat Don Augusto auch ihre Vorurteile geerbt, und es ist furchtbar, sich im Spiegel anzuschauen, wenn man zuvor im Café gesagt hat, dass die Indios Sklaven sein müssen, weil es ihnen im Blut liegt.

Ein Ahnenforscher machte ihn verrückt mit der Idee, in den Kirchenverzeichnissen Spaniens ließen sich möglicherweise Spuren jener berühmten Vorfahren finden, und Don Augusto finanzierte ihm eine Weltreise zu sämtlichen Kirchen und Einsiedeleien des Mutterlandes, die immer noch andauert. Nach fünf Jahren, zweitausendfünfhundert ausgegebenen Sol – die dort Peseten sind –, und sehr wenigen Gewissheiten, schickt der Gelehrte ihm von Zeit zu Zeit noch immer Briefe mit hoffnungsvollen Neuigkeiten. In der Kathedrale von Santander hat er einen Rodríguez gefunden, der, wenn er sich nicht sehr irrt, ein Ururgroßvater des Ururgroßvaters des Großvaters von Don Augusto ist; es gibt unklare Hinweise auf seine Verwandtschaft mit dem Fürsten von Osuna und weiteren drei oder vier aus dem spanischen Hochadel; ein Taufzeugnis aus dem 15. Jahrhundert könnte der Schlüssel sein, welcher die Rodríguez mit Ferdinand dem Katholischen höchstselbst verbindet, usw. Jede neue Entdeckung rechtfertigt die Auszahlung von hundert oder zweihundert Peseten, die Don Augusto zahlt, ohne groß nachzudenken.

In Wirklichkeit ist sein Vertrauen in den Ahnenforscher rein statistischer Natur. Denn Don Augusto versteht etwas von Arithmetik. Man könnte sagen, er hat sein Vermögen dank seiner Begabung für Zahlen angehäuft, oder genauer, dank seiner Fähigkeit, durch sie die Menschen zu ersetzen. Und wenn man sie in Zahlen übersetzt, dann stellt sich die Sache mit der Genealogie in seinem Kopf vollkommen einleuchtend dar. Schauen wir uns das einmal an: Er wurde im Jahr 1853 geboren. Geht man von fünfundzwanzig Jahren je Generation aus, so bedeutet dies, dass seine Eltern (zwei) ungefähr 1825 geboren wurden, und etwa um 1800 seine Großeltern (vier), von denen laut Akteneinträgen niemand blaues Blut zu haben schien. Doch warum nicht weiter zurückgehen? Um 1750 gab es bereits 16 Ururgroßeltern; 64 Verwandte im Jahre 1700; 1024 um 1600. Mit dem Papier in der Hand setzt er die Rechnung, die immer komplizierter wird, fort. Denn in der Epoche der Eroberung Perus bewohnten bereits mindestens 8192 Vorfahren die Erde. Sollte es möglich sein, dass sie alle schlecht riechende Inkas waren, dass keiner von ihnen den Schiffen von Pizarro und Almagro entstiegen war? Und weiter: 262.144 im Jahr 1400, 4.194.304 im Jahr

1300; nicht weniger als über 67 Millionen Menschen um 1200.
Und nicht ein einziger von ihnen soll ein Wappen, einen gevier-
ten Schild gehabt haben, den er ihm vermachen kann? Man
konnte es daher als erwiesen betrachten: Statistisch gesehen
waren sie tatsächlich schon adelig, vielleicht sogar Nachkommen von Königen. Die Geduld und auch ein schwacher Rest von
Demut hindern ihn jedoch daran, die Rechnung bis zurück ins
erste Jahrhundert zu treiben. Etwas sagt ihm, dass er zu jener
Zeit so viele Millionen Vorfahren hätte, dass sich unter ihnen
die gesamte Weltbevölkerung und sogar Jesus Christus selbst
befände, wäre es nicht Ketzerei, solche Dinge zu denken.
Carlos zieht es seinerseits vor, so zu tun, als wüsste er nichts
von den Ambitionen seines Vaters. Manchmal wiegt er sich sogar in der Illusion, dass niemand ernsthaft über die Frage der
Heirat nachdenkt. Dass seine Familie nur deshalb so viele Besuche abstattet und empfängt, weil es nicht mehr ist, als es zu
sein scheint: das Vergnügen, über das Wetter zu sprechen und
gegen die Regierung zu wettern; Kuchen zu essen und Haus-
mittel gegen Migräne auszutauschen. Die Engel zu zählen, die
einer nach dem anderen durch die vielen Lücken in der Unterhaltung flattern. Doch um die Wahrheit zu verstehen, muss
er sich nur die jungen Damen anschauen, die aufgetakelt wie
für eine – seine? – Hochzeit eintreffen, und deren Mütter, die
bei jeder Gelegenheit einfließen lassen, wie fleißig Auroral-
lein oder Cristinchen sei. Und Aurora und Cristina und Jimena
und Mariana, die bald ihn betrachten, bald die bestickten Vorhänge, das getriebene Silber oder das blendende Gold der Galerien und Schlafgemächer, als würde ihnen alles – Sohn, Haus,
Schmuck – wie ein Warenkorb präsentiert.
Seit einiger Zeit fühlt er deshalb jedes Mal, wenn die Tage der
Empfänge sich nähern, einen kalten Schweiß. Er will seinem

Vater sagen, er solle nicht weitersuchen. Er wolle keine Ehefrau finden, und er werde heute nicht in den kleinen Salon herunterkommen, auch wenn die sieben anbetungswürdigen Töchter der Fermín Stevens gekommen sind. Doch am Ende gibt er immer nach, und später, in tiefer Nacht, verspürt er einen Druck auf der Brust, der ihn nicht schlafen lässt. Als hätte sein Vater sich auf seinen Körper gesetzt und würde dort still verharren und ihn dabei ansehen. Er erinnert sich an den Magister. Ob es wahr ist, dass Worte Schaden anrichten? Aber nicht nur die Worte, die man liest, sondern vor allem diejenigen, die man selbst ausspricht. Solche, aus denen einst, vor so langer Zeit, Georgina geboren wurde. Denn heute erscheint Georgina viel wirklicher als diese Prozession von Frauen – einige sind noch Mädchen –, die halb geziert und halb verängstigt beinahe Tag für Tag durch sein Haus defilieren.

Was würde er tun, wenn Georgina eine von ihnen wäre? Würde er sie erkennen? Würde er um ihre Hand anhalten? Würde er seinem Vater sagen: »Die Hübners sind die passende Familie für uns.«?

Einige der Mädchen, die er empfängt, sind hübsch, doch Carlos bemerkt es nicht einmal. Sein ganzes Leben hat er damit verbracht, Vignetten und Postkarten von Frauen zu betrachten, als wären sie aus Fleisch und Blut, und jetzt schaut er die Frauen aus Fleisch und Blut an, als wären sie ein abgegriffener Stapel Postkarten und Vignetten. Figuren aus einem Roman, den man zuklappt und vergisst. Georgina dagegen ... Denn nur, wenn er an sie denkt, fühlt er, wie seine Brust ein wenig leichter wird; als hätte jemand seinen Vater hochgehoben und gezwungen, das Zimmer zu verlassen. Als wäre das, was er auf dem Körper spürt, nicht mehr Bedrückung, sondern ein hauchzartes Streicheln; so zart, dass man sogar die Augen schließen muss, um es zu spüren. Das ist Georgina, die ihn besuchen kommt. Oder auch nicht, doch das spielt keine Rolle: besser die Augen geschlossen halten und weiterhin daran glauben. Oder sie öffnen, um sie endlich kennenzulernen, denn sie ist nicht wie die anderen. Sie ist weder an den Vorhängen noch an den Metallprägungen noch am Silbergeschirr interessiert. Georgina will ihn anschauen. Nur ihn.

Plötzlich hält der Roman an.

Sie wissen – das haben sie dank eines der wenigen Ratschläge von Professor Schneider, die sie gelesen haben, gelernt –, dass auf den zentralen Seiten eines jeden Romans etwas Außergewöhnliches geschehen muss. Kurz davor scheint die Handlung einen Moment lang an Spannung zu verlieren – Beginn des zweiten Aktes; sie durchquert eine Niederung oder ein Tal, eine kleine Hochebene der Langeweile, und dann geschieht dieses Außergewöhnliche. In der Regel stirbt jemand, der für die Geschichte unverzichtbar schien, oder aber jemand, dessen Tod besiegelt schien, überlebt. Die anderen lernen, das Leben mehr wertzuschätzen, oder aber sie lernen nichts. Und das ist alles. Doch ihr Roman kommt nie aus jenem Tal heraus. Er hört, noch bevor sie überhaupt an den Höhepunkt denken, einfach auf. Er bricht abrupt ab wie ein Buch, dessen letzte Seiten jemand herausgerissen hat, denn Juan Ramón hat tatsächlich aufgehört, ihre Briefe zu beantworten. Es vergeht eine Woche, dann zwei, dann ein Monat. Ein ganzer Monat vergeht, ohne dass sie Nachrichten vom Meister erhalten haben. Und wieder kommt der Tag, an dem das Schiff von der Halbinsel vor Anker gegangen sein muss, doch nichts geschieht. Dafür haben sie viel Zeit, sich Erklärungen auszudenken. Der Meister hat das Interesse verloren; der Meister hat einen Roman gefunden oder eine Muse, die ihm besser gefällt; der Meister hat dieses langweilige Mädchen aus Miraflores einfach vergessen – und diesen Roman, der weder ein Schlüsselerlebnis noch außergewöhnliche Ereignisse aufweist. Der Meister ist kein Meister, sondern ein Idiot, dem man Manieren beibringen muss, nämlich wie man auf angemessene Art und Weise anständige Señoritas zu behandeln hat. Und natürlich finden sie die Zeit, sich selbst die Schuld zu geben – was sind wir nur für mittelmäßige Schriftsteller –, und natürlich auch anderen: dem Magister Cristóbal und ein wenig auch Don Augusto, warum nicht, und dem Hochschulprofessor Nicanor – Mister Scrooge –, der sie in Wirtschaftsrecht hat durchfallen lassen, und dem Nachtwächter, der den Chinesen misstraut, und dem Diener, der bestimmt die Briefumschläge vertauscht oder verloren hat, und anderen Gestalten, die so wenig mit ihnen zu tun haben, dass sie nicht einmal in ihrem Roman aufgetaucht sind.

Später stellt sich ein Gefühl ein, das der Resignation ähnelt. Was können sie anderes tun als warten. Und ein wenig lügen, wenn sie im Club gefragt werden – natürlich; zwei neue Briefe, nein, drei in Wahrheit; ihr solltet das letzte Gedicht lesen, das er Georgina gewidmet hat. Vielleicht lügen sie aus Stolz. Oder vielleicht, weil sie hoffen, dass die Wirklichkeit sich letztlich ihren Worten angleicht. Doch eines Nachts scheint sich einer der Señoritos aus dem Club plötzlich für ihre Antworten zu interessieren.

»Er hatte also vor Kurzem geschrieben!«, sagt er mit vorgetäuschter Bewunderung. »Nicht weniger als drei Briefe! Und was erzählt das Genie?«

José und Carlos wechseln einen Blick. Ihnen ist nicht mehr wohl bei der Sache.

»Nun ja, ein bisschen das Übliche ...«

»Das Übliche, wie?«

»Ja ... Nichts Besonderes. Jedenfalls geht der Roman weiter. Der Roman geht weiter.«

Der Typ bricht in Gelächter aus und zwei oder drei Stammgäste mit ihm.

»Also wenn euch die Briefchen nicht mit dem fliegenden Fahrrad der Gebrüder Wright gebracht wurden, bezweifle ich sehr, dass ihr sie habt lesen können.«

»Und warum das?«

Der Mann wird plötzlich ernst.

»Also bitte! Lebt ihr auf dem Mond oder was? Ihr seid wohl die einzigen in Lima, die es nicht wissen.«

»Was denn?«

»Dass seit Wochen kein Schiff den Hafen von Callao anläuft oder verlässt. Sandovals Streik ist ausgebrochen.«

Um es mitzubekommen, hätten sie nur irgendeine der fünf Zeitschriften und vierzig Tageszeitungen, die in Lima in Umlauf sind, lesen müssen; um genau zu sein: die Titelseite. Doch weder Carlos noch José lesen Zeitungen. Es hätte auch genügt, das Seminar für Arbeitsrecht zu besuchen, in dem nur eine Woche zuvor lang und breit über den Fall der Hafenarbeiter von Callao diskutiert wurde. Doch seit Wochen betritt keiner von beiden den Innenhof der Universität. Carlos hätte sich auch einfach nur die Mühe machen müssen, auf die Gebete seiner eigenen Mutter zu achten, denn in letzter Zeit schließt sie die Streikenden in ihre Novenen und Rosenkränze ein. Sie bittet den Herrn um Frieden in Peru und, dass alle am Hafen wieder so glücklich sein mögen wie früher; und der Herr wird sie früher oder später erhören, denn der Herr belohnt immer diejenigen, die dafür beten, dass sich nichts ändert.

Sein Vater ist in der Angelegenheit gut informiert, und er freut sich, als Carlos ihn dazu befragt. Endlich interessiert sich sein Sohn für die Geschäfte. Er erzählt ihm von den fünfunddreißig Frachtern, die im Hafen vor Anker liegen. Von den 14.000 Tonnen Kautschuk, die nirgendwohin gehen. Von den Dollarströmen, die täglich versickern durch diese lächerliche Verzögerung und durch diese gottlosen Ordnungskräfte, die früher genau das taten, mit aller Kraft Ordnung zu schaffen, und die es heute zulassen, dass ein Haufen Nieten ohne Beruf und ohne Geld ein ganzes Land demütigt.

»Aber was verlangen sie denn?«, wagt Carlos zu fragen.

»Was sie verlangen? Die Anarchie! Weißt du, was das ist, die Anarchie?«

Carlos bejaht. Don Augusto spricht weiter.

»Sie sagen natürlich lieber, dass sie für Gleichheit und Gerechtigkeit kämpfen und für alle möglichen Ideen, die großartig klingen ... Aber niemand interessiert sich dafür! Die Arbeiter kämpfen nicht für Gerechtigkeit, sondern sie wollen selber die Direktoren sein. Das ist ein Naturgesetz! Und die, die besonders originell sein wollen, nehmen sich außerdem vor, reich zu werden, indem sie acht Stündchen am Tag arbeiten ... Was sagst du dazu? Glaubst du, ich bin so weit gekommen mit beschissenen acht Stunden Arbeit?«

Nein, Carlos glaubt das nicht.

Noch am selben Morgen nimmt er sich vor, sich zu informieren, und liest die Zeitung, als eines der Dienstmädchen hereinkommt, um das Frühstücksgeschirr abzuräumen. Wie nebenbei und ohne von der Zeitung aufzublicken, sagt Carlos:

»Bestimmt hast sogar du von dem Streik in El Callao gehört.«

Das Dienstmädchen bleibt abrupt stehen, das Tablett in der Hand.

»Ist es wegen meinem Bruder, Señorito?«

»Deinem Bruder?«

Sie beißt sich auf die Unterlippe.

»Mein Bruder Antonio ... Er arbeitet am Hafen. Er streikt wie die anderen, alle wissen es ...«

»Ich verstehe.«

»Aber ich bin nicht wie er, Señorito. Sie müssen sich meinetwegen keine Sorgen machen. Ich werde Ihnen keine Probleme verursachen.«

»Natürlich nicht, natürlich nicht.«

Sie starren einander an. Womöglich zittert das Tablett in der Hand des Dienstmädchens.

»Und sag mir ... Weißt du, warum am Hafen gestreikt wird?«

Das Dienstmädchen antwortet sehr schnell.

»Ich weiß nicht. Von solchen Dingen verstehe ich nichts.«

Und dann, etwas ruhiger:

»... Aber ich glaube, es geht um die Arbeitszeit, Señorito. Sie wollen acht Stunden arbeiten, können Sie sich das vorstellen? Acht Stunden am Tag!«

Sie versucht zu lachen, doch es gelingt ihr nicht. Sie versucht, das Tablett ruhig zu halten, sie befürchtet, das Klirren der Tassen könnte den Señorito brüskieren.

»Acht Stunden also.«

»Und auch wegen der Löhne.«

»Wie viel verlangen sie?«

»Also ... drei Sol am Tag, Señorito.«

»Du meinst, so viel verdienen sie bisher?«

Diesmal lacht sie wirklich.

»Oh, natürlich nicht! Das würden sie gern, Señorito. Im Moment bekommen Sie nicht einmal zwei.«

»Zwei Sol ...!«, wiederholt Carlos und macht große Augen.

»Ja, zwei Sol. Und das Brot kostet nicht einmal einen halben Sol. Es gibt wirklich Leute, die mit nichts zufrieden sind.«

Carlos faltet die Zeitung zusammen. Er überlegt.

»Wie viel zahlen wir dir?«

»Mir, Señorito? Nun ... Das Übliche. Kost und Logis und einen halben Sol am Tag. Was könnte man mehr verlangen?«

Es dauert eine Weile, bis Carlos antwortet.

»Nichts, natürlich. Du kannst gehen.«

Doch das Dienstmädchen rührt sich nicht.

»Ich ... Ich wollte Ihnen nur versichern, dass Sie sich meinetwegen keine Sorgen machen müssen, Señorito. Ich weiß, was sich gehört.«

»Natürlich.«

»Ich bin nicht wie mein Bruder. Ich bin mit dem zufrieden, was ich habe und mache keine Scherereien. Ich bin keine Revolutionärin.«

»Nein, eine Revolutionärin bist du nicht.«

Und dann bedankt er sich bei ihr.

Die Verhandlungen sind eröffnet, steht auf der Titelseite von *El Comercio*, und voller Hoffnung wegen dieser Nachricht fahren sie zum Hafen. Sie wissen nicht, dass die Gespräche zwischen der Handelskammer und den Streikenden bereits gescheitert sind. In Wirklichkeit waren sie bereits gescheitert, als die Druckerschwärze der Zeitung noch in der Rotationsmaschine trocknete. Als sie eintreffen, finden Sie deshalb die Molen voller Arbeiter vor, die versuchen, die Streikbrecher der englischen Dampfschifffahrtsgesellschaft am Arbeiten zu hindern. Morgen wird *El Comercio* sagen, es seien nicht mehr als zweihundert Personen gewesen; die Unterlagen der Streikkommission werden mehr als 15.000 verzeichnen. Für José und Carlos haben diese Zahlen jedoch keine Bedeutung. Es gibt auf jeden Fall genug Menschen, um den Hafen zu überlaufen und sogar die Calle de Manco Cápac zu blockieren, so dass sie eine ganze Weile brauchen, bis sie zum Ende des Damms vordringen.

Im Hintergrund sieht man das Takelwerk der Schiffe, die Dampfer mit ihren von Mollusken und Rost übersäten Maschinen. In einem davon, wer weiß in welchem, befinden sich die Kapitel, die nicht abreisen; in einem anderen die Kapitel, die nicht ankommen. José und Carlos setzen sich auf die Steinschüttung des Damms und von dort aus betrachten sie sie mit einem Gefühl von Ohnmacht. Sie haben gehört, dass die Compañía Sud-Americana und die englische Pacific Steam Navigation Company ihren Besatzungen zwei Sol fünfzig anboten, damit sie die Schiffe beladen. Doch die Streikkommission ist ihnen mit einem besseren Angebot zuvorgekommen, und jetzt sind die Kneipen der Stadt voll mit russischen und deutschen und türkischen Seeleuten, die nicht viel mitbekommen, aber auf Kosten der Arbeiter bis zum Umfallen trinken. Deshalb sind die Schiffsdecks leer, niemand ist an Bord geblieben, außer ein paar Offizieren, die sich gegenseitig anschreien. Und natürlich auch die Ratte, die mit der transatlantischen Post reist, und die überrascht wahrnimmt, dass dieses Schiff, das sie Universum nennt, zum ersten Mal aufgehört hat, sich zu wiegen und beim Auf und Ab der Wogen zu knirschen. Für sie ist der Streik eine Zeit, in der die Welt ganz einfach stillsteht.

José wirft von seinem Platz auf der Steinschüttung Kiesel ins Wasser. Die Zeit zwischen dem Werfen nutzt er, um sich zu beschweren. Es ist eine Schweinerei und eine Schande, dass ein Haufen armer Schlucker wie diese die ganze Stadt in die Knie zwingen und jetzt da herumstehen, randalieren und sich lustig machen. Carlos hat den Eindruck, die verjüngte, aber ebenso schroffe Stimme seines Vaters zu hören. Gálvez spricht auch von Juan Ramón: Weißt du, was geschieht, wenn sich die Veröffentlichung einer Folge eines Fortsetzungsromans verzögert, fragt er ihn – Carlos weiß es nicht –, ich werde es dir mal erzählen: In den ersten Tagen werden die Leser unruhig, ihre Neugier und ihre Lust, weiterzulesen steigern sich; doch nach einer gewissen Zeit fangen sie an zu vergessen und beschließen, irgendetwas anderes zu lesen. Und genau das wird passieren, wenn die Briefe nicht bald rausgehen, fährt José fort, der Meister wird einen neuen Roman beginnen und von dem alten nichts mehr wissen wollen. Das ist es, was passieren wird, Carlota.

Carlos nickt automatisch. Zum ersten Mal denkt er nicht nur an Georgina. Er denkt auch neugierig und ein wenig überrascht an die Arbeiter selbst. Vom Damm aus betrachtet sieht es aus, als würden sie nur einen einzigen Körper bilden, als nähmen sie die Gestalt eines monströsen Lebewesens an, das sich um das Hafenbecken und die Umgebung der Mole ergießt, mit einer

Schuppenhaut aus Hüten und Gesichtern. Immer wieder ertönen ihre Schlachtrufe, und auch dieses Gebrüll scheint sich zu einer einzigen Stimme zu verbinden. Aus der Höhe der Mansarde betrachtet, hätten sie jeden dieser einfachen Männer für eine Nebenfigur gehalten. Doch jetzt kommt ihm der Gedanke, dass alle zusammen auf ihre Weise vielleicht eine Hauptfigur sein könnten.

José schleudert einen Stein ins Wasser und mit ihm einen neuen Protest:

»Sandoval, dieser Bastard, hat uns schön mitgespielt. Wenn er uns den Roman kaputtmachen wollte, dann ist es ihm gelungen.«

Carlos wiegt den Kopf, ohne die Menge aus den Augen zu lassen.

»Weißt du ... ich glaube nicht, dass wir Sandoval so wichtig sind, im Ernst.«

»Und ich sage dir, dass wir ihm doch wichtig sind. Ich kenne diesen Idioten. Er ist wegen der Sache mit Georgina fast vor Neid vergangen. Warum sonst sollten ihm diese Unglücklichen so wichtig sein.«

Carlos zweifelt einen Moment, doch letztendlich verzichtet er darauf, etwas zu sagen. Plötzlich wendet José sich ihm zu und schaut ihn an.

»Was?«

»Wie was?«

»Spiel nicht den Dummen, Carlotita, wir kennen uns. Als ob ich inzwischen nicht alles wüsste, was man über dein Schweigen wissen müsste. Was denkst du?«

»Nichts ... Nur an etwas, das ich heute Morgen gehört habe.«

»Sag.«

»Weißt du, dass sie zwei Sol verdienen?«

»Wer?«

»Die Hafenarbeiter.«

»Tja.«

Carlos wartet einige Sekunden. Dann fügt er hinzu:

»Zwei Sol am Tag, hörst du? Nicht in der Stunde.«

»Und das findest du viel oder wenig?«

»Wie meinst du das, ob ich das viel oder wenig finde? Sie müssen mindestens eine Woche sparen, um sich ein Buch zu kaufen, um Gottes Willen.«

José zuckt die Schultern.

»Ich bezweifle sehr, dass einer von denen lesen kann. Also keine Bücher – ein Kostenpunkt weniger. Andererseits werden sie wohl nicht so wenig verdienen, wenn sie sich diesen Urlaub gönnen. Diese Arschlöcher.«

Carlos schweigt eine Weile. Er erwägt verschiedene mögliche Antworten. Schließlich sagt er:

»Das ist wahr.«

Doch es geht ihm nicht aus dem Kopf. Die zwei Sol, nur ein paar Münzen, werden in seinem Geist immer größer – bis sie ihn ganz ausfüllen. Direkt vor sich sieht er die Streikenden immer lauter schreien, das Tier, das sich aufbäumt und außer sich gerät, das versucht, über die Ufer zu treten und mit seinem riesigen Körper die Bahnlinie, die den Hafen mit dem Zollamt verbindet, zu stürmen. Eine Einheit Soldaten, die das verhindern soll, wirkt lächerlich klein. Carlos empfindet etwas wie Bewunderung, nicht für die Armut der Arbeiter, sondern für die Energie, mit der sie dagegen ankämpfen.

»Ich frage mich, was Georgina denken würde.«

»Worüber?«

»Über das alles. Den Streik am Hafen.«

»Mensch, die wäre fuchsteufelswild, sage ich dir. Weil sie sich nicht mit Juan Ramón austauschen kann.«

»Ja, aber ich meinte die Ideen ... Was würde sie über die Arbeiter denken ... über ihre Forderungen ... über die Sache mit den zwei Sol.«

José macht eine Bewegung, die alles Mögliche bedeuten kann. In Wirklichkeit bedeutet sie etwas sehr Konkretes: Und was bitte geht mich das an.

»Ich glaube, sie fände sie sympathisch«, fügt Carlos hinzu, als deutlich wird, dass José nicht antworten wird.

»Möglich«, erwidert er schließlich. »Weißt du, das wäre keine schlechte Idee für ein Kapitel. Georgina, wie sie zwischen den Arbeitern herumläuft ... sie mit ihrer Gegenwart tröstet ...«, er hebt den Arm und zeigt auf einen beliebigen Punkt in der Menge. Langsam lässt er ihn sinken. »Doch was bringt uns dieses Kapitel, wenn wir es Juan Ramón nicht einmal zukommen lassen können.«

Carlos blickt immer noch in die Richtung, in die José gezeigt hat. Unter den Arbeitern sieht man einige Frauen. Sie haben Beutel mit Brotstücken für ihre Männer und Söhne dabei und Krüge, um den Durst der Demonstranten zu löschen. Einige wenige intonieren auch die Schlachtrufe und erheben ihre Stimmen und ihre schwachen Fäuste zum Himmel. Irgendwo geht eine Frau mit einem Sonnenschirm, eine ganz in Weiß gekleidete Dame, die zwischen den grauen Schürzen der Arbeiter wie gemalt wirkt. Ihre Gegenwart ist eigenartig. Sie ist dort nur, um das Elend, das sie umgibt, zu unterstreichen und es noch unverständlicher, noch schmerzhafter, noch echter zu machen. Sie wirkt wie eine Figur von Sorolla, die von Gemälde zu Gemälde spaziert und irrtümlich oder aus Neugier angesichts der Bescheidenheit eines Bildes von Courbet stehengeblieben ist. Carlos sagt sich: Das könnte Georgina sein. Und einen Moment lang sieht es so aus, als würde sie ihr Gesicht –

Georginas Gesicht – in seine Richtung wenden, doch gerade, als es soweit ist, wendet sie sich um und kehrt auf dem Weg, den sie gekommen ist, zurück in die Menge, und schließlich verschwinden sie und ihr Sonnenschirm.

José schlägt sich mit den Händen auf die Waden.

»Also was? Gehen wir? Denn hier wird heute wohl nicht mehr viel passieren ...«

Auch Carlos steht auf. Aber er geht nicht dorthin, wo der Wagen steht, sondern in die entgegengesetzte Richtung, dorthin, wo er das Mädchen hat verschwinden sehen.

»He! Wo gehst du denn hin? Das ist die falsche Richtung.«

»Ich will nur mal schauen.«

»Lass den Unsinn und lass uns endlich gehen. Siehst du nicht, dass diese Idioten großen Ärger machen?«

Und dennoch folgt er ihm. Er ist es nicht gewohnt zu gehorchen und braucht eine Weile, bis er sich entschieden hat, doch am Ende schnaubt er und geht ihm hinterher.

Carlos hat keine genaue Vorstellung von dem, was er zu finden hofft. Zum Teil ist es so etwas wie ein Aberglaube: der Verdacht, dass sich hinter dem weißen Sonnenschirm ein Gesicht verbirgt, das zu Georgina gehören müsste. Natürlich kann er José diesen Unsinn nicht sagen. Er kann nur tun, was er gerade tut, darum kämpfen, sich mit den Ellenbogen und mit Rempeleien einen Weg durch das schwarze Fleisch dieses Tieres, das sie abzustoßen scheint, zu bahnen. Obgleich die Streikenden sich umdrehen, um voller Argwohn ihre goldenen Manschetten und ihre tadellosen Anzüge zu betrachten. Obgleich die Schlacht- rufe, die vor einigen Minuten eher abstrakt von Gleichheit und Gerechtigkeit sprachen, sich nach und nach mit Schmähungen bevölkern, mit vergossenem Blut und toten Unternehmern. Obgleich aus der Nähe betrachtet einige Frauen in Wirklichkeit nicht Brotstücke und Weinkrüge verteilen, sondern Backsteine und Eisenstangen und Pflöcke und Schürhaken. Josés Stimme ist angstverzerrt, zum ersten Mal.

»Carlos, lass uns endlich gehen, verdammt«, sagt er und packt ihn am Arm.

In diesem Augenblick hört man ein metallisches Rattern, das immer näher kommt. Ein Pfiff. Die Menge scheint auf diesen Lärm zu reagieren, und José und Carlos fühlen, wie sie in eine bestimmte Richtung mitgerissen werden.

»Streikbrecher! Streikbrecher!«

Es handelt sich um einen Konvoi, der Ware zur Mole bringt, und der Menge gelingt es, ihn mit Steinwürfen anzuhalten. Alles geschieht so schnell, dass keine Zeit zum Reagieren bleibt. Einige Männer klettern auf die Lokomotive und zerren und stoßen den Maschinisten heraus. Carlos sieht, wie sie ihn auf den Boden schmeißen wie eine Puppe, doch es gelingt ihm nicht, etwas zu fühlen, die Bilder, die an ihm vorüberziehen, sind wie Seiten eines Buches oder wie Projektionen auf dem Laken des Kinematographen. Er ist nicht gewöhnt an Gewalt und daran, dass sich plötzlich schreckliche Dinge vor seinen Augen ereignen. Solche Dinge sind woanders geschehen, tief im Dschungel, weit entfernt von der Lichtung, wo er mit Román spielte.

»Scheiße«, hörte er José deutlich durch das Geschrei hindurch sagen.

Plötzlich Schüsse in die Luft. In die Luft? In der Ferne vielleicht das Mädchen. Ist das ihr Sonnenschirm oder die weiße Uniform der Soldaten? Das Krachen von Schädeln, die auf Pflastersteinen aufschlagen. Mehr Schüsse.

»Die Kavallerie! Die Kavallerie!«

Über den verzerrten Gesichtern sieht er die Körper der ersten Reiter auftauchen. Sie scheinen nicht auf ihren Pferden zu reiten, sondern eine Woge aus Arbeitern zu pflügen, die schreien und versuchen, in alle Richtungen zu fliehen. Er sieht ihre Säbel in der Luft aufblitzen. Ein Mann, durchbohrt von einem Bajonett. Zwei Hafenarbeiter, die eines der Pferde mit Steinwürfen auf die Nüstern niederstrecken. Josés Hand, die sich so fest an seinen Arm klammert, dass es schmerzt. José, der ihn irgendwohin zerren will, oder der vielleicht verzweifelt versucht, nicht fortgetrieben zu werden. Dann sieht er einen Reiter zu seiner Linken, und im selben Augenblick fühlt er ein plötzliches Brennen wie einen Blitz, den jemand gegen sein Gesicht geschleudert hat. Es ist ein Ereignis, dem kein Geräusch vorausgeht, das keinen Ursprung zu haben scheint, nicht einmal eine Erklärung. Nur etwas, das sich anfühlt wie ein scharfer Biss. Kalte Zähne, die ihm die Schläfe verbrennen und ihn auf den Schotter schleudern.

Als er fällt, meint er zu sehen, wie José sich umdreht und ihn anschaut, José, der einen Moment zögert, und dann weiterrennt.

Möglicherweise spielen sich die Dinge nicht genau auf diese Weise ab. Vielleicht sieht José ihn nicht fallen. Vielleicht ist er von der Menge fortgezogen worden und hätte ihm so oder so nicht helfen können. Möglicherweise ist die Person, die ihn mitten im Durcheinander anschaut und dann flieht, nicht einmal José. Doch genau so wird es sich in sein Gedächtnis einprägen: Er fällt, und José lässt ihn im Stich.

Einen Moment lang glaubt er, er werde das Bewusstsein verlieren. In seinen Lieblingsromanen geschieht das immer. Der Held stürzt verletzt, und die Welt hält mit ihm inne. Alles wird schwarz oder weiß oder rot – je nachdem, wie es dem Autor gefällt. Die Wirklichkeit verschwimmt zu einem Nebel, und dieser Nebel lichtet sich nicht, bis der Hauptdarsteller Stunden oder Tage später das Bewusstsein wiedererlangt. Doch nichts dergleichen tritt ein.

Als die Menge voller Panik über ihn hinweg flieht, fühlt er jeden einzelnen der Tritte – siebenundzwanzig – auf seinem Körper, als könnte er sie zählen. Er hört Schreie, Schüsse, die Hufe der Pferde, die über die Pflastersteine rutschen. Mehrere Stimmen, die schreiend um Hilfe bitten. Dann etwas wie Stille. Blutgeschmack im Mund. Und am Ende einige Worte, die er nicht versteht, und die Augen des Soldaten, der sich über ihn beugt, um seinen Puls zu fühlen.

Die Verwundeten werden ins Hospital von Guadalupe gebracht. Der erste, der behandelt wird, ist ein gewisser Florencio Aliaga mit einem Steckschuss in der Leiste und der Blässe eines Toten. Anschließend kehren die Sanitäter zurück, um sich um die leichter Verletzten zu kümmern. Zum Schluss bestehen sie sogar darauf, Carlos zu helfen, obwohl er nur ein paar Prellungen und im Gesicht eine Stichverletzung von einem Säbel hat. Es ist ihm peinlich, dass sie ihn auf einer Trage transportieren, als wäre er behindert, nur wegen einer Wunde, die bereits aufgehört hat zu bluten. Doch er lässt es zu, was kann er auch anderes tun, während seine Augen nach José suchen. Sie finden ihn nicht.

»Was in Gottes Namen hat ein Señor wie Sie bei diesen Leuten zu suchen?«, fragt der Gehilfe ihn, während er ihm hilft, seinen achtzig Sol teuren Anzug auszuziehen.

»Ich wartete auf Post ...«

Klaglos erträgt er die fünf Stiche, mit denen seine Wange genäht wird. Dies ist eine der wichtigsten Lektionen, die er von seinem Vater gelernt hat: nicht schreien, niemals, auch wenn man dir den Rücken mit Gürtelschlägen häutet.

Er befürchtet, man werde ihn befragen, doch niemand scheint ihn zu beachten. Die Ärzte und die Krankenschwestern eilen von einem Krankenbett zum nächsten, falten Moskitonetze zusammen oder breiten sie aus, ziehen kleine Wagen hinter sich her mit Skalpellen und Eimern voll mit rot verfärbtem Wasser. Auch der Gehilfe lässt ihn allein. Mit Mühe setzt Carlos sich auf. Der Raum ist eine riesige Halle mit Dutzenden Betten auf beiden Seiten, und aus allen Richtungen dringen Klagelaute und erstickte Geräusche, wenn die Nadel klaffende Spalten näht und die Pinzetten in den Wunden wühlen, um die Splitter der Schrapnelle herauszuziehen. Am gegenüberliegenden Ende lehnen einige Militärs gegen die Tür, doch sie halten ihre

Gewehre kraftlos, als wären sie Ackergerät. Wie Bauern sehen sie aus. Vielleicht sind sie auch Bauern – jedes Mal, wenn sie in ihre Häuser zurückkehren und ihr Lederzeug und ihre Uniformen ausziehen. Und jetzt, da er sie ohne ihre Pferde, ohne ihre gezogenen Säbel, ihre Schlachtformationen sehen kann, erscheinen sie ihm außerdem wie Kinder.

In diesem Augenblick sieht er Sandoval. Er geht von Bett zu Bett mit sorgenvollem Gesicht, erkundigt sich nach dem Zustand seiner Kameraden, murmelt aufmunternde Worte. Die Ärzte sehen ihn missbilligend an, doch niemand wagt es, etwas zu sagen. Wie ein Vater sieht er aus, ein Vater, der beunruhigt über das Befinden seiner Kinder bald hierhin und bald dorthin geht, die Hände auf dem Rücken verschränkt, das Gesicht ernst.

»Gálvez!«, sagt er, als er ihn erkennt. »Carlos Gálvez! Was tust du denn hier?«

Carlos – Rodríguez – zögert. Die Verwechslung ihrer Namen ist bisher noch nie vorgekommen.

»Eigentlich bin ich Rodríguez. José ist derjenige ...«

»Ach, zum Teufel mit den Namen! Haben wir denn nichts gelernt?«, sagt er und schlägt mit der Hand in die Luft. Ein Schlag, der die Stammbäume, die Privilegien, die Vergangenheit ausradiert. »Du bist ja auch verletzt! Was haben dir diese Mörder angetan?«

Seine Stimme klingt seltsam weich. Er kommt näher und untersucht die genähte Wunde. Sein Blick ist erfüllt von Stolz. Er zieht die Mütze ab und zeigt ihm seine eigene Narbe, die sich auch auf der linken Seite, fast an derselben Stelle befindet.

»Sieh, meine Taufe! Ein Souvenir des Streiks von 1899 ...«, sagt er hochtrabend. »Ein Soldat machte mir dieses Geschenk, als ich in deinem Alter war, und auch ich begann den Kampf ...«

»Aber ich nehme nicht an dem Kampf teil. Ich wollte nur ...«

»Natürlich, natürlich ... Du warst durch Zufall dort, nicht wahr?«
Carlos hält eine konfuse Rede über Georgina, die Briefe, die
nicht hinausgingen und nicht ankamen, doch irgendwann
unterbricht Sandoval ihn.

»Martín.«

»Wie?«

»Du musst mich nicht Sandoval nennen, du kannst Martín zu
mir sagen«, sagt Martín.

Bevor Carlos seine Erklärungen wieder aufnehmen kann, legt
Martín ihm eine Hand auf die Schulter und fügt mit feierlichem
Gesichtsausdruck hinzu:

»Und du musst gar nichts sagen. Wenn wir unsere Feinde Staub
fressen lassen, werden wir uns an Opfer wie das hier erinnern.
Wir werden die Spreu vom Weizen zu unterscheiden wissen.
Diejenigen unter uns, die von Anfang an im Schützengra-
ben waren, und jene, für die kein Platz sein wird in der neuen
Ordnung ...«

»Im Jahr 2014«, sagt Carlos unwillkürlich.

Martín verzieht das Gesicht.

»Viel früher! Allein heute, stell dir vor, haben wir die Einführung
des Achtstundentags um zwei oder drei Jahre beschleunigt ...«
Er macht eine Pause. Zwei Betten weiter hinten schließt eine
Krankenschwester dem ersten Märtyrer der Revolution die
Augen. Martín drückt die Mütze gegen seine Brust.

»Ein Jammer, dass es für den Kameraden Florencio zu spät sein
wird«, sagt er.

Und dann bekreuzigt er sich, denn noch befinden sie sich im
Jahr 1905, und gemäß seiner eigenen Berechnungen wird Gott
erst vierundsechzig Jahre später sterben.

Kurze Zeit später taucht José auf. Er tritt an das Bett und umarmt Carlos. Welch ein Glück, dass er ihn gefunden hat! Seit Stunden durchkämmt er die Krankenhäuser und Unfallstationen von Callao. Er fühlte sich so schuldig, als er ihn fallen sah. Er hätte ihn nicht diesen Wilden überlassen dürfen, Carlos solle nicht glauben, er habe nicht darüber nachgedacht, doch was hätte er denn tun können? Was hätte er an seiner Stelle getan, hm? Dasselbe ... natürlich dasselbe! Doch das Schlimmste ist nun vorüber. Kann er gehen? Dann kommt er jetzt gleich mit ihm und verlässt dieses Krankenhaus für Bettler, draußen wartet ein Wagen auf ihn.

Und er umarmt ihn erneut, denn das Wichtigste ist doch, dass alles gut ausgegangen ist, alles ist verziehen.

Ein Feldwebel schneidet ihnen den Weg ab, als Carlos aufstehen will. Er sagt, er könne sie auf keinen Fall gehen lassen. Es gebe Verfahrenswege und Vorgehensweisen, die man nicht mir nichts dir nichts missachten könne, draußen seien sehr schlimme Dinge geschehen, und zuerst müssten die Aussagen derjenigen aufgenommen werden, die darin verwickelt seien. José schnaubt. Er hält ihm ein Papier hin, das er bereits parat hatte. Der Feldwebel erblasst, als er den Nachnamen der Unterschrift entziffert. Er wagt es nicht einmal, das Dokument vollständig zu lesen. Mit einem ungeschickten militärischen Gruß gibt er es José zurück und erklärt den Soldaten, die ihn begleiten, es habe sich um ein Missverständnis gehandelt, die Señoritos seien freigestellt und könnten gehen, wann es ihnen beliebe. Mit seiner Hochachtung.

Als die Sonne untergeht, kommt Carlos zu Hause an. Er fühlt sich schon fast wieder gesund, der Gehilfe im Krankenhaus hat ihm gesagt, er brauche nur ein wenig Arnika und müsse einmal am Tag die Wundverbände und das Pflaster wechseln.

Doch seine Mutter ist nicht einverstanden. Der Leibarzt muss gerufen werden, Carlos muss wach bleiben, damit die inneren Blutungen gefunden werden können, die Verbrecher, die ihren Sohn umbringen wollten, müssen angezeigt werden. Ihr Gesicht ist verzerrt und die Augen gerötet. Den ganzen Tag über hat sie geweint und gebetet – seit der Kutscher ihnen sein Verschwinden meldete und sie die Suche begannen, im Gefängnis, im Leichenschauhaus, in den Hospitälern. Zum ersten Mal seit langer Zeit hört Carlos sie schreien, und mit jedem dieser Schreie scheint sie ein wenig wirklicher zu werden und die Stille so vieler Jahre zu füllen. Und seine Schwestern, die aus ihren Schlafzimmern kommen und die Treppe herunterstürmen, um ihn zu küssen, alle noch in ihren Nachthemden.

Don Augusto rollt eine erloschene Zigarre in der Hand. Auch er ist nervös, doch er wirft seinem Sohn nichts vor. Gewiss ist es ein dummer Streich gewesen, sich unter die Agitatoren und Terroristen zu mischen, doch wer ist nicht irgendwann einmal jung gewesen. Und zumindest ging es darum, sich zu prügeln und ein wenig Unruhe zu stiften, kurz, es ging darum, ein wenig ein Mann zu sein, und das ist in Carlos' Fall schlussendlich beruhigend. Auch die kleine Wunde bereitet ihm keine Sorgen; er hat Indios gesehen, die noch aufrecht standen, obwohl sie Wunden hatten, durch die man das Weiß der Knochen sehen konnte. Außerdem verleiht die Narbe dem Gesicht seines Sohnes eine gewisse Entschlossenheit, eine Männlichkeit, die er nie für möglich gehalten hätte, und die mit ein wenig Glück nicht mehr verschwinden wird. Trotzdem gibt er dem Drängen seiner Gattin nach und schickt nach dem Arzt, der sofort kommen soll, den man, falls nötig, aus dem Bett holen möge.

Der Arzt findet nichts, oder besser gesagt, er findet saubere Verbände und darunter außerordentlich gut ausgeführte Stiche

– vor allem, wenn man bedenkt, dass es sich um ein Arbeiterkrankenhaus handelt, denkt er bewundernd – und einen kleinen Riss, von dem nicht mehr Gefahr ausgeht, als dass er ein wenig die Verbände befleckt. Es braucht nur ein wenig Arnika, und die Wundverbände sowie das Pflaster müssen einmal am Tag gewechselt werden, und er hebt bereits an, dies zu sagen, doch etwas im Blick der Señora Rodríguez hält ihn zurück. Also untersucht er noch ein wenig länger, und am Ende sagt er, wenn man es recht bedenke – Vorsicht ist besser als Nachsicht –, dann seien womöglich ein paar Ruhetage angebracht, damit der junge Herr sich von den Eindrücken und den Schlägen erhole. Doch er schlägt dies ohne große Leidenschaft vor, beinahe als wollte er einfach nur irgendetwas sagen, denn er ist sehr müde und will wieder nach Hause. Carlos' Mutter klammert sich verzweifelt an diesen Vorschlag. »Der Arzt hat gesagt, eine Woche Bettruhe!«, verkündet sie, nachdem sie ihn an der Tür verabschiedet hat. Carlos sagt, er fühle sich ausgezeichnet, er benötige kein bisschen Ruhe, doch am Ende gibt er nach. So, wie er sich auf der Trage tragen ließ. Auf die gleiche Weise, wie er acht Jahre zuvor die Rizinusöle zur Kräftigung der Leber ertrug.

Er verbringt die Woche im Bett, und in dieser Woche ist Zeit für eine Menge Ereignisse. Er erfährt alles aus den Zeitungen, die seine Schwestern ihm auf dem Frühstückstablett versteckt bringen – »und er soll vor allem nichts lesen, was ihn aufregt«. In der Nacht des Zusammenstoßes werden sämtliche Straßenlaternen von Callao und Lima mit Steinwürfen demoliert. Am folgenden Tag trägt das Volk – nur wer oder was ist das Volk – den Märtyrer Florencio Aliaga in einer von der Regierung finanzierten Zeremonie zu Grabe. In einem Leitartikel über zwei Spalten verlangt jemand, die Verantwortlichen für die Opfer des Streiks müssten gefunden werden, doch falls es diese Verantwortlichen gibt, findet sie niemand. Zwei Tage später beginnen die Verhandlungen. Endlich kommen die Arbeiter und die Dampfschifffahrtsgesellschaften zu einer Einigung, und diese Einigung besteht mehr oder weniger darin, dass alles beim Alten bleibt, plus minus einem Cent. Wieder einmal haben die Gebete der Mutter ihre Wirkung getan und der Fluss der Wirklichkeit kehrt in sein Bett zurück, zu dem, was er stets gewesen ist und stets zu sein hat.

Eines Tages kommt Martín Sandoval zum Haus der Rodríguez und fragt nach Carlos. Man führt ihn in dessen Zimmer. Er bringt seine eigene Version der Ereignisse mit – zwanzig Prozent der Lohnforderungen wurden akzeptiert, der Sieg rückt immer näher usw. –, und ein Bündel Bücher, damit Carlos während seiner Genesung etwas zu lesen hat. Und Carlos, der sich während der Besuche nicht einmal aufsetzen darf, empfängt sie schweigend in seinem Bett: Marx, Kropotkin, Bakunin. Er weiß nicht, was er sagen soll. Schließlich sagt er: Danke, sie sind sehr schön, und fast im selben Moment wird ihm bewusst, wie dumm das klingt. Doch Martín scheint das nicht zu stören. Er lächelt unentwegt und wiederholt, er solle es keinesfalls unterlassen, sie zu lesen. Zum Abschied zwinkert er mit einem Auge und hebt die linke Faust, und Carlos grüßt zurück, indem er die rechte hebt. Martín lacht.

Am selben Tag besucht ihn auch José. Während ihrer Unterhaltung unterbricht Don Augusto sie mehrere Male. Er ist begeistert, dass ein Gálvez, niemand Geringerer als ein Nachkomme der Helden des Salpeterkrieges, ihn in seinem Hause besucht. Immer wieder nutzt er unglaubwürdige Vorwände, um hereinzukommen, sich übertrieben zu verbeugen, Zigarren und Wein zu offerieren, die der Señorito Gálvez unbedingt kosten muss – und nicht kostet. Carlos bewegt sich unruhig in seinem Bett. Er murmelt ein paar spitze Bemerkungen, die sein Vater nicht hört. Wie ein Lakai erscheint er ihm nun, ein Lakai, der sich bemüht, seinem Herrn mit ein paar Ideen zu gefallen, die José mit einer Mischung aus Kühle und Herablassung zur Kenntnis nimmt. Schließlich kommt er mit einer eingerollten Zeitung herein und wiederholt mühsam Wort für Wort den Artikel über den Russisch-Japanischen Krieg in Übersee. Seiner Meinung nach werden die Japaner, ungeachtet des Sieges am Yalu-Fluss, ohne Wenn und Aber verlieren. Man werde schon sehen, was geschieht, wenn die baltische Flotte von Admiral Roschestwenski – ob er diesen verteufelt schwierigen Namen wohl richtig ausspricht? – das Kap der Guten Hoffnung umsegelt und sie von Süden her überrascht. Zar Nikolaus sei doch niemand, dem ein Haufen Gelber sage, wo er seine Schiffe festmachen könne und wo nicht. Sei José nicht derselben Meinung, fragt er, als ihm nichts weiter einfällt, das heißt genau dort, wo der Artikel endet. Gálvez weiß nichts über diesen Krieg, doch er tut, als überlege er kurz. Schließlich lächelte er ungezwungen und sagt nein. In Wahrheit seien sein Vater und er vom genauen Gegenteil überzeugt, nämlich, dass die Russen dort nichts verloren haben, und dass Japan den Zar und diesen berühmten Rowenski Staub fressen lassen wird. Das sagt er. Don Augusto blinzelt ein paar Mal, er stottert, er rollt die Zeitung auf und wieder ein. – Warum verschwindest du nicht endlich, denkt Carlos, warum hörst du nicht auf, uns lächerlich zu machen – und dann sagt er, er habe das so noch gar nicht gesehen, doch genau betrachtet sei der Standpunkt der Gálvez sehr logisch, also, dass Japan und nicht Russland den Krieg gewinnen werde. Er habe jetzt gar keine Zweifel mehr, es stelle sich ihm nun, da er es eingehend betrachte, so offensichtlich dar, dass

es ihm fast unangenehm sei, das Gegenteil gedacht zu haben.
Er geht.
Er geht, endlich.
Erst jetzt kann José sich auf den Bettrand setzen und beginnen, über das Thema zu sprechen, das ihn hergeführt hat. Über den Roman natürlich. Jetzt, da der Streik vorüber ist, eröffnet sich ihnen eine Fülle von Möglichkeiten, und die dürfen sie nicht ungenutzt lassen. Zunächst einmal müssen die Briefe beantwortet werden, denn sie sind tatsächlich eingetroffen, hat er es ihm noch nicht gesagt? Sechs Stück insgesamt, nicht weniger, sechs Umschläge, die einen Monat lang im Lagerraum eines der vielen Schiffe vor Langeweile schier umgekommen sein müssen. Carlos benötigt einige Sekunden, um zu verstehen, dass José die Briefe bereits gelesen hat, dass er zum ersten Mal nicht auf ihn gewartet hat, dass er sie nicht einmal mitgebracht hat. Er hat sie nicht dabei, und Carlos muss sagen, dass es in Ordnung ist, dass es kein Problem ist, dass er ihm auch das verzeiht.
»Da du krank warst ...«
»Kein Problem.«
»Ich werde sie dir bringen«, er tätschelt das Laken und darunter Carlos' Knie. »Ich habe sie vergessen, aber mach dir keine Sorgen, ich werde sie dir bringen. Du wirst schon sehen!«
Doch das Beste ist nicht das, sondern eine großartige Idee, die er ein paar Tage zuvor gehabt hat, und die er ihm unbedingt erzählen muss. Er dachte gerade über den Roman nach, und plötzlich erinnerte er sich an die siebenhundert Ratschläge von Schneider und konkret an einen der wenigen, die das Feuer nicht aus seinem Gedächtnis hat löschen können. Derjenige, der von den zentralen Seiten eines jeden Romans sprach, und davon, dass dort etwas Außergewöhnliches geschehen müsse.

»Ich erinnere mich«, sagt Carlos und rückt das Kissen zurecht, um sich aufzusetzen.

»Also, ich habe mir gedacht, das ist genau das, was wir brauchen, damit der Meister uns seine Aufmerksamkeit schenkt: ein bisschen Handlung ... Bis jetzt ist das Geschichtchen ja eher langweilig.«

»Langweilig?«

»Ich meine, dass nicht viel passiert. Natürlich ist das nicht unbedingt schlecht. Schneider sagte, dass die Geschichte zu Beginn des zweiten Aktes immer ein bisschen einschläft, sagen wir, sie wird ein wenig langsam. Uns ist genau dasselbe passiert: Mehr als einen Monat lang sind die Briefe im Hafen verrottet. Aber jetzt ...«

»Jetzt was?«

»Jetzt kommt die Handlung! Der Streik nämlich! Wir hatten ihn vor unserer Nase und sahen ihn nicht. Verstehst du nicht? Du selbst hast es doch neulich gesagt: Du hast gesagt, dass die Arbeiter Georgina bestimmt sympathisch wären ... Vielleicht ist sie sogar auf den Gedanken gekommen, am Hafen vorbeizuschauen, nicht wahr? Und dort bricht die Handlung los. Die polizeiliche Gewalt! Die Panik! Georgina in Gefahr! Georgina sogar verletzt, warum nicht?«

»Und was zum Teufel erreichen wir damit?«

»Wie, was erreichen wir damit? Zunächst einmal ein Kapitel, das einem den Atem verschlägt. Und dann stell dir die Reaktion des Meisters vor ... Seine Freundin auf der anderen Seite des Atlantiks am Rande des Todes! Da bleibt kein Auge trocken, und sag mir nicht, das sei nicht so. Die Musen der Dichter sind immer ein wenig kurz vor dem Abkratzen. Vielleicht sind sie deshalb Musen. Und wer weiß, vielleicht ist es das, was Juan Ramón braucht, um sich zu entscheiden ...«

Carlos bittet ihn um eine Zigarette. Seine Mutter hat ihm Tabak während der Genesung verboten, aber zum Teufel damit. Er braucht ihn. Und er braucht auch eine Pause, um nachzudenken: die Zeit, die José benötigt, um aufzustehen, seinen Mantel zu holen, eine Zigarette herauszuziehen, sie anzuzünden.

»Es ist natürlich nur ein Vorschlag ...«, sagt José, bevor Carlos den Rauch des ersten Zuges ausatmet. »Ich weiß schon, dass unsere Georgina deine Sache ist. Aber ich kann mir vorstellen, dass daraus ein fantastisches Kapitel werden könnte. Georgina würde auch von den Arbeitern sprechen, davon, wie besorgt sie wegen deren Lage ist ... Wir waren uns doch einig, dass das ihrem Charakter entspricht, oder? ... Ich meine, dass das Los der Bedürftigen sie bedrückt. Du könntest das wiederholen, was du mir am Hafen erzählt hast. Alles über die zwanzig Sol am Tag ...«

»Zwei Sol.«

»Wie auch immer. Was hältst du davon? Sag jetzt nicht, dass das kein Stoff ist.« Carlos spürt, wie das Blut in seiner Narbe pocht. Den bitteren Geschmack des Rauchs im Mund.

»Ja ... Ich nehme an, es ist keine schlechte Idee«, murmelt er.

Gálvez kratzt sich am Ohr.

»In Wirklichkeit stammt die Idee von Ventura, weißt du? Er und ich ... Na ja, sagen wir, er wird uns ein bisschen unterstützen bei dem Roman ... Wenn du nichts dagegen hast natürlich.«

»Ventura?«

»Erinnerst du dich nicht an ihn? Doch, du musst ihn kennen. Ventura Tagle-Bracho ... Der mit der Pfeife.«

Ventura, natürlich. Carlos erinnert sich, ihn ab und zu im Club gesehen zu haben, mit seiner Pfeife und seinen etwas groben Manieren. Und vor allem, dass er ihn stets aus der verächtlichen Höhe seines Nachnamens betrachtet hatte, dessen Klang sogar fast in der Lage ist, die Gálvez einzuschüchtern. Er mag ihn nicht. Doch zum Glück besinnt er sich rechtzeitig seiner mimischen Übungen vor dem Spiegel, und ihm gelingt beinahe unabsichtlich eine perfekte Zustimmung. Nur seine Hand verrät ihn: eine abrupte, ablehnende, unwillkürliche Bewegung, durch die sich die Asche von der Zigarette löst und auf das Bett fällt.

»Ich wusste, du würdest einverstanden sein! Du wirst schon sehen, was für tolle Ideen dieser Junge hat ...«

»Ich wusste nicht, dass ihm die Literatur gefällt«, sagt Carlos langsam, während er darum bemüht ist, seinen Gesichtsausdruck nicht entgleisen zu lassen.

»Na ja ... Er ist nicht gerade ein Experte ... bestimmt nicht. Eigentlich würde ich sagen, dass sie ihn nicht besonders interessiert ... Aber du solltest sehen, was für Ideen er hat ... Ach ...! Was für Ideen, Carlota! Du wirst begeistert sein!«

José lacht, während er unablässig Carlos' Knie tätschelt. Carlos erinnert sich an den Spiegel, er strengt sich ein wenig an und lacht mit. Sein Lachen ist zurückhaltend, abwartend, gleichsam voller Lücken; bereit, im nächsten Moment abzubrechen, damit José ihm endlich erklärt, was für Ideen das sind. Doch das tut er nicht.

Verehrte Freundin,

*welch schrecklichen Brief Sie mir schreiben, und wie sehr habe ich gezittert bei der Lektüre ...! Noch während ich das Blatt in den Händen hielt, sah ich Sie vor meinen Augen wie im Traum, mitgeschleift vom Tumult jener Unglücklichen, von denen Sie mir erzählt haben. Welch mörderische Bestien der Hunger erzeugt ...! Und nicht weniger mörderisch und unbesonnen haben Sie sich dem ausgesetzt, Kind ...! Sagen Sie mir: Wären die Briefe etwa schneller eingetroffen oder dieser teuflische Streik früher zu Ende gewesen, weil Sie sich in diese vielen Gefahren begeben haben? Im Handumdrehen sind Sie zur Anarchistin geworden. Ich übertreibe nicht. Eine neue Bakunin mit einer Beule und einem blauen Fleck als Medaille. Ein schöner Verdruss, den Sie uns da bereitet haben! Dieses eine Mal, das keineswegs als Präzedenzfall dienen soll, sehe ich mich gezwungen, Ihrem Vater ein klein wenig recht zu geben. Schauen Sie mich nicht so an. Ich stimme darin überein, dass Sie ein Mädchen sind, um das man sich kümmern und das man schelten muss. Ja! Schelten! Werden Sie nun wütend? Nein, wir streiten und büßen die Freundschaft ein, wenn Sie weiterhin Ihr Leben riskieren für etwas so Geringes wie ein paar Briefchen von mir. Lassen Sie uns lieber Frieden schließen, und sagen Sie mir, ob Ihnen diese Wunde, die ich so sehr, so sehr bedauere, noch immer Schmerzen bereitet. Sind Sie sicher, dass Sie die Schwere des Zwischenfalls nicht heruntergespielt haben, bloß, um diesem Freund, dem Ihre Gesundheit und Ihr Leben am Herzen liegen, Sorgen zu ersparen?
Schon etwas ruhiger lese ich noch einmal diesen furchtbaren, aber auch wunderschönen Brief, den Sie mir schicken. Mehrere Male bleibe ich wie verzaubert an diesen überwältigenden Zeilen hängen: »Vom Damm aus betrachtet sieht es aus, als würden sie nur einen*

einzigen Körper bilden, als würden sie die Gestalt eines monströsen Lebewesens annehmen, das sich um das Hafenbecken und die Umgebung der Mole ergießt, mit einer Schuppenhaut aus Hüten und Gesichtern.« Oder diese andere, nicht weniger schöne Stelle: »Über den verzerrten Gesichtern sieht er die Körper der ersten Reiter auftauchen. Sie scheinen nicht auf ihren Pferden zu reiten, sondern eine Woge aus Arbeitern zu pflügen, die schreien und versuchen, in alle Richtungen zu fliehen.« Ach! Wissen Sie, dass Sie eine wahre Dichterin sind? Vielleicht schreiben Sie keine Büchlein mit Versen, doch es gibt viele andere Formen, zu dichten: Man ist ein Poet durch die Art und Weise, wie man schaut, und Sie, das sage ich ganz offen, Sie sind es wirklich. Diese Briefe sind Dichtung! Und ich, der ich sie noch lange erhalten möchte, bitte Sie, mir zu versprechen, dass Sie nie wieder einen solchen Wahnsinn unternehmen. Tun Sie es für Ihre Eltern, die Sie sehr lieben, oder auch – verzeihen Sie die Kühnheit – für diesen ergebenen Diener, der sehnsüchtig auf der anderen Seite des Atlantiks baldige Nachrichten von Ihrer Genesung erwartet – und weitere Proben Ihrer Poesie ...

Ab jetzt folgt der Roman wieder seinem Kurs, als hätte er nie angehalten. Nur, dass das nicht der Wahrheit entspricht. Der Roman geht weiter, doch etwas ist anders. Zunächst einmal spielt er auf anderen Bühnen, denn aus irgendeinem Grund haben die Kapitel aufgehört, aus der Höhe der Mansarde diktiert zu werden. Seit einiger Zeit ziehen sie es vor, in die weltliche Wirklichkeit der Billardsäle, der Opiumhöhlen, der Kabaretts hinabzusteigen. Zu allen diesen Spelunken gehen sie an der Hand ihrer vielen Autoren, denn dem Roman haben sich sechs oder sieben neue Federn hinzugesellt. Zuerst dieser gewisse Ventura und dann seine ganze Freundesclique, die dort, wo sie auftaucht, Streit provoziert und die seltsame Gabe hat, stets das Gegenteil von dem zu befürworten, was Carlos vorschlägt. Unter ihnen gibt es einen mit Namen Márquez, der weniger an Georgina interessiert ist als an den endlosen Billardpartien, aus denen seine Biografie besteht. Und zu guter Letzt ist da José selbst, der es leid ist, abseits zu stehen; der zum ersten Mal danach strebt, den Zeremonienmeister zu geben und zu entscheiden, was Georgina denken kann und was nicht.

Die anderen stimmen zu. Sie stimmen zu, und Carlos schreibt. Es wechseln die Bühnen, es wechseln die Autoren. Und natürlich wird auch Georgina eine andere. Schließlich ist ihr Leben einzig und allein aus der Substanz der Worte gemacht, und man wird verstehen, dass in der Ruhe einer Mansarde andere Worte gesprochen werden als mitten im Lärm der Musikbars und der Varietétheater oder im stickigen Nebel einer illegalen Opiumhöhle. Auf solchen Bühnen überrascht es nicht, dass eine etwas wagemutigere Georgina auftritt, wie sollte es auch anders sein. Sagen wir, eine Georgina, die besser zur Vorführung der Kabaretttänzerinnen passt, die ihre Schenkel zeigen, während die Schriftsteller sich betrinken und schreiben. Nicht selten haben Ventura und seine Freunde neue Ideen, während sie die Hintern der Sängerinnen befummeln oder Billard spielen. Worte und Sätze, welche die frühere Georgina niemals in den Mund genommen hätte. Es sind nur kleine Details, gewiss, doch Carlos befürchtet, dass in ihnen der Keim für etwas Neues steckt, und er diskutiert solche Vorschläge energisch. Wenn das geschieht, kommt Gálvez stets die Aufgabe zu, das Urteil zugunsten der einen oder anderen Seite zu fällen. Er gibt fast immer Carlos recht, ab und zu jedoch gibt er mit einem Lächeln gewissen Launen der Neuankömmlinge statt. Diese kleinen Niederlagen kränken den Stolz seines Freundes und beflecken Georginas Lebenslauf. Sie stechen hervor wie Makel, die eine tadellose Akte besudeln.

José aber ist zweifellos derjenige, der sich am stärksten verändert hat. Zum ersten Mal fällt es ihm sehr schwer, Entscheidungen zu treffen. Er wälzt sie ausgiebig, während er an der Spitze seines Stiftes kaut. Manchmal stundenlang, um zu beurteilen, ob es angemessen sei, dass Georgina dieses oder jenes sagt oder nicht sagt. Mit Carlos stimmt er darin überein, dass man das nicht auf die leichte Schulter nehmen darf. Denn immerhin hängt alles von diesen Worten ab, und wenn sie ihren gewidmeten Gedichtband haben wollen, dann müssen Sie noch viel besser werden. Vielleicht findet er deshalb manchmal keine Ruhe, nachdem er sich für einen Vorschlag von Ventura entschieden hat. Dann wartet er, bis die anderen gegangen sind und ruft anschließend erneut nach Carlos. Mal sehen, Carlota, erklär mir noch einmal, warum dieses Wort hier oder da nicht geht. Und er hört ihm schweigend, mit einer Aufmerksamkeit und einer Geduld zu, die er in Gegenwart der anderen niemals zeigen würde. »Wisst ihr was?«, wird er sagen, wenn er am nächsten Abend in den Club kommt, den Hut noch auf dem Kopf. »Ich habe es mir anders überlegt, und ihr werdet mir den letzten Absatz des Briefes streichen.«

Und Ventura und seine Freunde stimmen zu. Sie stimmen zu, und Carlos schreibt.

Am Nachmittag bekommen sie Besuch von den Almadas. Bis jetzt hat Carlos noch nie von ihnen gehört, doch es muss sich um eine wichtige Familie handeln, der Ansprache nach zu urteilen, mit der seine Mutter die Dienerschaft am Vortag des großen Ereignisses zurechtstutzt. Du kennst sie nicht, denn sie leben seit zwanzig Jahren in Philadelphia in den Vereinigten Staaten, klärt ihn Don Augusto auf, als ob ihm das nicht gleich sei. Und weil es ihm gleich ist, macht er sich nicht die Mühe, das Ende der Geschichte anzuhören. Außerdem kann er es sich vorstellen: glanzvolle Jahrhunderte, die in nur einem Jahrzehnt durch ein ruinöses Geschäft oder durch Schulden oder durch das Glücksspiel zunichte gemacht wurden. Anschließend, als alles verloren scheint, die Rückkehr in dieses Land, das sie einst verachteten. Der einzige Ort, wo der Nachname Almada noch etwas bedeutet. Und zuletzt das Mädchen, denn Carlos weiß, dass es an irgendeiner Stelle dieser Geschichte Platz für eine Tochter oder eine kleine Nichte im heiratsfähigen Alter gibt, und er weiß auch, dass sie allein der Grund des Besuchs ist.

Es gibt tatsächlich eine Tochter, oder besser gesagt zwei Töchter. Sie heißen Elizabeth und Madeleine, und man stellt sie ihm mit großem Gehabe aus Verbeugungen und Höflichkeitsfloskeln vor. Elizabeth ist groß, dünn und halbwegs hübsch, aber neben ihrer Schwester wirkt sie wunderschön. Madeleine nämlich ist dick und plump, und ihre Hässlichkeit ist mehr oder weniger unbestreitbar, ganz gleich in welcher Gesellschaft. Auf der Wange hat sie ein großes Muttermal, dass ihr ganzes Gesicht zu beherrschen scheint, und von dem Carlos den Blick nicht abwenden kann, solange die Vorstellung dauert. »Unsere Madeleine wurde in Philadelphia geboren und spricht noch nicht sehr gut Spanisch«, bemerkt der Señor Almada, vielleicht weil ihm aufgefallen ist, wie viel Aufmerksamkeit Carlos dem

Mädchen schenkt. »Unsere liebe Elizabeth dagegen spricht beide Sprachen perfekt. Bestimmt wird ihre Gesellschaft Sie bezaubern«, fügt er mit einem Lächeln hinzu. Carlos versucht, ebenfalls zu lächeln, und es gelingt ihm mehr oder weniger. »Großartig«, sagt er.

Und er wird seinen Mund in der folgenden Stunde nicht noch einmal öffnen.

Auch die Töchter sagen nichts. Elizabeth sitzt unbeweglich auf ihrem Platz, steif wie ein Stock, die Füße nebeneinander und die Hände auf den Knien. Sie wirkt wie das Titelbild eines Benimmbuchs für junge Mädchen. Carlos beschließt, sie nicht anzuschauen. Er will dieser ganzen Farce ein Ende bereiten, diesen Zusammenkünften wie Viehmärkten, wo die Tiere stumm bleiben, während ihre Besitzer den Preis verhandeln. Madeleine wiederum könnte nicht sprechen, selbst wenn sie wollte, denn ihr Verständnis der Sprache scheint sich auf drei Redewendungen zu beschränken: »Nein, danke«, wenn die Diener ihr ein Tablett hinhalten; »Sehr erfreut«, wenn jemand den Raum betritt; und »Wie bitte?« für alles andere, sogar, wenn man ihr die einfachste Frage stellt. Bei der Verabschiedung wird sie vermutlich ihren vierten Satz zum Besten geben: »Danke für alles, es war ein bezaubernder Nachmittag.«

Die Eltern sprechen dafür umso lebhafter, vielleicht, um das Schweigen ihrer Kinder auszugleichen. Señor Almada zum Beispiel nutzt die Gelegenheit, seine Eindrücke der Vereinigten Staaten auszuführen. Er spricht von seiner zweiten Heimat mit der Selbstzufriedenheit, mit der man eine Sommerresidenz beschreibt, die man liebt, trotz ihrer vielen Fehler und Unannehmlichkeiten. Das Problem der Vereinigten Staaten von Amerika sind die Gewerkschaften, sagt er. Das Problem ist die italienische Einwanderung. Das Problem sind die Schwarzen.

Überall findet er Probleme, doch dieses, das mit den Schwarzen, ist sein Lieblingsproblem. Er erzählt sogar von einem gewissen Doktor Elridge aus Philadelphia, der in seiner Klinik eine Röntgenmaschine benutzt, um die Haut der Schwarzen zu bleichen. Sie haben schon richtig gehört, wiederholt er: ein Strahl, der sie zwar nicht ganz weiß werden lässt, ihnen aber zumindest eine erträgliche Blässe verleiht. Einige Minuten lang diskutieren sie über die Vorteile der Methode und besonders die dornige Frage der Finanzierung: ob der Staat die Kosten der Weißung übernehmen soll oder nicht.

Beide Familien lassen sich auch nicht die Gelegenheit entgehen, Lügen auszutauschen, um dann so zu tun, als glaubten sie diese mit Begeisterung. Die Almadas lassen sich über die Laster der Diener und Laufburschen aus, die sie nicht mehr haben; sie zählen den Ertrag der Ländereien auf, die sie in Wirklichkeit bereits verkauft haben; sie errichten mit viel Aufwand erneut ihre Geschäfte, die entweder dem Ruin oder dem Vergessen anheimgefallen sind. Nebenbei erwähnen sie auch die Möglichkeit einer Reise nach Europa. Ein Sommer mit Heilbädern und Ausflügen an den Küsten der Krim, die von Peru ebenso weit entfernt ist wie von ihren Möglichkeiten. Die Rodríguez wiederum erzählen lang und breit von ihren berühmten Toten, das heißt, sie lügen so schnell sie können. Dazu nehmen sie ein paar klangvolle Namen, verteilen Würden und Heldentaten unter ihnen, und anschließend sprechen sie von ihnen mit einer Vertrautheit und Ungezwungenheit, die leicht die Grenzen der Jahrhunderte überschreitet. Wussten Sie, dass der Ururgroßvater seines Urgroßvaters mütterlicherseits Graf war, in einer Stadt, von der Sie bestimmt noch nie gehört haben? Oder, dass sie von einem gewissen Franzosen abstammen, einem General der Revolutionskriege? Die Almadas wissen nichts davon. Oder doch, jetzt, da sie sich erinnern, will der Mutter dieser Marquis von Rodríguez y Rodríguez bekannt vorkommen, ja, genau jener, welcher von Karl V. höchstpersönlich nach der Schlacht bei Mühlberg ausgezeichnet wurde.

An einem bestimmten Punkt kehrt die Konversation in die Wirklichkeit zurück, nämlich auf die Titelseiten der Zeitungen. Don Augusto erwähnt den Streik der Hafenarbeiter, und der Señor Almada nickt und sagt, das Problem der Vereinigten Staaten von Amerika seien die Arbeiter. Man müsste diesen Anarchisten eine Lektion erteilen, eine harte Hand sei vonnöten, doch auf keinen Fall die Todesstrafe, fügt er hinzu, denn man wisse ja, dass der Galgen Märtyrer hervorbringe – man müsse sich nur jene von Chicago anschauen –, und, nebenbei gesagt, den Feiertag am 1. Mai, als hätte das Jahr nicht bereits genügend Sonntage zum Ausruhen. Die Señora Almada stimmt im Wesentlichen mit ihrem Gatten überein und gesteht zu, es gebe zweifellos Arbeiter, die gute Menschen seien, sie werde nicht das Gegenteil behaupten, doch ziehe sie es vor, auf die andere Straßenseite zu wechseln, wenn sie einem von ihnen begegne. Die Señora Rodríguez hält es ihrerseits für widersinnig, die Gesundheit der Seele für den Kampf um die irdischen Reichtümer zu gefährden, welche schließlich alle vergänglich seien, wogegen alle Welt doch wisse, dass am Tag des Jüngsten Gerichts Arme und Reiche gleich sein werden, so Gott wolle. Zum Schluss streicht Don Augusto sich über den Schnurrbart und lässt verlauten, dies sei eine Frage, die eingehender Betrachtung bedürfe, und mit diesem Satz beendet er alle heiklen Themen, bei denen ihm nicht ganz klar ist, was sein Gegenüber hören will.

Plötzlich meldet Carlos sich zu Wort. Bis jetzt hat er den Mund gehalten, und vielleicht klingen seine Worte deshalb so überraschend brüsk. Er sagt, er wisse bestimmt nicht, ob der Galgen

Märtyrer hervorbringe oder nicht, ob die Arbeiter von der anderen Straßenseite aus betrachtet bessere Menschen seien oder nicht, ob Gott wolle, dass seine Geschöpfe essen oder nicht. Doch er hege keinen Zweifel daran, dass die Hafenarbeiter vor allem Menschen seien, zumindest seien sie in der Lage, so zu bluten, als wären sie es – denn er habe dieses Blut, ihr Blut, auf den Pflastersteinen zu Pfützen zusammenlaufen sehen –, und soweit er wisse, äßen sie auch. Obgleich sie bestimmt nicht allzu viel äßen, wenn man bedenke, dass ihr Tageslohn sich auf rund zwei Sol belaufe. Wisse denn jemand unter den Anwesenden, wie viel Geld man benötige, um einen Laib Brot zu kaufen? Nun, nach seinen Berechnungen einen halben Sol, mit anderen Worten, sie äßen vier Brotlaibe pro Familie am Tag, vier von diesen kleinen Broten und nicht ein Schlückchen von dieser köstlichen heißen Schokolade, die sie gerade tränken, und die gewiss drei klitzekleine Sol je Unze koste.

Außer Atem hält Carlos inne. Er weiß nicht, warum er all dies gesagt hat. Es scheinen nicht einmal seine eigenen Worte gewesen zu sein. Er hat das Gefühl, als habe Sandoval für kurze Zeit durch ihn gesprochen. Im ersten Moment sagt er sich, es liege womöglich an den Büchern, die er ihm geliehen hat, obwohl er beim Lesen nicht viel verstand, und in diesem Sinne unterscheidet sich *Das Kapital* nicht so sehr von seinem Handbuch für kanonisches Recht. Doch es liegt weder daran, noch an der Erinnerung an die Arbeiter und ihre Frauen, die auf das Pflaster am Hafen stürzen – so verführerisch es auch wäre, das anzunehmen. Nein, wenn er ehrlich zu sich selbst ist, muss er zugeben, dass er die Gäste einfach nur vor den Kopf stoßen will. Dass er dieses Komplott vereiteln will, das nur über seine Leiche zu einer Hochzeit führen wird. Selbst wenn die Almadas am Portal der Kirche von Johannes dem Täufer betteln müssen.

Selbst wenn die Rodríguez dann nach wie vor keine Wappen haben und immer noch nach Kautschuk und Paraffin riechen. Es dauert einen Moment, bis die Almadas reagieren. Seine Mutter versucht, die Bedeutung des Kommentars herunterzuspielen, sie lächelt und sagt, bestimmt sei der Sohn noch aufgeregt wegen jenes unangenehmen Zwischenfalls am Hafen, und schauen Sie, schauen Sie, man sieht immer noch die Schrammen, die der Ärmste im Gesicht davongetragen hat. Don Augusto räuspert sich und sagt, selbstverständlich sei auch dies eine Haltung, welche eingehend bedacht werden müsse, sehr eingehend, wenn möglich. Und dann ist da der Señor Almada, der, anstatt gekränkt zu reagieren, plötzlich zu lachen beginnt. Sie reden wie meine Tochter, sagt er mit ungewöhnlicher Fröhlichkeit. Denn meine Tochter, wissen Sie, meine liebe Elizabeth hat den Kopf ganz verdreht von dieser Mode der Arbeiterrechte und der Hilfe für die Bedürftigen. Man sieht aus fünf Meilen Entfernung, dass Sie diese edlen Neigungen teilen, lieber Carlos, und vielleicht sind Sie auch ein wenig von diesen Lektüren der deutschen und russischen Philosophen verführt worden, an denen die jungen Leute jetzt so interessiert sind. Ach, wir werden alt, Augusto, finden Sie nicht auch? Unser Grips rostet ein, und wir können die Leidenschaften unserer Kinder nicht mehr verstehen, und sie können ihrerseits nicht verstehen, dass die Zeit und Gott am Ende immer alle Dinge an ihren Platz rücken, immer. Aber sie haben ein gutes Herz, davon bin ich überzeugt, ein erstklassiges Herz. Meine Tochter ist so ein herzensgutes Ding, dass sie sogar mit Waisenhäusern und mit der Öffentlichen Wohlfahrtsgesellschaft zusammenarbeitet, mach nicht so ein Gesicht, mein Kind, ich erzähle diesen Herrschaften nur die reine Wahrheit. Manchmal veranstalten wir nachmittags einen Imbiss bei uns zu Hause und laden Freunde der Familie ein, um über Politik zu debattieren, und meine liebe Elizabeth nutzt die Gelegenheit, um Spenden im Namen der Bedürftigen zu sammeln. Sie sollten einmal mit einem Freund zu einer dieser Versammlungen kommen, Carlos. Man findet nicht oft einen jungen Menschen mit so viel Leidenschaft für die soziale Gerechtigkeit wie Sie.

Es mag seltsam erscheinen, dass ein erklärter Feind der Arbeiterforderungen wie der Señor Almada Worte wie jene feiert, die Carlos soeben ausgesprochen hat. Auf seine Weise jedoch ist er so sehr Marxist wie die Revolutionäre, worin gar kein Widerspruch liegt. Letztendlich würde nur ein wahrer Materialist seine Überzeugungen – die man nicht messen und nicht wiegen kann, weshalb sie nicht wirklich existieren – für eine vorteilhafte Heirat opfern. Die Rede eines Jungspunds zu billigen, den er in Wirklichkeit verachtet, erhebt ihn in der Frage der Praxis auf die Höhe von Karl Marx selbst.

Alle schauen erwartungsvoll auf Carlos. Seine Eltern, die Almadas, das Dienstmädchen, das dabei ist, die Gläser abzuräumen. Sogar das dicke Schwesterchen, das kein Wort Spanisch versteht. Doch am tiefsten schaut ihm Elizabeth in die Augen. Unvermittelt wendet Carlos sich ihr zu, und zum ersten Mal kreuzen sich ihre Blicke. Elizabeth, die aus irgendeinem Grund weder an den Vorhängen, noch an den Metallprägungen, noch am Silbergeschirr Interesse zu haben scheint. Elizabeth, die ihn anschaut. Nur ihn.

Es wird mir ein Vergnügen sein, natürlich. Und alle lächeln und feiern es und sagen, wie spät es ist, wie die Zeit vergeht. Danke für alles, es war ein bezaubernder Nachmittag, wird Madeleine beim Abschied sagen.

Sein Problem sind die Frauen, das heißt, die Abwesenheit von Frauen. Zumindest ist das Josés Meinung, und er bemüht sich, sie ihm zu sagen, wann immer er die Gelegenheit hat. Er müsse eine Weile alle diese Träumereien von Georgina und seinen Verslein vergessen und ein wenig an sein eigenes Leben denken. An alle diese Frauen, die ihn umgeben, und die wunderschön sind und jung und die außerhalb der Bücher leben, und trotzdem geschehe nichts. Er spreche nicht von ihnen, geschweige denn, dass er sie anfasse. Ja, das sei das einzige, das wahre Problem, und er, José, habe es erkannt, als er ihn zum ersten Mal während seiner langen Genesung in seinem Zimmer besucht habe. Denn, als er sich auf den Bettrand setzte, habe das Gestell völlig geräuschlos nachgegeben. Aber was zum Teufel soll das, Carlota. Ein Bett, das nicht quietscht, ist ein Bett, in dem nicht gefickt wird, und ein Körper, der nicht fickt, kann nur einen kranken Geist beherbergen. Sorge dafür, dass dein Bett knarrt, und du wirst sehen, wie deine Manie mit diesen Briefchen, die dir doch völlig egal sein könnten, sich legen wird. Meines quietscht wie die Lokomotive eines Güterzugs. Wie eine Fabrik, die von Maschinenstürmern sabotiert wird. Nicht einmal, wenn ich alleine schlafe, kommt die Dienerschaft zur Ruhe. Stell dir erst vor, wenn jemand bei mir ist. Doch genau darin besteht die Schwierigkeit: Nie ist jemand bei Carlos. Die einzige Frau, die sich über sein Bett beugt, ist das Hausmädchen, wenn es die Laken einschlägt, und nicht einmal ihr fasst er an den Po. Das ist keine Liebe, denkt Carlos, doch wenn es das nicht ist, was dann. Wie viele Male hat er in seinen ersten Versen das Wort wiederholt, und später Georgina in den Mund – in die Hände – gelegt, und wie wenig hatte er es in Wirklichkeit bis jetzt verstanden. Hör auf mit den Georginas, wiederholt José, alle diese Geschichten von Mädchen, die träge in ihrem Garten seufzen und ihren ersten Kuss mit geschlossenen Augen erleben, sind ja sehr schön; so kann man gut Musen erfinden und großartige Briefe wie diese schreiben, aber weder du noch ich leben in einem Roman. Du musst endlich einmal mit uns in die Bordelle kommen und versuchen, dich ein wenig zu vergnügen. Ich versichere dir, dass die Frauen dort nicht melancholisch den Blick senken, wenn du sie küsst; manchmal ist es nicht einmal notwendig, dass du sie küsst, damit die Sache beginnt, wenn du verstehst, was ich meine.

Carlos versteht nicht. Wie soll er auch verstehen, wenn seine Träume niemals die reale Grenze der vier Wände seines Zimmers überschreiten.

Doch diesmal ist es anders. Zumindest glaubt Carlos, dass es dies sein muss. Deshalb wird er zu dieser Einladung gehen und tun, was notwendig ist, um Elizabeth ein wenig besser kennenzulernen. Warum nicht? Hat er etwa Besseres zu tun? Ist er vielleicht mit irgend jemandem liiert? Nein. Er ist ledig, zwanzig Jahre alt, geht nie ins Bordell. Auf keinen Fall wagt er es, die weiße Haut der Tänzerinnen im Varietétheater zu berühren, selbst wenn diese ihn darum bitten. Warum also sollte er nicht einfach mit jemandem plaudern, wenn er dazu Lust hat? Er muss nur José davon überzeugen, ihn zu begleiten, doch José will weder etwas von politischen Runden wissen noch von Einladungen. Er ist an diesem Nachmittag bereits verabredet, und außerdem: Was hat er bei einem Privatbesuch verloren, und noch dazu im Hause der Almadas. Sie haben dich eingeladen, also gehst du, zum Teufel; als wäre ich dein Gatte und müsste dich an der Hand zu allen deinen Verabredungen mit anderen Fräuleins führen. Doch dann beginnt Carlos von den Töchtern der Almadas zu erzählen, und diese Worte ändern Josés Meinung. Mit Gelächter feiert er die Witze über Madeleine, und mit einem diskreten Anheben der Augenbrauen Carlos' Beschreibung von Elizabeths Schönheit. Nach einer Weile legt José seinem Freund eine Hand auf die Schulter und sagt, weißt du was, Carlota, meinetwegen können sie zum Teufel gehen, der Club und Ventura und die Bordelle von San Ginés. Heute Nachmittag sollten wir der freundlichen Einladung dieser Señoritas nachkommen.

Der Palast der Almadas ist zu groß, als dass er seine Dekadenz verbergen könnte. Überall gibt es leere Ecken, in denen vielleicht Sessel aus der Zeit von Ludwig XV. standen, oder eine Schweizer Standuhr, Spiegel mit Rahmen aus Silber, persische Teppiche, ein Gemälde von Pancho Fierro; und das Einzige, was übrig ist, ist ihre Abwesenheit, geometrische Schatten, von denen Wände und Boden erdrückt werden. Es ist unmöglich, die verlassenen Galerien zu durchqueren, ohne an die Händler und Trödler zu denken, die endlose Stunden lang um Preise feilschten, an den Herrn, der seine Fliege lockerte, und viele Male »Oh« sagte angesichts der Unannehmlichkeit, über Geld sprechen zu müssen; an die Transporteure, die mit einem hinter das Ohr geklemmten Bleistift Messungen anstellten, um festzustellen, dass das Klavier tatsächlich nicht hindurchpasst, dass die Balustrade der Treppe zerlegt werden muss. Doch die Gastgeber sind so zuvorkommend und feierlich, dass man kaum Zeit hat, sich umzuschauen. Vielleicht hoffen sie, ihre Höflichkeit, ihre unentwegt gereichten Tässchen Tee oder heiße Schokolade könnten die Löcher stopfen, die durch das Elend entstanden sind. Und ihre Ehrerbietung wird noch maßloser, als sie entdecken, dass Carlos' schweigsamer Begleiter kein Geringerer ist als José Gálvez, ein Gálvez! Der Nachname wirkt wie ein Magnet, der alle Blicke und Aufmerksamkeiten auf sich zieht. Nur Elizabeth scheint immun gegen diese Anziehungskraft zu sein – sehr erfreut, Sie kennenzulernen, mit kühl entgegengestreckter Hand und knapper Verbeugung. Als sie Carlos begrüßt, geschieht etwas anderes. Wieder dieser Glanz in den Augen, der den Blick, der in seinem Haus begann, fortzusetzen scheint. Carlos kann ein kleines Zittern in seiner Hand nicht unterdrücken, als er die ihre ergreift.

Im Kabinett befinden sich zehn oder zwölf Gäste. Es handelt sich fast ausnahmslos um Verwandte, und fast alle scheinen ein und dieselbe Person zu sein, die wieder und wieder den Kopf neigt oder ihren Handrücken vorstreckt. Nur eine Nonne – eine Bekannte von weiß Gott wem – sticht hervor, eingehüllt in ihre Haube und mit einem Körbchen, in dem sie Almosen für den Bau eines Waisenhauses sammelt. Sie alle stellen José viele Fragen – war es ihm vergönnt, seinen Onkel José kennenzulernen, den Helden des Salpeterkrieges? Stimmt das Gerücht, dass er Gedichte schreibt? –, und es gibt auch die eine oder andere abwesend und protokollarisch vorgetragene Frage, die Carlos zu beantworten hat. Aus dem Hintergrund des Raumes widmet ihm die wuchtige Madeleine ein halbes Lächeln, das keiner Übersetzung bedarf. Noch leichter aber sind die Anstrengungen zu deuten, welche die Señora Almada unternimmt, um Elizabeth neben Carlos zu platzieren, ganz zu schweigen von dem Zufall, dass sie diejenige ist, die ihm Plätzchen und Schokolade anbietet – mit gesenktem Blick und leicht geröteten Wangen.

Dann setzen sich die Gäste an den Tisch. Es handelt sich um die berühmte politische Runde, die bereits begonnen hat, obwohl Carlos einige Minuten braucht, um das zu bemerken. Im Grunde handelt es sich um ein recht naives Kolloquium, in dessen Verlauf auf abstrakte Weise verurteilt wird, dass es Kinder gibt, die hungern, und Frauen, die bei der Niederkunft im Armenhaus sterben. Auch Elizabeth traut sich die eine oder andere Wortmeldung zu. Dabei formuliert sie mit Bedacht und wirft auf der Suche nach Zustimmung ihrem Vater und Carlos verstohlene Blicke zu. Es handelt sich um sehr wohlfeile Überlegungen, die niemandem unter den Anwesenden Kopfzerbrechen bereiten. Den Hunger bekämpft man mit Lebensmitteln, das Elend mit Almosen, den Tod der Gebärenden mit mehr Waisenhäusern. Worte voller guter Absichten, denen die anderen lauschen, während ihre Blicke auf das Tablett mit den Süßigkeiten geheftet und ihre Münder von Schokolade verschmiert sind. Man könnte meinen, es gäbe bei allen, die am Tisch sitzen, eine gewisse Sympathie für die Proletarier, doch das entspräche nicht ganz der Wahrheit. Denn das, was ihr Mitleid erregt, ist nicht das Leben des Hafenarbeiters oder des Metzgers, dem sie auf der Straße begegnen, sondern eher die Vorstellung eines Arbeiters, den sie nie kennengelernt haben, da er tatsächlich nicht existiert. Lumpengestalten, die trotz allem jene Tugenden in sich zu vereinen haben, die sie von einem jeden Bürgerlichen erwarten: Mäßigkeit, Verschwiegenheit, gute Manieren, Sittlichkeit, tadellose Moral. Das ist die Art von Arbeitern, welche sie zu erretten wünschen: Millionäre, die weder Gehrock noch Zylinder tragen, sondern kaputte Schuhe und Kittel voller Fettflecken.

»Das ist ja eine beschissene Runde, in die du mich da geschleift hast, Carlota«, flüstert ihm José zu. »Wir sind wie einer dieser christlichen Barmherzigkeitsclubs. Wenigstens ist die Aussicht gut ...«, fügt er hinzu und weist mit dem Kopf auf Elizabeth.

»Zeig nicht auf die Leute.«

»Also gut, was sagst du? Haupt- oder Nebenfigur?«

»Sprich leiser.«

»Ich sage Nebenfigur. Gefällt sie dir? Meinetwegen kannst du dein Glück bei ihr versuchen. Wir werden uns wegen einer Nebenfigur doch nicht in die Quere kommen, oder?«

»Halt endlich den Mund!«

Irgendwann unterbricht der Señor Almada das Gespräch und gibt Carlos das Wort. Wir haben hier einen Mann, sagt er, der mit eigenen Augen gesehen hat, was auf den Kais von El Callao geschehen ist. Also bittet man ihn, er möge sich erheben und erzählen, erzählen.

Langsam steht Carlos auf. Er legt die Serviette, die über seine Knie gebreitet war, zur Seite, nachdem er sich den Schweiß von den Händen gewischt hat. Er weiß nicht, was er sagen soll. Jetzt, da alle ihm zuhören, da seine Rede über das Elend der Hafenarbeiter mit Neugier und Sympathie erwartet wird, hat er überhaupt kein Interesse mehr, sie zu halten. Aus den Augenwinkeln beobachtet er Elizabeths Reaktion. Er fühlt das Gewicht ihres Blickes, der genau dort auf seiner Wange brennt, wo sich die Narbe befindet. Zum ersten Mal bemerkt er, dass sie ihm nie in die Augen oder auf den Mund schaut. In Wirklichkeit beobachtet sie immerzu diese Naht im Fleisch, neugierig, begierig und sogar ein wenig stolz, so wie ein Mädchen die Medaillen betrachten würde, die ihr Verlobter an der Uniform trägt.

Endlich beschließt er, zu sprechen. Überstürzt beschreibt er die Menge, die den Hafen versperrt, den durch Steinwürfe aufgehaltenen Zug, die Soldaten, die zu Pferde angreifen. Es ist eine Erzählung, die die Anwesenden berühren müsste, doch aus irgendeinem Grund berührt sie sie nicht. Die Worte, die seinen Mund verlassen, sind tot, als dienten sie nur dazu, die Schlachtszene eines Gemäldes zu beschreiben. Die Glut seiner ersten Rede ist erkaltet. Nicht mehr Sandoval oder Marx oder sogar Kropotkin scheinen in seinem Namen zu sprechen, sondern nur noch Carlos, der durch Carlos' Mund spricht. Würde jemand sich die Mühe machen, seine Worte zu transkribieren, so müsste er feststellen, dass sie voller Pausen, Adverbien, Auslassungspunkte sind, genau wie Georginas Briefe. Aber natürlich macht sich niemand die Mühe, zu transkribieren. Vielmehr hören ihm alle nur mit halbem Ohr zu, denn tatsächlich ist das, was er zu sagen hat, ziemlich langweilig. Sogar Elizabeths Blick scheint sich ein wenig abgekühlt zu haben. Nur Madeleine, die kein einziges Wort verstanden hat, lächelt weiterhin ihr unerschütterliches Lächeln.

In diesem Augenblick geschieht es. Jemand fragt Carlos, was er dort getan hat, genau dort in El Callao, genau am Tag und zur Stunde des schlimmsten Streiks seit Beginn des Jahrhunderts, und einen Moment lang weiß er nicht, was er darauf antworten soll. Er sucht Josés Augen, als würde er ihn um Hilfe bitten. Und plötzlich erhebt José sich mit einem Lächeln und bittet um das Wort. Die Anwesenden mögen ihm verzeihen, sagt er mit gravitätischer Stimme, doch, um die Wahrheit zu sagen: In Wirklichkeit sei er für alles verantwortlich. Sein Freund Carlos habe ihn aufgrund seiner Güte viel zu lange gedeckt, doch nun sei der Zeitpunkt gekommen, die Wahrheit zu beichten. Denn es sei allein seine Schuld gewesen, dass sie sich an jenem Nachmittag am Hafen befanden, wie oft habe er später diesen Gedanken gehabt, und wie sollte er keine Gewissensbisse empfinden, zumal nach dem, was sich dort ereignet habe. Doch es sei nun einmal so, dass er sich seit jeher um das Los der Benachteiligten gesorgt habe, derer, die hungern, derer, die kein Brot haben, obwohl Gott es für alle seine Geschöpfe backen wollte. Und an jenem Tag sei er auf die Idee gekommen – und da sehe man schon, wie egoistisch er manchmal handele –, sich dorthin zu begeben, um zu schauen, ob die Unternehmer und die Demonstranten womöglich zu einer Einigung kommen würden. Manchmal habe er nun einmal solche Launen, wie einem jungen Studenten ohne Stipendium das Studium zu finanzieren zum Beispiel, oder einem blinden Großväterchen einen Überrock im Wert von 50 Sol zu schenken, damit er nicht friert. Sein Freund Carlos habe versucht, es ihm auszureden, natürlich, denn sein Freund Carlos sei ein sehr vernünftiger und sehr vorsichtiger Mann, der stets versuche, ihn zur Vernunft zu bringen. So warnte er ihn etwa, der Student könne das Geld ebenso gut für Frauen und Wein ausgeben, oder er erinnerte ihn daran, dass die fünfzig Sol nicht dazu dienten, sie für einen elenden Blinden aufzuwenden, welcher außerdem mit Sicherheit nur so tue und hinter seinen rußgeschwärzten Brillengläsern über vollkommen gesunde Augen verfüge. Solche Vorstellungen eben, die er selbst nicht teile, doch die ihm seine Vorsicht und sein gesunder Menschenverstand diktierten, Tugenden, die er an seinem Freund sehr schätze. Nun gut, an jenem Tag habe er ihn in gleicher Weise beraten, ohne Ergebnis, dabei hätte er gewiss auf ihn hören müssen, denn am Ende gab es keine Einigung, sondern eine gehörige Portion Schüsse und Säbelhiebe. Und am schlimmsten traf es ausgerechnet seinen armen Freund Carlos, den vorsichtigen, den vernünftigen Carlos, der verwundet auf der Erde landete. Und deshalb seien ihm während des Angriffs die Tränen aus den Augen gelaufen, und er habe sich nicht von seiner Seite rühren wollen, denken Sie nur, wieder so ein dummer Einfall, man hätte ihn töten können, doch man tötete ihn nicht, die Soldaten strömten an ihnen vorbei mit erhobenen Säbeln, und er weinte um seinen verletzten Freund, um das verletzte Volk, um die ganze Welt, die verletzt war von den Ungerechtigkeiten und dem Elend und der Unterdrückung durch die Mächtigen.

José spricht noch einige Minuten weiter. Er spricht von seiner Hand, welche die Hand des Freundes drückte, während man diesem die Wunde nähte, von dem Wagemut, mit welchem er sich vor dem Feldwebel, der Carlos festnehmen lassen wollte, aufbaute, auf keinen Fall, Señor, wenn Sie diesen Mann festnehmen wollen, müssen Sie zuerst mich festnehmen. Doch

Carlos hört ihm nicht mehr zu. Er achtet nur darauf, wie die Gesichter der Zuhörer sich verändern: das Lächeln, der Ausdruck von Überraschung, von Bewunderung, von Spannung. Sogar die wächsernen Wangen der kleinen Nonne scheinen von einer revolutionären Rötung belebt zu werden. Vor allem aber Elizabeths Gesicht, die aufgehört hat, ihn anzuschauen, die nun ausschließlich auf Josés Gesten achtet, auf Josés Augen, Josés Mund, diese andere Spalte oder Narbe, die sich öffnet und schließt, um das zu erschaffen, was sie so sehr zu hören begehrt. Als er die Hitze dieses Blickes sieht, bemüht sich Carlos, zu lächeln. Er lächelt, bis die Maske seines Lächelns zu schmerzen beginnt.

Als José und Carlos sich verabschieden, verlassen auch die beiden Schwestern das Haus. Anscheinend haben sie die Gewohnheit, kurz vor dem Abendessen einen Spaziergang zu machen. Und es stellt sich heraus, dass sie alle vier in dieselbe Richtung gehen, welch erstaunlicher Zufall, so dass José ihnen kurzerhand seine Kutsche anbietet. Keine Widerrede, sie beide können zu Fuß nach Hause gehen. Auf diese Weise müssen sich die Señoritas nicht von ihnen belästigt fühlen. Und die Señoritas billigen die Galanterie natürlich, doch um nichts in der Welt wollen sie die jungen Herren um ihr Gefährt bringen. »Aber es gibt doch genügend Platz!«, stellt Elizabeth sehr ernsthaft fest und heftet ihren Blick auf José. Gibt es denn keine Möglichkeit, dass sie zu viert gemeinsam fahren? Die Stimme der jungen Dame betont das »gemeinsam«, doch auf keinen Fall das Wort »zu viert«. José neigt leicht den Kopf und antwortet, dass sie in diesem Fall mit größtem Vergnügen die Kutsche mit den Señoritas teilen werden. Außerdem ist der Nachmittag so schön ... Hätten sie nicht vielleicht Lust, auf ihrem Spaziergang begleitet zu werden? Obgleich es womöglich ihrerseits nicht rechtens wäre, die Zeit und das Vertrauen der Damen zu missbrauchen, beeilt er sich hinzuzufügen und wirft Carlos einen gewinnenden Blick zu. Gewiss hätten die Señoritas bereits die Gelegenheit gehabt, Lima zu besuchen und eingehend kennenzulernen, und es gebe nichts, womit er und Carlos sie unterhalten könnten.

»Überhaupt nicht! Seit wir hier sind, haben wir kaum das Haus verlassen!«, lügt Elizabeth und vergisst vermutlich, dass sie sich erst fünf Minuten zuvor als passionierte Spaziergängerin zu erkennen gegeben hat.

»*Sorry?*«, meldet sich die Schwester.

So gilt es denn als vereinbart: eine Spazierfahrt nach Miraflores, anschließend zum Strand von Chorrillos, von dort zu den Klippen von Barranco und zum Abendessen zurück in die Hauptstadt.

Carlos nimmt kaum an dem Manöver teil. Er klettert in die Kutsche und setzt sich neben Madeleine, beide achten darauf, dass sich ihre Knie nicht berühren. Er sagt kein Wort. Er betrachtet den Knauf seines Spazierstocks, lächelt höflich, wenn es notwendig ist, gibt dem Kutscher kurze Anweisungen durch das Seitenfenster. José hingegen zeigt in die Landschaft und ergeht sich in allen möglichen Kommentaren, die vom Humoristischen bis zum Pittoresken reichen. Wenn er sich inspiriert fühlt, stellt er sogar die eine oder andere philosophische Überlegung an, die ein wenig mit dem zu tun hat, was er sieht, und sehr viel mit gewissen Lektüren, die er für solche Gelegenheiten studiert. Während sie ihm zuhört, lacht Elizabeth, ist überrascht oder aber gibt vor, tiefe Gedanken zu hegen, je nachdem. Von Zeit zu Zeit übersetzt sie Josés Beobachtungen für ihre Schwester, die weder belustigt noch erstaunt oder sinnierend wirkt. Im Übrigen dreht sich die Unterhaltung nicht mehr um die Arbeiter und ihr Elend. Auch Carlos ist in Vergessenheit geraten, er presst sich in die Kissen seines Sitzes und vertreibt sich die Zeit, indem er die Kette seiner Uhr auf- und wieder abrollt. Nur die hässliche Schwester wendet sich ihm von Zeit zu Zeit zu und lächelt ihn an.

Als sie in Chorrillos ankommen, ist es bereits Nachmittag, und die Feigenbäume und Weiden der Alleen werfen ihre langen Schatten auf die Straße. In den Gesprächspausen hört man das Schnauben der Pferde und das Knirschen der Räder im Staub. Stimmen, die sich durch die Vorhänge herein verirren. Auf den Gutshöfen, in den Parks und den Gärten der riesigen Sommervillen sieht man ein Gewimmel von weißen Sonnenschirmen und schwarzen Zylinderhüten. Vielleicht kommt ein leichter

Wind auf, und José nutzt die Gelegenheit, um Elizabeth eine Decke anzubieten, obwohl es noch nicht kühl geworden ist. Elizabeth nimmt sie an. So erklärt sie ihre Liebe: Sie gestattet José, ihre Beine zu bedecken, bei 18 °C.

Die Kutsche macht einige Umwege über wenig befahrene Straßen. Ihr müsst das Meer sehen, sagt José, die Aussicht von der Steilküste von Chorrillos. Wetten, solche Küsten gibt es in Philadelphia nicht, fügt er hinzu; und er irrt nicht, wenn auch nur, weil zwischen Philadelphia und dem Meer die Staaten Maryland, Delaware und New Jersey liegen. An einer Stelle sieht es fast so aus, als stürze die Straße ins Meer und halte sich erst im letzten Moment, in der letzten Kurve zurück.

»Es ist so wunderschön«, sagt Elizabeth, die kaum einmal durch das Seitenfenster blickt.

Hoch oben auf einer Klippe machen sie Halt. Von dort aus bewundern sie das gebrochene Profil der steilen Felsen, die Hänge und sandigen Flanken, die zum Meer abfallen. Womöglich trägt José, während er zum Horizont weist, ein paar Verse vor, die er für solche Gelegenheiten parat hat. Verzückt lauscht Elizabeth seinen Worten und sieht nicht mehr, wie die Sonnenscheibe im Wasser versinkt, sondern nur noch, was den Versen zufolge ein Sonnenuntergang ist oder zu bedeuten hat.

»*What is this?*«

Am Fuß der Klippen sieht man eine kleine, von Felsen eingerahmte Bucht. Und dort bewegt sich etwas. Die dicke Madeleine zeigt darauf: dunkle und gelbe Flecken, die sich in den schäumenden Wellen hin und her bewegen. Alle beschirmen die Augen mit den Händen, denn das Licht der untergehenden Sonne bricht sich im Wasser und blendet sie.

»Es sieht aus wie wilde Enten«, sagt Elizabeth.

»Es sieht aus wie Fischerboote«, sagt José.

Nach und nach aber sieht es wie etwas anderes aus. Zum Beispiel wie nackte Frauen, die dort schwimmen, die planschen, die im Wasser spielen. Doch das sagt niemand. Und als sie endlich Gewissheit haben, schauen José und Carlos etwas genauer hin, während die Mädchen erröten und gleichzeitig aufschreien.

*»Oh, my god!«*

Die beiden Schwestern halten sich auch die Hand vor den Mund und wenden den Blick genau im gleichen Moment ab, als würden ihre Reaktionen von einem verborgenen Mechanismus synchronisiert. Schließlich muss eine jede Señorita, die etwas auf sich hält, ein Repertoire an theatralischen Gesten beherrschen – Ergebnis vieler Unterrichtsstunden mit der Gouvernante und ebenso vieler Predigten des Pfarrers. Vielleicht verleitet ein Anfall von übermäßiger Inspiration Elizabeth dazu, sich den Fächer vor das Gesicht zu halten. Doch zwischen dessen feinen Streben, den Leisten und dem durchscheinenden Papier lässt sich das schamlose Schauspiel immer noch erspähen.

In diesem Augenblick geht ein Ruck durch Josés Körper, als habe er plötzlich eine Entscheidung getroffen. Mit der Bestimmtheit eines Romanhelden legt er seinen Arm um Elizabeths Schultern. Er sagt ihr, sie solle sich nicht fürchten. Sicherlich handele es sich um die Huren von Panteoncito, die zum Baden hierher kommen – sie sind es, Gálvez kennt ihre Gesichter und Namen sehr gut. Es gebe von ihnen nichts zu befürchten, denn es handele sich zwar um entehrte Frauen, doch bewahrten sie in ihrem Elend eine geheime Würde – trügen nicht auch sie, Männer und Frauen von Rang und Namen, in gewisser Weise Schuld an der moralischen und körperlichen Zerrüttung derer, die nichts haben? Was sie dort sähen, sei weder gefährlich noch zum Fürchten – nur ein paar Frauen, die im Wasser spielen und die nackte Wahrheit ihrer Körper zur Schau stellen. Er sei da, um sie davor zu beschützen, vor der Wahrheit.

So oder so ähnlich spricht er im Flüsterton, dicht an ihrem Ohr. Was auch immer er sagt, scheint eine Wirkung zu entfalten, denn nach kurzem Zögern senkt Elizabeth langsam ihren Fächer. Sie schluckt und sagt sehr sanft, sie sei einverstanden. Dass, wenn er sie darum bitte, sie nichts fürchten werde. Dass, wenn er dies sage, es vielleicht gar nicht sündhaft sei, die unschuldige Schönheit eines Körpers zu betrachten. Sie lehnt sich aus dem Fenster und betrachtet die Frauen ohne Vorwurf, ohne Angst, ohne Schuld. Es geschieht ungefähr folgendes: Elizabeth betrachtet die Huren, José betrachtet Elizabeth, Carlos betrachtet José, Madeleine betrachtet Carlos.

Während dieses Betrachten sich in die Länge zieht, bemüht Elizabeth sich darum, würdevoll und schön zugleich auszusehen. Und es gelingt ihr vermutlich, denn José neigt sich vor, um sie zu küssen. Sie gibt sich diesem Kuss willig hin. Mit der Einfachheit, mit der die Huren die letzten Strahlen der Sonne und die Spritzer der Wellen empfangen. Ihr ganzer Körper erzittert und wird weich in der Wärme dieser Berührung. Langsam lehnt sein Körper sich gegen ihren – die Kutsche knirscht und bekommt Schlagseite –, und eine unterirdische, marine Bewegung scheint durch diese Umarmung ausgelöst zu werden. Als hätte sich das Meer oder die aufreizende Schönheit der Badenden unter die karierte Decke gestohlen.

Als wäre auch er eine schockierte Señorita, die den Fächer öffnet und vor die Augen hält, wendet Carlos den Blick ab. Und als er dies tut, begegnet er Madeleines Augen. Die Augen der hässlichen Schwester, die nicht zu Boden blickt, die ihn anschaut – die hässliche Schwester! Ihn! – und die ihn auch noch anlächelt. Vielleicht erwartet sie etwas. Vielleicht versucht auch sie, würdevoll und schön zugleich zu sein, obwohl sie bestimmt weiß, dass es ein Wunder wäre, wenn es ihr gelänge. Es handelt sich ohnehin um eine Vorstellung ohne Publikum, denn Carlos regt sich, räuspert sich; und schon hat er aufgehört, sie anzusehen. Er zweifelt einen Augenblick. Dann klopft er mit seinem Spazierstock gegen das Dach und ruft dem Kutscher zu, es werde spät, es sei Zeit, nach Hause zurückzukehren.

Von nun an verändert Georgina sich sehr schnell. Schneller sogar, als Josés Geduld mit Elizabeth zur Neige geht – nach nur zwei oder drei Rendezvous hatte er mehr als genug von ihr. Diese geheimen Treffen hinterlassen keine Spuren in seinem Leben, wohl aber in Georgina. Es bereitet ihm Spaß, Eigenschaften von Elizabeth in die Briefe einfließen zu lassen: ihr hohles Geschwätz, ihre einfältige Koketterie, ihre fast herzerweichende Gutgläubigkeit, ihre Sorge um die Benachteiligten. Sogar einen leisen Zug ihrer angeborenen Neigung zur Tragödie.

»Warum tun Sie mir das an, José. Wenn Sie mich verlassen, bin ich zu allem imstande ... Ich schwöre es: zu allem!«

Vor allem aber sorgt er dafür, dass immer mehr von jener kleinen Dienstmagd, der Mestizin, durchscheint, die Georgina stets für ihn gewesen ist. Die anderen halten es mehr oder weniger genauso: Sie würzen die Briefe mit allen Frauen, die ihnen einfallen, und besonders jenen, die sie gründlich kennen. Sobald jemand, sagen wir, eine Tänzerin des Varietétheaters, sich bei Ventura auf den Schoß setzt und ihm irgendeinen verführerischen Satz ins Ohr flüstert, schwächen sie ihn ein wenig ab und schieben ihn kurzerhand Georgina unter. Dienstmädchen, Huren, Kabarettsängerinnen, Blumenverkäuferinnen – alle hinterlegen sie ihr Sandkorn, das heißt, ihren bescheidenen Vorrat an Worten. Eine Georgina, die immer weniger von der Unschuld der polnischen Prostituierten hat und immer mehr von der Eile, mit der die kleine Dienstmagd der Gálvez sich zwischen den Beinen des Señorito zu schaffen machte. Worte wie:

»... *Doch Sie sollen über mich wissen, dass ich auch impulsiv und vehement bin, und dass ich manchmal in meiner Brust das Brennen einer unbekannten Leidenschaft spüre ... So etwas wie die verrückte*

*Lust zu leben und glücklich zu sein. Ein Gefühl, von dem die anderen nichts wissen, und das ich nur mit Mühe verbergen kann. Nur vor Ihnen nicht, mein Freund ...! Sie, der Brief für Brief alle meine Geheimnisse entblößt ...!«*

Oder aber:

*»... Manchmal denke ich, eine Frau ist ein wenig wie eine Blume, die in Erwartung von etwas sprießt, das sie nicht kennt und zugleich begehrt ... so sehr begehrt!«*

Oder sogar:

*»... Mein lieber Juan Ramón, ich weiß nicht, ob das, was ich nun sage, richtig oder falsch ist. Ich weiß nur, dass unser Körper manchmal seltsame und wunderbare Dinge fühlt, von denen der Geist nichts weiß, und vielleicht stellt es auch eine Art Sünde dar, diese Schönheit zu missachten ...«*

Carlos weigert sich, solche Launen niederzuschreiben. Nein, dieser Satz kommt nicht in den Brief, auf keinen Fall. Georgina ist nicht so, nur über seine Leiche. Doch am Ende gibt er immer nach. Was soll er auch sonst tun, seine Figur hat de facto aufgehört, ihm zu gehören. José ist immer kompromissloser in seinen Entscheidungen. Manchmal denkt Carlos an Georgina, die wahre Georgina, wie an eine Freundin, die bereits gestorben ist, und nachts verspürt er oft das Bedürfnis, um diese Freundin zu weinen – um diese Freundin? –, genauso, wie er sich Jahre zuvor verprügeln ließ wegen der Musen, die nur in den Büchern lebten. Ich habe dir doch gesagt, du sollst weniger denken und ein bisschen mehr ficken, sagt José, angefeuert vom Gelächter seiner Freunde. Zum Beispiel diese fette kleine Amerikanerin, du weißt schon wen. Du hattest die ganze hintere Sitzbank, um ihr den Gefallen zu tun, und du hast es nicht getan, du Undankbarer, Carlotita; würden die Weibchen nach Gewicht bezahlt, hättest du dir einen wahren Schatz entgehen lassen.

Ventura und die anderen lachen, sie waren nicht dabei, sie haben die fette und hässliche Schwester mit ihrem riesigen Muttermal nicht gesehen; doch sie finden sie auch so hässlich und fett und lachen.

Wenn er allein ist, liest Carlos die Entwürfe der Briefe noch einmal durch. Und auch die Antworten von Juan Ramón, die immer länger und zärtlicher werden und sich nach und nach mit intimen Vertraulichkeiten und winzigen Geheimnissen gefüllt haben. Wie es scheint, stört die neue Georgina den Meister nicht. Schlimmer noch: Ein jeder würde sagen, dass er sie vorzieht. Diese groteske Vogelscheuche, deren Worte nach Absinth und Whisky riechen. Und nach Opium schmecken, vor allem nach Opium, denn die meisten Kapitel werden nun tatsächlich dort ersonnen, in den Rückgebäuden eines alten Herrensitzes in der Calle del Marqués, der tagsüber eine Miederfabrik ist und nachts eine illegale Opiumhöhle. Es war Ventura, der das Gerücht verbreitete, in Paris sei das Opium so eng mit der Poesie verbunden wie die Lust mit dem Bett, unter den Bohemiens vom Montmartre wage es niemand, auch nur ein Verslein zu schreiben, ohne ihn zuvor mit dem dichten Rauch der Pfeifen und Shishas eingeatmet zu haben. Als er das hörte, ließ José sich nicht mehr davon abbringen.

Zwei- oder dreimal die Woche besuchen sie das Etablissement. Es ist ein kleines und schlecht belüftetes Lokal, das von Chinesen betrieben wird. Der Raum ist mit Fächerschirmen und spanischen Wänden unterteilt, durch die man mysteriöse Szenen beobachten kann: Silhouetten, die lachen, tanzen, in endlos langen Umarmungen miteinander verschmelzen und dann stundenlang zur Ruhe kommen oder einschlafen. Sogar der Rauch ist so dunkel und schwer, dass er eine Silhouette zu haben scheint. In jedem Séparée gibt es eine vorbereitete

Pfeife und ein paar Matten und Kissen, auf die sie sich legen, um zu rauchen, bis ihre Augen zu schielen beginnen und ihr Lächeln stumpfsinnig wird. Manchmal sprechen sie von den Briefen oder von Frauen, oder sie rezitieren ihre eigenen Verse, die wie ein langes Gähnen klingen. Oder aber sie sprechen von überhaupt nichts; sie schlafen lediglich ein, während die Chinesen mit ihren stillen kleinen Schritten von einem Séparée zum anderen gehen, ihre Körper mit Wolldecken oder Schafsfellen bedecken, die Pfeifen neu mit Kohle und Opium bestücken und Krüge mit zweifelhaften Getränken bringen, welche die Dichter mit matten Zügen leeren.

Carlos begleitet sie widerwillig. Er spürt, dass an einem solchen Ort nur ein entsprechender Charakter entstehen kann. Das heißt, eine überdrüssige, gleichgültige Georgina, die grundlos lacht, einen glasigen Blick hat und ab und zu unangebrachte Worte wählt. Ungeschicklichkeiten, die, wie der Rauch, nur langsam verfliegen.

Doch es geht nicht nur um Georgina. Auch die Entspannung, welche die Droge in seinem eigenen Körper erzeugt, erschreckt Carlos. Mit jedem Zug hat er das Gefühl, als würde sich die Maske, die er fest angeschraubt vor dem Gesicht trägt und die stets passend zu reagieren vermag, ein wenig mehr lockern und auflösen. Und wer weiß, was er darunter verbirgt. Er jedenfalls hat es vergessen. Deshalb hat er Angst. Manchmal, am tiefsten Punkt der Entkräftung, ist es, als setze sich eine Frau neben ihn und flüsterte etwas in sein Ohr. Vielleicht ist es Georgina, doch eine wahrhaftige Georgina. Sie erhebt sich in der Reinheit der ersten Briefe aus dem Rauch, frei von Makeln, Widersprüchen, Korrekturen. Sie kniet sich neben die Bank, auf der er liegt, und berührt für einen Moment seinen Kopf. Ihm scheint, dass sie lächelt. Und dann führen sie lange Gespräche, die nie Worte oder

Erinnerungen zurücklassen, nur den Geschmack von Fieber, wenn der Rauch seine Lungen wie ein eisiger, unendlich langsamer Schwindel überflutet; eine Spirale, die die Umrisse der Gegenstände verwischt und mit sich reißt, und dahinter bleibt nur noch Georgina. Ihr Blick, ihr Lächeln. Ihr Kuss, Georginas Kuss. Die Kälte ihrer Lippen auf den seinen, wie Porzellan. »Tlinken«, sagt sie. »Getlänk tut sehl gut«, fügt sie unerklärlicherweise hinzu. Und er trinkt, er trinkt unendlich von diesem Kuss, bis er den Krug leert, den ihm jemand an die Lippen gesetzt hat.

*Meine liebe Freundin,*
*erlauben Sie mir, dass ich Sie liebe nenne, dass ich Sie Freundin nen-*
*ne? Seit fast vier Wochen habe ich keine Neuigkeiten von Ihnen. Ihre*
*kleinen und wunderschönen Briefe erwarten mich sicherlich im*
*Briefkasten meiner Residenz in Madrid, und da ich dies weiß, ist es*
*noch weniger verständlich, dass ich immer noch hier bin, einen gan-*
*zen Monat habe ich in meinem Geburtshaus in Moguer verbracht,*
*umgeben von Verwandten und Erinnerungen an eine andere Epo-*
*che. Von traurigen Gerüchen und Lichtern, todtraurigen, in deren*
*Aura ich nicht einmal mehr Verse schreiben kann, mit denen ich*
*nichts mehr tun kann.*
*In Ihrem letzten Brief sprachen Sie von Ihrem eigenen Kummer, der*
*ebenfalls das Antlitz der von Ihnen geliebten Menschen hat und*
*die Bühne Ihres eigenen Hauses. Ein Haus, das ich mir so ähnlich*
*vorstelle wie auf den Kupferstichen, mit weiß getünchten Wänden*
*und Palmen, geraden Fensterbänken, einem Brunnen mit Fla-*
*schenzug und Fassaden einer strengen Architektur. Ganz aus Stein*
*und Härte wie die Erziehung Ihrer Eltern, die Sie zweifellos lieben,*
*doch die, vielleicht weil sie Sie zu sehr lieben, Ihr Unglück verur-*
*sachen, Sie Ärmste. Sie erzählten mir vom Inneren jenes Klaviers,*
*wo Sie Ihre Geheimnisse verbergen, unter anderem diese meine be-*
*scheidenen Briefe. Von Ihrer kleinen und zerbrechlichen Brust, die*
*noch mehr zu schrumpfen scheint, wenn dies überhaupt möglich*
*ist, sobald Ihr Vater sich nähert. Wie sollte ich Sie nicht verstehen,*
*ich, der zwischen diesen Wänden spürt, wie der Geist seines eigenen*
*Vaters auf und ab geht. Seine toten Augen, die jetzt alles sehen, und*
*gegen die weder Schlüssel noch Schubladen helfen. Seine abgenutz-*
*ten Worte erneuern die alten Vorwürfe, warum das Jurastudium*
*abbrechen, und die Laune der Malerei, und dann die noch größere*

*Laune der Verse, das sagte mein Vater. Das sagt er nun mit lauterer*
*und sichererer Stimme in mein Ohr, zu jeder Zeit. Hier, in diesem*
*Haus, das ihm gehörte, hört man sie besser, klarer.*
*Und dann die Stimmen der anderen, der Lebenden, der Familien-*
*angehörigen, die wir noch hier sind und nichts anderes tun, als*
*über Geld und Zinsen zu sprechen. Als wäre mein Vater dies, nur*
*die Schulden, die er hinterließ und die wir unter uns aufteilen, wie*
*man das Gewicht einer sehr schweren und sehr schwarzen Toten-*
*bahre auf viele Schultern verteilt. Es sind Worte wie diese, die einen*
*erniedrigen, die alle Dinge gleichsam verschmutzen. Und man ver-*
*schmiert sich den Mund, wenn man von Silbermünzen, Erbteilung,*
*Nachlässen redet. Wir werden selbst zu Nickel und Metall, hart*
*und kalt wie die Kante einer Münze. Ich befürchte, dass allein die*
*Erwähnung auch diesen Brief befleckt.*
*Sie bitten mich, Ihnen zu erzählen, was ich tue und was ich schreibe.*
*Wo ich doch so wenig tue, schreibe! Sie dagegen tun so viele Dinge,*
*Sie erzählen mir von so vielen Reisen und Treffen mit Freundinnen*
*und Spaziergängen durch jene Straße, die man Jirón de la Unión*
*nennt, dass ich mich ein wenig schäme für die Trägheit, mit der ich*
*die Stunden verstreichen und sterben sehe, denn alles stirbt uns.*
*Nichts Außergewöhnliches gibt es zu erzählen, außer, dass ich zu-*
*weilen glücklich und zuweilen unglücklich bin. Alles, was geschieht,*
*geschieht in Wirklichkeit in meinem Kopf oder, wenn Sie dies vorzie-*
*hen, im Raum meiner eigenen Seele. (Übrigens sagen Sie gar nichts zu*
*dem Gedicht über die Seele der Dinge, das ich Ihnen geschickt habe.)*
*Was ich tue, fragen Sie? Ich fürchte, ich muss Sie enttäuschen: nur*
*wenig mehr als gehen. Derzeit durch die Landschaften von Moguer,*
*und davor durch die kalten Straßen von Madrid. Ich gehe wie ein*
*Schlafwandler und vergesse überall meinen Hut und meinen Geh-*
*stock. Ich spazierte durch den Retiro, einen riesigen Park, er würde*
*Ihnen gefallen, Georgina. Eine kleine grüne Parzelle von Madrid,*

*in der ganz Moguer Platz fände, mitsamt seinen Häuschen, seinem Fluss und seinen gelben, traurigen Feldern. Dort gibt es auch einen Teich, der von Enten und Booten durchpflügt wird, und daneben eine Waffelbude, die ich oft lange beobachte. Ein alter Mann, der seine Eishörnchen und seine Süßigkeiten verkauft und währenddessen die Lostrommel dreht. Manchmal gewinnt der Kunde und manchmal verliert er – gibt es in Lima Waffelbuden wie diese? Wissen Sie, wovon ich spreche? –, und stets lächelt der alte Mann. Ihn scheint nichts anderes zu kümmern, als zu sehen, wie sich die Trommel dreht, seine Lose herauszunehmen und zu verteilen. Und ich wäre gern ein wenig wie er – mit dem Gemüt eines Hundes oder eines Kindes. Einer Statue, die Sonnenschein und Regen mit dem immer gleichen Lächeln begrüßt, die sich nicht quält, nicht versteht, nicht leidet, die sich nur in ihre gewohnte Ecke begibt und fortfährt, das zu sein, was sie ist, was sie nie mehr aufhören kann zu sein.*

*Und manches Mal – warum sollte ich es Ihnen nicht anvertrauen, liebe Georgina, wir waren doch übereingekommen, dass Sie mir das liebe, das Freundin erlauben – stelle ich mir vor, dass Sie mit mir zusammen spazieren. Das wäre mir ein so lieblicher Trost, ein Licht, das unzählige traurige Wolkenberge aufhellen würde. Denn wenn ich dort spaziere, sinniere ich über die Antwort, die ich Ihnen nach meiner Rückkehr geben werde. Sagen wir, meine Briefe sind Schritt für Schritt bedacht, ich schreibe sie mit den Füßen, und manchmal ohne Gehstock und ohne Hut – wenn Sie wüssten, wo ich sie überall liegen lasse, würden Sie mir nicht glauben. Sogar in meinem eigenen Zimmer gehe ich im Kreis wie ein eingesperrtes wildes Tier, das jedoch sanft und traurig ist. Ich schreite die Ausmaße meines Käfigs ab, während ich einen Brief erwarte, eine vertraute Handschrift, die Briefmarken und Siegel eines gewissen fernen Landes. Ein viereckiges Gefängnis, sechs Schritte von Wand zu Wand, mit einem Bett und einer Waschschüssel, die mir im Weg stehen,* vierundzwanzig insgesamt, und dann eine neue Runde. *Hätte ich all diese Schritte in Ihre Richtung gemacht – und wenn ich auf dem Meer laufen könnte, was keine geringe Vorstellung ist –, was glauben Sie, wie weit ich gekommen wäre? Meine Berechnungen und die Hinzuziehung gewisser Atlanten, mit denen ich mir im Bett die Zeit vertreibe, erlauben es mir zu schätzen, dass ich mich ungefähr in der Sargassosee befände. Diese See, wo das Meer plötzlich zur starren Erde wird, ein Schiffsfriedhof, wo es weder vor noch zurück geht. So sieht es in meiner Seele aus!*

*Dieses Meer, das ehrlich gesagt gar nicht in meinem Atlas verzeichnet ist, und wer weiß, ob es Erfindung oder Legende ist, doch eine, die so fest in unserem Bewusstsein verankert ist, dass es ebenso gut wahrhaftig existiert. Ich käme gern bis zu Ihnen, bis nach Peru, das es auch gibt, obwohl es nicht existieren könnte. Oder besser noch gingen Sie an meinem Arm durch die ruhigen und dämmrigen Alleen von Madrid. Vielleicht gefiele es Ihnen, mit mir zu spazieren, und womöglich gefiele es ihnen auch, dass wir anhielten, um einige Waffeln zu naschen. Denn ich würde Ihnen eine schenken, Georgina, ich würde Ihnen hundert schenken. Etwas sagt mir, das Glück würde uns eine, zehn, fünfzig Ziehungen lang zulächeln. Wir könnten essen, bis wir satt wären, und lachen, und der Waffelverkäufer würde auch lachen. Hätte ich eine Fotografie von Ihnen, Georgina, und wenn es nur eine einzige wäre, so wüsste ich, welches Antlitz zu diesen Spaziergängen gehört, die Sie und ich jeden Morgen unternehmen, wenn es in Lima Nacht ist. Lassen Sie mich bald wissen, wie die Engel lächeln? Werde ich jenes Gesicht kennenlernen, das die Schattenseite meines Seins ist, das sich an den Gegenpolen meiner Seele befindet? Werden Sie mir zumindest verraten, ob Ihnen diese süßen Waffeln schmecken, zu denen ich Sie auf unseren Spaziergängen einlade ...?*

»Wissen Sie was? Seit einiger Zeit finde ich Ihre Cousine sehr verändert. Ich glaube, früher gefiel sie mir besser.«

»Ich glaube, mir auch«, sagt Carlos nach einer Weile, ohne aufzuschauen. Der Magister lässt den letzten Brief auf den Stapel fallen.

»Was soll's! Zum Glück ist der spanische Dichter nicht unserer Ansicht ...«

»Was wollen Sie damit sagen?«

Der Magister zeigt auf die Umschläge.

»Es genügt, die letzten Briefe zu lesen, mein Freund. Ich würde sagen, er beginnt bereits, sich zu verlieben. Es fehlen höchstens noch ein oder zwei Briefe, davon bin ich überzeugt. Glück für Ihre Cousine und für Sie, und Pech für mich! Nach der Hochzeit werden Sie mich natürlich nicht mehr brauchen. Es ist ein Jammer, dass man Briefe für gewöhnlich schreibt, um Frauen zu erobern und nicht, um sie zu behalten ...«

Carlos' Miene verfinstert sich.

»Glauben Sie?«

»Dass man eine Frau nicht mit einem Brief behält?«

»Nein, dass es eine Hochzeit geben wird.«

»Also, ich würde sagen, ja. Wenn ein Mann und eine Frau das tun, was diese beiden tun ..., endet die Angelegenheit selbstverständlich mit einer Hochzeit. Es sei denn, Ihre Cousine überrascht uns aufs Neue, und plötzlich ist sie diejenige, die sich nicht festlegen will ...«

»Aber sie kennen sich doch nicht einmal!«, erwidert Carlos fast schrill.

Der Magister lehrt sein Pisco-Glas. Mit dem Ärmel seines Hemdes wischt er sich die Feuchtigkeit von den Lippen.

»Na und? Mir scheint, das ist bisher kein Hindernis gewesen. Andererseits kommt mir der spanische Dichter verdreht genug vor, um herzukommen und sie kennenzulernen ... Finden Sie nicht auch? Schauen Sie, schauen Sie diese Fotografie an. Das Porträt von diesem Juan Ramón. Er hat diesen toten Ausdruck wie alle diese romantischen Dichter, die sich am Grab einer Angebeteten die Kugel setzen. Leugnen Sie es nicht. Und haben Sie mir nicht gesagt, dass er wegen irgendwelcher unglücklicher Liebesgeschichten bereits in drei Sanatorien gewesen ist?«

»Es waren nur zwei.«

»Spielt überhaupt keine Rolle! Hören Sie auf mich, das sind mehr als 20 Jahre Erfahrung. Der läuft hier auf, das garantiere ich. Er ist der leidenschaftliche Typ, der nicht an die Folgen denkt. Und Ihre Cousine wird glücklich sein, ganz bestimmt, weshalb es keinen Grund zur Sorge gibt, nicht wahr?«

Carlos antwortet nicht. Er hebt nicht einmal die Augen. Stattdessen starrt er seine Hände an, als erkenne er sie nicht wieder.

»Kommen Sie, kommen Sie, ziehen Sie nicht so ein Gesicht! Man könnte meinen, Sie freuen sich nicht für Ihre kleine Cousine. Außerdem: Waren wir uns nicht einig, dass die erste Regel darin besteht, niemals gegen den Strom der Liebe zu schwimmen? Lassen Sie uns also auf die beiden trinken und nicht mehr davon sprechen. Sehen Sie, ich verstoße sogar gegen mein Gelübde, niemals den Alkohol mit der Arbeit zu vermischen, und das tue ich nur für sie, das heißt, für Sie.«

Er schnippt mit den Fingern:

»Jorge! Bringen Sie uns noch zwei Gläschen für meinen Kumpel und für mich, es gibt viel zu feiern.«

»Wie lautet die gute Nachricht?«, fragt der Wirt von der Küche aus.

»Freunde, die heiraten.«

»Mensch! Das verlangt mindestens nach ein paar Whiskys. Lassen Sie nur, lassen Sie nur. Die gehen aufs Haus, sonst gibt es Ärger mit mir.«

Er nimmt eine Flasche und füllt zwei kleine Gläser bis zum Rand.

»Auf das Brautpaar!«, ruft der Magister.

Carlos zögert noch. Er starrt auf das Glas, das Cristóbal hochhält. Schließlich hebt er sein eigenes.

»Auf das Brautpaar«, antwortet er.

Er träumt, und in wenigen Augenblicken wird es ein Albtraum werden, doch er weiß noch nichts davon. Im Moment versucht er zu verstehen, was Román und er selbst mitten im Dschungel treiben. Er will ihn fragen, wo er die ganze Zeit gesteckt hat, doch andererseits ist es gar nicht nötig, denn sie sind wieder zehn Jahre alt, mit Schnäuzer und den Handbüchern für römisches Recht unter dem Arm. Und Románs Gesicht hat noch immer dieselbe mürrische Miene, dieselbe hochmütige Distanziertheit.

Seit Stunden durchqueren sie das Blätterwerk und schlagen Pfade ins Unterholz, die nirgendwohin zu führen scheinen, bis sie endlich seinen Vater finden. Er sitzt im Sessel seines Büros. Er hat etwas in der Hand. Oder besser gesagt, nichts, nicht einmal Hände. Gerade jetzt sehen sie nur sein Gesicht, ein riesiges Gesicht, verzerrt zu einer strengen Miene. Mit einem Kautschukball haben sie ein Fenster kaputt geworfen, schuld ist Román, oder vielleicht er selbst, das ist nicht wichtig. Das Fenster ist zersprungen und die Reparatur hat zwei Sol gekostet. Der Vater sagt folgendes: »Ihr habt mich gezwungen, zwei Sol auszugeben, ihr Missgeburten.« Zuzüglich vierzehn Sol, als sie mit oder ohne Absicht – das ließ sich nie klären – den persischen Läufer aus dem Salon benutzten, um die Haushunde nach dem Bad abzutrocknen. Und dann noch die Sache mit der Spieluhr, die sie demolierten und später im Hof vergruben. Dreißig Dollar kostete sie, wegen der Edelsteine und der Intarsien aus Perlmutt. Doch der Dienstbote, der im Verdacht stand, sie gestohlen zu haben, bezahlte einen höheren Preis. Und nun schilt Don Augusto sie wegen all dieser Vergehen. Erneut hält er etwas in der Hand. Noch aber schauen sie nicht dorthin. Sie schauen auf seinen Mund, der sich öffnet und schließt, der ihre Streiche aufzählt. »Zwei Sol für das Fenster«, sagt er.

»Vierzehn für den verdreckten Läufer«, sagt er. »Dreißig Dollar für die Spieluhr«, sagt er. »Vierhundert Dollar für die Unschuld dieser ausländischen Schlampe.« Und dann hebt er den pochenden Klumpen hoch, den er in der Hand hält, während das Blut von seinen Fingern rinnt, und fügt hinzu: »Und jetzt sagt mir, ihr Blutsauger, sagt mir, wie viel wird mich das Herz eines Dichters kosten?«

Er verbringt den Nachmittag damit, einen Auftrag zu erledigen, und als er endlich im Club eintrifft, stellt er fest, dass sie den Brief bereits beendet haben.

»Weil du nicht gekommen bist...«, entschuldigt sich José.

Márquez und Ventura stehen neben ihm, vertieft in eine Billardpartie, die kein Ende zu finden scheint. Carlos wünscht, dass sich irgendjemand, ganz gleich wer, für den Grund seiner Verspätung interessierte. Doch niemand hebt den Blick vom Spieltisch. Nur Márquez freut sich: Endlich sind wir gerade, jetzt können wir eine Partie mit Pärchen spielen.

»Wo ist der Entwurf?«

José flucht über eine verfehlte Karambolage über drei Banden und zieht anschließend ein Papier aus der Hosentasche, ohne ihn anzuschauen.

»Es ist kein Entwurf.«

»Wie?«

»Es ist kein Entwurf. Es ist der endgültige Brief.«

»Endgültig?«

»Du musst ihn nur noch ins Reine schreiben.«

Carlos braucht eine Weile, bis er die Bedeutung dieser Worte begreift. Mit dem Papier in der Hand lässt er sich in einen der Sessel fallen, während die anderen weiterspielen – die orangefarbene Fünf an der linken Bande – und darüber diskutieren, welche Vor- und Nachteile dieser oder jener Stoß mit Effet hat. Als Erstes fällt ihm die Handschrift auf. Jemand, bestimmt war es José, hat mit ziemlichem Erfolg versucht, Carlos' Schrift nachzuahmen, wie in einem Schulheft. Abgerundet, weich, harmlos. Nur die Linien der Großbuchstaben verraten noch einen männlichen Zug, außerdem ist ein leichtes Zittern bei der Ausführung wahrnehmbar. Carlos liest diese gefälschten Buchstaben mit wachsender Sorge. Einmal. Zweimal.

»Was ist das?«, fragt er schließlich.

»Der Entwurf«, sagt Ventura das Offensichtliche.

»Ich sagte doch, dass es kein Entwurf ist. Das ist der endgültige Brief. Er muss ihn nur noch ins Reine schreiben.«

Und Márquez: »Spielst du jetzt eine Partie oder nicht?«

Carlos kann den Blick nicht von dem Papier abwenden. Ein Kellner nähert sich, um zu fragen, was der Señorito zu trinken wünsche, und der Señorito nimmt es kaum war. Alles um ihn her scheint stillzustehen, mit Ausnahme des Billardspiels, dessen Getöse aus Hölzern und Elfenbein, die aufeinander prallen, sich scheinbar pausenlos fortsetzt. Diejenige, die diesen Brief geschrieben hat, ist nicht Georgina, kann es nicht sein. Plötzlich ist ihre Stimme voller schriller Töne, Unschicklichkeiten, vulgärer Ausdrucksweisen. Es ist eine Verhüllte, die sich mit einem Mal nackt auszieht und mit derselben Leichtigkeit über Liebe und Gefühle spricht, wie sie zuvor über die *Nocturnes* von Chopin räsonierte. Es ist, als hätte sich die eingeborene Dienstmagd von Gálvez nach und nach der Figur bemächtigt und nichts von ihrer Zurückhaltung, ihrer Behutsamkeit übrig gelassen. Von der Polin hat sie nichts mehr. Eher noch erinnert sie ihn an das Mädchen der Almadas; erneut sitzt sie in der Kutsche mit José, unter der Decke. Die beiden lachen, und er kann sie nur schweigend betrachten, das Schmatzen ihrer Lippen in der Dunkelheit hören. In der Kehle einen Kloß.

»Das kann ich nicht abschreiben.«

»Warum nicht?«

»Es ist zu ...«

Er sucht nach einem Wort.

»Zu was?«

»Zu ... forsch.«

Ventura bricht in Gelächter aus.

»Forsch! Ein schickes Wort. Du willst wohl sagen, sie ist uns ein bisschen frech geraten, die Señorita Georgina.«

Carlos wendet sich ihm nicht zu. Sein Blick hängt an Josés Augen, der sich seinerseits auf nichts anderes als die weiße Kugel konzentriert.

»Georgina ist nicht so ... Du weißt das.«

José zuckt mit den Schultern.

»Charaktere verändern sich.«

Carlos schluckt trocken.

»Genau darüber habe ich gerade mit dem Magister gesprochen ...«

»Lass mich raten. Er glaubt, es sei keine gute Idee, dass Georgina sich ändert.«

»Er sagt, dass er Georgina in letzter Zeit sehr seltsam findet. Dass die Romanze in dieser Phase mit einer Hochzeit enden wird, und dann können wir nicht mehr ...«

»Er kann mich am Arsch lecken, der Magister«, unterbricht ihn Ventura. Sie lachen. Auch José lacht, doch auf eine gelassene Weise, bloß mit den Zähnen angedeutet, ein Lächeln des Mächtigen, das man vage aus der Ferne sieht. Nur Carlos bleibt ernst.

»Und wenn er recht hat? Wenn Juan Ramón heiraten will?«

Josés Augen blitzen auf. Er unterbricht eine Bewegung mit dem Queue.

»Daran haben wir schon gedacht. Erzähl es ihm, Ventura.«

Ventura hat zu viel getrunken. Mit ausladenden Bewegungen schmückt er seine Worte aus, und mit jeder Geste verschüttet er ein wenig Whisky aus seinem Glas.

»Du wirst sehen ... du wirst sehen. Der Roman endet auf zwei mögliche Weisen: fromm oder pikant ...«

»Erzähl ihm von dem pikanten Ende«, sagt José ungeduldig.

»Also, in dem pikanten Ende zwingt ihr Vater sie, einen Grafen oder Baron zu heiraten ... Aber sie ist natürlich nicht verliebt! Er ist ein alter und hässlicher Mann, und sie denkt nur an Juan Ramón! Die Korrespondenz muss also weitergehen und vor dem Gatten geheim gehalten werden. Vergiss nicht, dass Georgina jetzt ein bisschen verschlagen ist. Eine geheime Liebe! Es gibt sogar einen Diener, der ihnen hilft und alles, was dazugehört. Gut. Die Jahre vergehen also und ...«

»Nein, das fromme Ende ist eindeutig das bessere«, unterbricht José ihn. »Erzähl ihm zuerst von dem frommen Ende.«

»Also ... Es ist das, was es verspricht. Georgina wird Nonne. Doch selbst durch die Mauern des Klosters findet sie eine Möglichkeit, weiterhin kleine Botschaften an Juan Ramón zu schicken, wobei sie stets hin- und hergerissen ist zwischen der Liebe zu Gott und den Versuchungen des Fleisches ...«

»Aber was sagt ihr da«, unterbricht ihn Carlos. »Georgina ist nicht gläubig. Das weißt du doch. Wir haben sie so gemacht. Gemeinsam.«

Ventura meldet sich wieder zu Wort.

»Na und? Wir werden sie schon noch gläubig bekommen. Wer, wenn nicht wir?«

José schaltet sich mit sanfter Stimme ein.

»Mach dir deshalb keine Sorgen, Carlota. Ich weiß, dass wir sie nicht besonders religiös gezeichnet haben, aber alles ist geplant. Georgina wird in Kapitel neunundzwanzig zu Gott finden: der Tod ihrer Mutter. Ein wahres Drama, die Tuberkulose!«

»Aber ihre Mutter haben wir doch schon umgebracht!«

Sie verharren schweigend. José stoppt das Glas auf halbem Weg zu seinen Lippen.

»Verdammt, Ventura, das ist wahr. Daran haben wir nicht gedacht.«

»Eine Tante?«

»Eine Tante wäre gut.«

»Die Tante stirbt, und dann ...«

»Der Tod der geliebten Tante Rosinda! Ein wahres Drama, das Kapitel neunundzwanzig!«

Einen Moment lang hat Carlos das Gefühl, dass die Wirklichkeit sich verflüchtigt, dass der Boden unter seinen Füßen schwankt.

»Spielen wir jetzt pärchenweise oder nicht?«, fragt Márquez und hält ihm einen Queue hin.

»Aber José ... Siehst du denn nicht, dass wir den Roman kaputtmachen. Alles, was wir aufgebaut haben ...«

José konzentriert sich wieder auf die Partie.

»Du machst dir zu viele Sorgen, Carlota. Wir machen gar nichts kaputt. Aber es gibt Dinge, die du nicht verstehst. Alles, was du geschrieben hast, war sehr hübsch, sehr zurückhaltend, aber jetzt müssen wir die Leidenschaft etwas entfachen, verstehst du? Nicht so viel Scheinheiligkeit. Mehr so was wie Brontës *Sturmhöhe*.«

Stille. Und dann eine neue Härte in Carlos' Stimme, in seinem Blick.

»Ich habe dir gesagt, du sollst mich nicht Carlota nennen.«

»Es ist doch nur ein Scherz, Mann. Dann sag doch mal: Was sollten wir deiner Meinung nach tun? Ihm die Wahrheit sagen?«

»Nein ..., ich weiß nicht. Ich meine nur, wir könnten es so machen, dass sie ihre Beziehung fortsetzen ... als Freunde.«

»Als Freunde also! Klar, Juan Ramón wäre dir bestimmt sehr dankbar. Er würde dir sagen: Danke, dass du mir die Augen geöffnet und nebenbei den Roman versaut hast. Das würde er dir sagen.« José legt den Queue auf den Tisch. Zum ersten Mal widmet er ihm seine ganze Aufmerksamkeit. »Hör zu. Stell dir vor, Isaacs' *María* würde damit enden, dass Efraín keine Lust hat, die Reise zu unternehmen, weil das Mädchen am Ende sowieso stirbt. Stell dir vor, dass *Anna Karenina* sich am Ende nicht vor den Zug wirft, oder dass *Madame Bovary* zu Ende ist, bevor Emma sich in Rodolphe verliebt. Hat das irgendeinen Sinn? Was für Romane wären das dann, hm?«

»Aber das hier ist kein Roman«, antwortet Carlos mit dünner Stimme. »Ich meine ..., ich meine, zumindest nicht ganz. Es ist ein Roman, einverstanden, aber es ist auch das Leben eines Mannes ...«

»Komm mir nicht so! Es war doch deine Idee! Wolltest du nicht immer, dass ich das zugebe? Also gut, ich tue es für dich, vor allen diesen Herren: Es war deine Idee. Und es war eine gute Idee, was sage ich, es war die beste Idee, die du jemals gehabt hast. Und jetzt willst du aufgeben ...«

»Ich habe nicht gesagt, dass ich aufgeben will. Ich sage nur, dass ich da nicht mitmachen kann ...«, sagt er und zeigt auf das Blatt.

Ventura verliert die Geduld.

»Entweder du bist dabei, oder du bist raus!«

José setzt eine versöhnliche Miene auf.

»Hör nicht auf ihn. Ventura ist ein bisschen grob ... aber auf seine Art hat er nicht ganz unrecht. In gewisser Weise ist es so, will ich sagen. Du hast eine sehr wichtige Rolle gespielt«, sagt er lächelnd, »in einer ... tja, sagen wir, in einer Phase von Georginas Leben. Wir sind dir alle sehr dankbar. Doch jetzt muss das Leben weitergehen. Georgina ist erwachsen geworden, wie man so schön sagt. Und wenn du nicht weitermachen willst ...«

»Natürlich will ich weitermachen! Ihr seid es, die ...«

Die Stimme versagt ihm. Er will eine würdige Miene aufsetzen, ganz gleich, welche: Skepsis, Ablehnung, Gleichgültigkeit. Doch es gelingt ihm nicht. Er fühlt das Bedürfnis zu weinen.

Vielleicht weint er bereits; er bräuchte den Spiegel, um sich dessen zu vergewissern. Er hat das Gefühl, dass alle ihn anschauen, doch darin irrt er sich. Sie sind schon wieder mit der Partie beschäftigt, reden lang und breit über eine schwierige Konstellation.

Der Entwurf – der Brief – gleitet ihm aus der Hand und fällt zu Boden. Carlos nimmt es nicht einmal wahr. Doch sogleich hebt José ihn auf. Er hält ihn ihm erneut hin, gemeinsam mit einem bis zum Rand gefüllten Glas Whisky. Er lächelt.

»Komm schon, Carlota. Nimm einen Schluck. Lass uns eine Partie spielen und das Thema vergessen. Du bist sehr gut, wenn es um die Sprache der Frauen geht, das muss ich dir lassen. Viel besser als wir, mit all diesen Auslassungspunkten und Ausrufungszeichen. Wenn du den Brief abschreibst, kannst du diese Art von Details verbessern. Alles, was du willst. Doch ab jetzt überlässt du das übrige uns, ja? Georgina braucht ein wenig Leidenschaft. Ein wenig Koketterie. Und das Schelmische – darin sind wir uns doch wohl einig – liegt dir ungefähr so gut, wie mit kleinen Amerikanerinnen ins Bett zu gehen, Carlota ...«

Was dann geschieht, ist sogar für Carlos eine Überraschung. Zuerst hat er das Gefühl, als bündele sich seine gesamte Kraft in seiner rechten Hand. In seiner rechten Faust. Eine Faust, die sich in Richtung von Josés Gesicht bewegt – Carlos begreift dies einen Augenblick, nachdem die Bewegung eingesetzt hat. Doch er schlägt nicht zu. Es ist ein halber Wutausbruch. Seine Faust ist schnell, doch nicht schnell genug, um die rasante Geschwindigkeit seines Bewusstseins zu übertreffen, seine fast unmittelbar einsetzende Angst, seine Feigheit. Und so verändert sich, was als Fausthieb begann, auf dem Weg in etwas anderes, in etwas, das aussieht wie eine mädchenhafte Ohrfeige, die vom Weg abkommt, um das Glas, das José ihm hinhält, zu Boden zu schlagen, und ihm den Brief aus den Händen zu reißen.

Auch was dann kommt, ist lächerlich: Seine gesamte Wut richtet sich darauf, das kleine Blatt in unendlich viele winzige Fetzen zu zerreißen.

Die Bewegungen sind so absurd, schwanken so sehr zwischen Zärtlichkeit und Gewalt, zwischen Unfall und absichtsvoller Handlung, das José eine Weile braucht, bis er reagiert.

»Was zum Teufel tust du da? Jetzt muss er neu geschrieben werden!«

»Zum Teufel mit dem Brief! Und mit euch!«

Womöglich hat Carlos noch nie einen wütenden Gesichtsausdruck geübt, und deshalb ist es so schwierig, ihn ernst zu nehmen. Vielleicht aber liegt das Problem gar nicht in der Darstellung, sondern in all dem, was die anderen über ihn zu wissen glauben. Wie ein Kind gerade dann komisch wirkt, wenn es ihm gelingt, die Gewohnheiten der Erwachsenen perfekt zu imitieren, so erscheinen die Schreie und Flüche aus Carlos' Mund unschuldig, beinahe herzig. Deshalb reagieren die Männer nach einigen Sekunden des Staunens auf die einzig mögliche Weise: Sie brechen in Gelächter aus.

»Bitte schlagen Sie mich nicht, Madame!«

»Weiße Hände können nicht verletzen, Señorita!«

»Los, Carlota! Schreib den Brief endlich neu und geh uns nicht länger auf den Sack!«

Carlos ist außer sich.

»Schreibt ihr ihn doch! Mal sehen, wie ihr das anstellt ... Mal sehen, wie ihr euren Scheißroman ohne mich fortsetzt.«

Sie lachen weiter. Carlos' Augen treten hervor, und das sieht irgendwie lustig aus. Nur Ventura wird plötzlich ernst. Er zeigt mit dem Finger auf ihn.

»Wenn du den Brief nicht neu schreibst, schlagen wir dir die Fresse ein!«

»Lass das«, sagt José und schiebt Venturas Hand zur Seite. Dann hockt er sich hin, um die Papierfetzen aufzusammeln. »Außerdem brauchen wir ihn nicht. Seht ihr? Wenn ich mich anstrenge, kann ich seine kitschige Mädchenhandschrift ziemlich gut nachahmen. Siehst du, Carlota? Meine Hand zittert noch ein bisschen, aber wir brauchen verdammt noch mal nicht deine Nuttenhandschrift, um den Roman zu Ende zu bringen. Setz dich also endlich hin, und sei nicht so nervig.«

»Ihr könnt euch den Roman in den Arsch schieben!«

José lacht noch lauter.

»In den Arsch? Ah, endlich lässt du den Indio heraus. Hat ja lange gedauert, mit diesem edlen Blut, das du hast. Was wirst du jetzt tun? Wirst du uns Stockschläge geben, bis wir dir Kautschuk bringen?«

Die Männer, die an den Nachbartischen Zeitung lesen oder Zigarren rauchen oder Billardpartien spielen, wenden sich ihnen zu. Einer der Kellner beobachtet sie streng von der Theke aus. Lachend improvisieren die Dichter viele andere Dinge, die Carlota tun könnte: in Tränen ausbrechen; sie an den Haaren ziehen; ohnmächtig werden; ihrem Geliebten schreiben, damit er sie verteidigt. Oder sogar, endlich die Briefchen vergessen und eine Partie spielen, verdammt noch mal – das schlägt Márquez vor –, er hat es doch die ganze Zeit gesagt, und keiner hört auf ihn.

Doch das einzige, was Carlos tut, ist, den Laufburschen zu rufen, damit er ihm seinen Mantel und seinen Hut bringt.

»Genau, mach besser einen Spaziergang. Und wenn du wieder klar im Kopf bist, kommst du zurück.«

»Ich werde nicht zurückkommen!«

Seine Bewegungen versuchen, Sicherheit zu simulieren, doch seine Hände zittern, und der Hut entgleitet ihm und rollt über den Boden.

»Wir werden ja sehen, *Mademoiselle.*«

Der Kellner nutzt die Pause, um sich zu nähern und ihnen mit feierlicher Stimme zu sagen, ein solcher Aufruhr gehöre sich nicht für anständige Menschen, die Mitglieder des Clubs hätten das Recht, den Abend in Frieden zu verbringen, und die persönlichen Angelegenheiten – während er dies sagt, betrachtet er das zerfetzte Papier, das zerbrochene Whiskyglas auf dem Boden – seien auf der Straße zu klären. Seine Bemerkung ist überflüssig, denn Carlos ist bereits gegangen. Als er die Tür zuknallt, erzittern die Flaschen an der Bar.

José lehrt sein Glas und wirft eine Münze auf den Spieltisch.

»Ist ja gut, Mann, ist ja gut! Wir gehen auch!«

Und mit einem Blick zur Tür wiederholt er:

»Er wird schon zurückkommen.«

Doch Carlos hält sein Wort.

In dieser Nacht klappert er sämtliche Bordelle der Stadt ab, ohne an irgendetwas zu denken. Er ist umgeben von Nutten, die warten, Nutten, die rauchen, Nutten, die sich mit ihren Zuhältern anbrüllen, Nutten, die sich unterhalten oder lachen oder weinen – eine, die verprügelt in einem Misthaufen in der Gasse Del Romero liegt –, Nutten, die Handküsse verteilen, Nutten, die seufzen, Nutten, die sich bei näherer Betrachtung als Strichjungen entpuppen, Nutten, die feilschen, Nutten, die man mit einem Pfiff ins Bett mitnehmen oder auf dem Straßenpflaster flachlegen kann; Nutten mit Zimmer oder ohne, mit Madame oder ohne, noch mit Zähnen oder schon ohne. Manchmal rufen sie ihm nach, wenn er vorbeigeht. Sie nennen ihn Señor oder Exzellenz – selbst in der Dunkelheit sehen sie das Glänzen seiner goldenen Uhrkette – und sie versprechen ihm, er werde die beste Nacht seines Lebens verbringen. Carlos entschuldigt sich, indem er seinen Hut lüftet und die Straßenseite wechselt.

Er weiß nicht, was er sucht. Er nippt an einer Whiskyflasche, die er irgendwo gekauft hat, und die stetigen Schlucke lassen dieses Nichtwissen etwas erträglicher erscheinen. Es ist eine lange Reise, von Tajamarca nach Huarapo und von dort nach Panteoncito, Barranquita, Acequia Alta, Montserrate. Irgendwann überkommt ihn wie eine Ohrfeige der schmerzliche Gedanke: Nirgendwo, nicht einmal hier, wird er jemals Georgina finden. Dann trinkt er weiter und vergisst auch das. Um Mitternacht strandet er völlig betrunken in einem der Puffs von Panteoncito auf dem Sofa, während die Madame die Mädchen holt. Auch diese Mädchen gehen mit den Kunden für Geld ins Bett, doch es wäre wohl übertrieben, sie Nutten zu nennen. Zumindest denkt Carlos das, als er sie in ihren langen Kleidern und ihren Glacéhandschuhen die Treppe herunterkommen sieht.

Nutten, das sind die anderen, jene dumpfen Frauen, die er auf der Straße sich hat anbieten sehen, die am Vortag der Präsidentschaftswahlen die Gefängnisse füllen und für ein paar Münzen hinter den Brennnesselsträuchern von Colchoneros die Beine breit machen. Diese hier sehen mit ihrer Verkleidung dagegen aus wie Señoritas von hohem Stand, Damen aus Miraflores, die man bei einem Galadinner überrascht hat. Und die Madame – obwohl es vielleicht übertrieben wäre, sie Madame zu nennen – präsentiert sie ihm eine nach der anderen mit vorgetäuschter Begeisterung.

»... Dies hier ist Cora, die junge Erbin der Inkas, Enkelin des Enkels der Enkelin von Atahualpa selbst ...«

»... Diese, die mit einem Auge zwinkert, ist Catalina, sie ist so russisch wie der Zar und so zärtlich, dass sie die Gletscher von Sibirien zum Schmelzen bringen würde ...«

»... Da kommt unsere geliebte Mimí. Durch ihre Adern fließt das wollüstige Blut der Franzosen ...«

Jedes der Mädchen trägt eine Art homerischen Beinamen – Cayetana, das Mädchen der zuckersüßen Küsse; Teresita, schüchtern bei Tage und feurig bei Nacht –, und bevor er wählt, lacht Carlos bei dem bloßen Gedanken an Homer und die *Ilias*.

Auch die Auserwählte hat einen Namen, doch Carlos hat ihn bereits vergessen. Seit er sie im Foyer kennengelernt hat, ist eine Ewigkeit vergangen, fast zehn Minuten, und der letzte Schluck Whisky hat die Worte der Madame durcheinandergebracht und in weite Ferne gerückt. Er erinnert sich vage an die Mädchen, viele von ihnen fast noch Kinder, die seine Wahl erwarteten, während sie ihn mit einem Ausdruck ansahen, in dem Begehren oder Hoffnung oder Langeweile lag. Wen zum Teufel hat er sich ausgesucht? Antonia, die Novizin mit den irdischen Gelüsten? Oder vielleicht Marieta mit der entfesselten Fantasie? Wer weiß, und wen kümmert es.

Bereits im Zimmer entdeckt er, dass sie nicht einmal hübsch ist. Wie soll sie es auch sein, wenn sie nicht die Hauptfigur irgendeines Romans ist. Stattdessen verfügt sie über die bescheidene Schönheit der Nebenfiguren, die dazu gemacht sind, uns höchstens ein Kapitel lang zu erfreuen, um anschließend spurlos zu verschwinden. Als wäre ihr die unbedeutende Rolle der Komparsin in Georginas Roman bewusst, öffnet sie nicht einmal den Mund. Sie setzt sich auf den Bettrand, versucht zu lächeln und wartet.

Im Zimmer geschieht nichts. Das heißt, in gewisser Weise geschehen viele Dinge. Er zieht den Mantel aus. Leert sein Glas. Murmelt ein paar Worte – und sie antwortet erwartungsvoll oder vielleicht nur mit einem Lächeln. Er tut plötzlich so, als interessiere ihn der Mechanismus des Fensterriegels. Er schaut auf die Uhr. Zündet sich eine Zigarette an. Drückt sie aus. Nichts, was die fünf Sol rechtfertigt, die er später an die Madame zahlen wird. Irgendwann übernimmt das Mädchen die Initiative. Das Ergebnis ist eine auf seltsame Weise traurige Szene mit ungeschickten Zärtlichkeiten, dem knarrenden Bett, Händen, die Stellen berühren, die nicht, auf keinen

Fall. Halb ausgezogene Körper, die plötzlich innehalten. Eine Entschuldigung.

»Es tut mir leid«, sagt er.

»Der Señorito muss sich für nichts entschuldigen«, sagt sie.

Irgendwo befindet sich eine Standuhr, ihre Gewichte und ihr Räderwerk machen Geräusche und lassen die Stille noch deutlicher werden.

»Ich habe zu viel getrunken.«

»Dann muss sich der Señorito ausruhen.«

»Aber ich werde Sie auf jeden Fall bezahlen. Natürlich werde ich Sie bezahlen. Ich werde Ihnen die ganze Nacht bezahlen ...«

»Der Señorito muss sich jetzt keine Sorgen darum machen ...«

Carlos rutscht im Bett hin und her. Er sollte etwas hinzufügen, doch er weiß nicht was. Oder zumindest diese Stille vertreiben, indem er eine neue Zigarette anzündet, doch seine Jackentasche ist zu weit weg. Sie lächelt.

»Möchte der Herr mir nicht erzählen, was Ihn bekümmert?«

Carlos öffnet den Mund und schließt ihn wieder. Antonia, oder María oder Jimena zählt bis zehn. Als sie fertig ist, streckt sie die Hand aus, um seinen Rücken zu streicheln. Ganz langsam. Das ist ihre Art, ihm zu sagen, dass sie bereit ist für die Sache, die sie am zweitbesten auf der Welt beherrscht: Zuhören. Nicht, dass es sie besonders interessieren würde, was Carlos ihr erzählen könnte, natürlich nicht, doch sie betrachtet es als Teil ihrer Arbeit. Immerhin befinden wir uns im Jahr 1905, und noch gibt es in Peru keine Psychologen. Die Priester in ihrem Beichtstuhl und die Nutten in ihren Bordellen sind die Einzigen, die dafür zuständig sind, das Gewissen der Menschen zu erleichtern. Und so nimmt sie die gesamte Erfahrung ihres Berufs zusammen, um eine einzige Frage zu stellen:

»Der Herr ist nicht in der Stimmung, weil er sich an eine andere Frau erinnert, nicht wahr?«

Carlos wendet sich um und betrachtet einen Moment lang den Mund, aus dem diese Worte gekommen sind. Ihre Stimme ist sehr sanft, viel sanfter als die irgendeines Psychoanalytikers. Doch weil es dauert, bis er antwortet, beginnt das Mädchen, sich zu entschuldigen. Verzeihen Sie mir, sagt sie. Verzeihen Sie meine Schroffheit, Señorito. Sie müssen mir nicht antworten. Doch der Señorito ist betrunken und will antworten, und nach ein paar Sekunden tut er es, vorsichtig, langsam, indem er seine Worte mit Bedacht wählt.

Er sagt:

»Nein.«

Und dann:

»Ich weiß nicht.«

Und schließlich:

»Ich denke schon.«

Er weiß nicht, warum er so geantwortet hat. Er fühlt eine große Last und gleichzeitig eine winzige Erleichterung: die Berührung ihrer Hand auf seinem Körper. Und vielleicht, weil es still bleibt und er fühlt, dass noch etwas gesagt werden müsste, fügt er hinzu: Sie liebt einen anderen. Einen Mann namens Juan Ramón, sagt er. Einen Mann namens José, verbessert er sich. Oder vielleicht keinen von beiden, wer weiß, es ist eine komplizierte Geschichte, sagt er am Ende.

Doch dem Mädchen erscheint die Geschichte nicht kompliziert. Alle Probleme der Reichen kommen ihr vor wie das immer gleiche fade, hohle Problem. Sie tätschelt seine Schulter.

»Ich verstehe«, sagt sie, obwohl sie in Wirklichkeit nicht versteht.

Und weil der Señorito die ganze Nacht bezahlt hat, löschen sie die Flamme der Petroleumlampe und tun so, als schliefen sie, doch beide schauen in die Dunkelheit.

Es ist das erste Mal, dass ein Kunde sie ablehnt, und bis zum Morgengrauen denkt sie nur daran. Daran und an Cayetana, die Nutte aus Cuzco. Die älteren Kunden sagen, früher sei sie wunderschön gewesen, doch heute ist Cayetana nur eine traurige und vom Alter gebeugte Matrone, die das Geschirr spült und die Schlafzimmer putzt, weil niemand mehr mit ihr ins Bett gehen will. Nur ein paar Greise und der Señorito Hunter, der zwar sehr jung, aber blind ist, und deshalb ist es ihm gleich, an welchen Körper er sich schmiegt. Und jetzt fragt sie sich, wann es zum ersten Mal geschah, dass ein Kunde nicht mit Cayetana schlafen wollte, und wie lange es dauerte, bis die anderen seinem Beispiel folgten. Wann fing sie an, alt zu werden; die Betten zu machen, die andere am nächsten Tag zerwühlen würden. Und anschließend denkt sie an sich selbst. An ihre fünfundzwanzig Jahre, an ihre Brüste, die allmählich aufhören werden, so fest zu sein – doch daran kann es nicht liegen, auf keinen Fall, denn der Señorito hat sie nicht einmal gesehen –, an das hässliche behaarte Muttermal an ihrem Hals – sie ließ nicht zu, dass der Arzt von Madame Lenotre es ihr herausschnitt, wie dumm – und zum Schluss stellt sie sich den jungen, aber blinden Señorito Hunter in wenigen Jahren vor, vielleicht in weniger, als sie jetzt denkt. Der Señorito Hunter nur ein wenig weniger jung, aber genauso blind, der mit seinen zittrigen Händen über ihren Körper fährt und ihr ins Ohr flüstert: »Auch ich, meine Liebe, auch ich bin allein geblieben«. Ein Frösteln. Über Carlos' Gedanken reden wir besser nicht.

*Lima, den 19. Juni 1905*

*Allerliebster Freund,*

*bitte verzeihen Sie mir diese Zeilen, selbst meine Handschrift ...
Ach, ich bin wütend! Sogar die Hand, mit der ich die Feder halte
und diese Buchstaben schreibe, zittert mir. Ich weiß, die Handbü-
cher werden sagen, eine Señorita müsse umsichtig und bedachtsam
sein und niemals starke oder übertriebene Gefühle zum Ausdruck
bringen. Ich aber sage, es gibt Momente, in denen man der Seele weder Knebel noch Fesseln anlegen kann. Sind Sie nicht meiner Meinung? Und heute Abend fühle ich einen so großen Zorn, dass ich
bestimmt gegen das Benimmbuch von Saturnino Calleja verstoßen
würde, doch ich hoffe, dass Sie, mein lieber Freund, mir verzeihen
können. Wer, wenn nicht Sie, der loyale Vertraute aller meiner Gedanken, sogar jener, die jedes Protokoll verletzen ...!
Meine Freundin Carlota hat mich in diesen Zustand versetzt. Habe
ich Ihnen von ihr erzählt? Gewiss, uns verbindet eine alte Freundschaft ... Doch gleichzeitig gibt es so viele Unterschiede, die uns trennen! Heute Nachmittag beging ich den Fehler, ihr das Geheimnis
dieser Briefe anzuvertrauen. Sie hätten sehen sollen, wie sie mich
angeschaut hat, wie empört sie war! Diese langen, fortwährenden,
persönlichen Briefe, die wir uns schicken, erscheinen ihr wenig anständig. Mit einem Fremden! Stellen Sie sich das Drama vor. Wie
könne ich es mir herausnehmen, diese Briefchen, die weit über
das Angemessene hinausgehen, an Sie zu schicken. Sechs Bögen in
einem Umschlag, und sechs Umschläge mit einem Dampfer, und
dann spräche ich auch noch von so vielen intimen Dingen ... Ginge
es nach ihr, hätten wir über nichts anderes als das Wetter gesprochen. Von den Regengüssen, die auf Ihr Madrid niedergegangen
sind, und den sommerlichen Hitzewellen, welche die Felder meines geliebten Lima verbrannt haben, oder ob es Ihrer Mamá wohl*

ergeht oder nicht. Besser noch: Wir hätten niemals auch nur einen Brief gewechselt, denn im Namen von welchem Heiligen hätte ich Sie um ein Buch bitten, geschweige denn Sie es mir gewähren sollen. Es fehlte nicht viel, und sie hätte mich der Schamlosigkeit bezichtigt! Sagen Sie mir bitte, dass Sie ebenso vor Wut zittern, wie ich es tue. Oder denken Sie etwa dasselbe? Glauben auch Sie, ich sei bloß ein launisches, verzogenes, vorlautes junges Ding, dessen Frechheit beleidigend oder allenfalls belustigend ist? Ah, seien Sie nicht grausam! So groß wäre mein Verdruss, so groß, müsste ich diese Worte aus Ihrem Mund, Ihrer Hand und Ihrer Feder vernehmen ...

Nein. Ich weiß, dass Sie meiner Meinung sind. Dass auch Sie denken, dass es im Zwiegespräch der Seelen weder Polizisten noch Kerkermeister geben darf, und nicht mehr Protokolle als jene, welche ihnen das Gewissen auferlegt. So nachdrücklich die Katechismen der guten Erziehung im entsprechenden Kapitel auch darauf hinweisen, dass eine Señorita »die Pflicht hat, ihre Briefe voller Vertrauen den Eltern auszuhändigen«, und dass ihre Antworten »klar und deutlich ausdrücken sollen, was man sich vorgenommen hat, ohne Umwege, welche auf Kosten der Deutlichkeit gehen«. Aber, ach! Was, wenn ein Mädchen sich genau dies vorgenommen hat: zuzulassen, dass alles ein riesiger Umweg ist, und dass diese überflüssigen Worte irgendwie die Sprache ihrer Seele sprechen? Bitte sagen Sie, dass Sie mich verstehen. Dass Sie diese Sprache, wie ich, fortschreiben wollen. Heute Abend mit Ihnen sprechen, morgen mit Ihnen sprechen, immer mit Ihnen sprechen.

Doch wir sollten meine Freundin und ihre Katechismen lieber vergessen und uns bitte so behandeln, wie wir es gewohnt sind. Lassen Sie mich Ihnen noch einige Dinge erzählen, so viele Dinge, dass ich wünschte, dieser Brief würde nie enden ...

Endlich ist der Moment gekommen, die Geschichte der philanthropischen Ratte zu erwähnen, die niemand erzählt hat, und die niemand jemals erzählen wird, wenn wir das nicht jetzt in Ordnung bringen. Eine Ratte wie so viele andere, *Rattus Norvegicus*, die schon so oft die Route Buenos Aires-La Coruña mit demselben Dampfschiff befahren hat, auch wenn sie nicht weiß, dass es La Coruña und Buenos Aires gibt. Es ist sogar vernünftig zu denken, dass sie an nicht mehr Welt als den Laderaum ihres Schiffes glaubt. Das Universum misst hundert Meter Schiffslänge und achtzehn Meter Schiffsbreite, und dort verläuft ihr winziges Rattenleben, eine endlose, mit Tonnen und Kisten und Leinensäcken möblierte Nacht. Wie so viele Postangestellte, hat auch sie einen Weg gefunden, auf Kosten der transatlantischen Korrespondenz zu leben: Sie nistet in der Wärme der Postsäcke, nagt an dem köstlichen Siegellack, und ernährt sich von den Briefen, die einmal alle vier Wochen den Ozean überqueren. Eine besondere Schwäche hat sie für Briefumschläge mit offiziellen Stempeln, diese maschinengeschriebenen Seiten, die stets mit denselben Worten beginnen: *Die Regierung von Argentinien bedauert, Ihnen mitteilen zu müssen.* So füllt sich ihr winziger Magen nach und nach mit zahllosen traurigen Nachrichten, die niemals mehr gelesen werden, und in gewisser Weise gehören sie genau dorthin, denn wozu muss eine Mutter wissen, dass ihr ausgewanderter Sohn von der Tuberkulose dahingerafft wurde, warum sollte man sie nicht in dem Glauben alt werden lassen, dass ihr Fleisch und Blut in Amerika das Glück gefunden hat, von dem so viele träumen. Es gibt Dinge, die man besser nur zur Hälfte weiß, oder auf andere Art oder gar nicht, und wenn José und Carlos dabei wären, einen fantastischen Roman zu schreiben, wenn sie glauben würden, dass das Übernatürliche sich in eine ansonsten realistische

Erzählung einschleichen kann, dann würden wir sagen, dass die Ratte unsere Meinung teilt. Dass sie auf irgendeine geheimnisvolle Weise gelernt hat, die traurigen oder unnötigen Briefe zu erkennen, diejenigen, die niemals hätten geschrieben, geschweige denn verschickt werden dürfen. Doch dies anzuerkennen käme einem anderen Genre gleich, einem, in dem seine Autoren nicht bereit sind zu kentern, und wir haben ja schon gesagt, dass ihr Roman ein realistischer Roman ist oder zumindest danach strebt, einer zu sein. Eine Komödie zuweilen, zuweilen eine Liebesgeschichte und manchmal vielleicht sogar eine Tragödie, doch alles in allem realistisch. Sie wollen nur die Romanze von Georgina Hübner und Juan Ramón Jiménez erzählen, und nicht das Leben einer Ratte, die liest, und urteilt und Mitleid mit den Menschen hat. Das ist unmöglich, schlimmer noch, es würde ihre Erzählung vermasseln.

Sagen wir also: Die Ratte frisst nur deshalb Briefe, weil sie Hunger hat. Sagen wir auch: Sie bevorzugt die traurigen Briefe aus einem Grund, den wir nicht kennen – vielleicht gibt es einfach mehr davon als gute Nachrichten; vielleicht bevorzugt sie in Tinte getränktes Papier, und alle Welt weiß, dass das Glück nicht viele Worte braucht. Sie ernährt sich von den Nachrichten, die demjenigen Schaden zufügen, der sie empfängt, und heute ist der fünfundzwanzigste Brief, den Georgina an Juan Ramón schreibt, an der Reihe. Davor hat sie die erste Mitteilung verschont, die ein Auswanderer an seine Familie schickt – wie groß Buenos Aires ist, Mutter, es würde dich überraschen. Viel größer als Santander, Torrelavega und Laredo zusammen –, und die Nachricht einer hässlichen Tochter, die wunderbarerweise verheiratet schien und nun doch nicht heiratet, bis auf die Briefmarken abgenagt. Jetzt hält sie vor Georginas Brief inne. Sie beschnüffelt ihn mit ihrem gierigen Schnäuzchen. Sie zieht ihre winzigen Lefzen zurück und bereitet sich auf den ersten Bissen vor, wobei sie womöglich von dem Parfümgeruch des Büttenpapiers etwas benebelt ist. Man könnte meinen – doch wie sollten wir dies wirklich meinen? Es handelt sich wohlgemerkt bloß um eine Redensart –, dass sie den vergifteten Inhalt des Umschlags versteht; dass sie weiß, dass Georgina bis zu diesem Zeitpunkt nicht mehr als eine der kleinen Befriedigungen des Alltags für Juan Ramón gewesen ist, nicht bedeutungsvoller als ein sonniger Nachmittag oder der unerwartete Besuch eines Freundes, und nun ist diese Handvoll Wörter drauf und dran, alles zu verändern. Liest Juan Ramón auch nur einen weiteren Brief, wird er in die Falle gehen, er wird sich endgültig und vollständig in Georgina verliebt haben und sie in jene Muse mit melancholischem Blick und luftigem Schleier verwandelt haben, die seinen Gedichten vorsitzt, und was als Komödie begann – zwei Dichter, die so tun, als wären sie arm, und die auch so tun, als wären sie eine Frau –, wird als Tragödie enden – ein Mann, der versucht, ein Gespenst zu lieben. Alles hängt davon ab, ob sie den Brief verschlingt oder nicht, doch es ist offensichtlich, dass sie es am Ende nicht tut, denn wenn der Brief verschwindet, ist auch mit dem Roman Schluss, und er muss doch noch viele Seiten weitergehen.

Von jetzt an wird das Werk also notwendig zur Tragödie, und Schuld ist nur die Ratte. Der Brief wird ankommen, und der verliebte Dichter wird nach Peru reisen wollen, um sich mit Georgina zu verloben, und dann mal sehen, wie die armen Dichter damit zurechtkommen, diese Kinder mit schütteren Oberlippenbärtchen, die noch vor kaum einem Jahr in der Hocke Pisco urinierten. Wenn wir von Tragödie sprechen, dann zunächst von der der Ratte, die niemals die Zeit haben wird, den Umschlag anzunagen, von dem Seemann, der auf der Suche nach einer Ladung herunterkommt und aus dem Augenwinkel Bewegungen im Postsack sieht, den Besen wie ein Schwert erhoben, die verzweifelte Flucht, Schreie, Schritte, Flüche, Schläge, der sichere Unterschlupf, der nicht rechtzeitig erreicht wird, der dumpfe Knall des Besens auf dem kleinen Körper. Einmal, zweimal, dreimal. Und nach dem Tod die Himmelfahrt, die Ratte wird am Schwanz die Treppe hinauf gebracht und sieht noch mit im Todeskampf zitternden Augen jene andere Welt, deren Existenz sie niemals vermutet hat, das unbekannte Schiffsdeck und darüber den blauen Himmel mitten im Nirgendwo, auf halbem Weg zwischen La Coruña und Buenos Aires.

Dies war also das Leben, denkt sie noch schnell, als sie über Bord geworfen wird, und dies, überlegt sie vielleicht, während sie ins tiefe Wasser sinkt, dies muss der Tod sein.

# 3.
# EINE TRAGÖDIE

Von nun an kehrt Carlos jedes Wochenende in das Bordell zurück. Am meisten ist das Mädchen überrascht, denn sie ging nicht davon aus, weiterhin Teil des Romans zu sein.

Seit dem letzten Kapitel scheint sie einige Veränderungen erfahren zu haben. Natürlich ist sie nach wie vor eine Nebenfigur, doch auf ihre Weise schafft sie es, beinahe eine bescheidene Hauptfigur zu werden. Sogar ein wenig hübscher sieht sie aus, und so ist es ein bisschen weniger unerklärlich, dass er sie wiedersehen will. Vielleicht wäre ihr unbedeutendes Leben tatsächlich ein paar Zeilen wert, eine ganze Seite womöglich.

Doch Carlos wird nicht ein einziges Wort dieser armseligen Erzählung lesen. Er wird ihr Zimmer im Dachgeschoss niemals zu Gesicht bekommen, auch nicht das Bett, das sie sich mit Mimí und Cayetana teilt. Weder wird er sehen, wie sie Arm in Arm schlafen, noch, wie sie sich um die große Parfümflasche streiten. Manchmal lachen sie gemeinsam, wenn sie sich an einen bestimmten Alten oder an einen bestimmten krummen Schwanz erinnern, und auch von diesem Gelächter wird er niemals wissen. Vielleicht versteckt sie unter ihrer Matratze das Bild einer Frau, eine vielmals geflickte Fotografie, die aussieht, als hätte jemand sie voller Wut zerrissen und sich anschließend bemüht, die Schnipsel wieder zusammenzusetzen. Ein einziger Schrank für alle und darin ihr einziges Straßenkleid, das viel zu stark nach Naphtalin riecht, weil sie schon lange von keinem mehr ausgeführt wurde. Auch nicht von Carlos. Vor den Fenstergittern ein Stuhl zum Sitzen. Ein Stuhl, um lange in diese Außenwelt zu schauen, an die sie sich kaum noch erinnert. Und in Madame Lenotres Zimmer der Grund, der die Notwendigkeit des Gitters erklärt: ein Geschäftsbuch, das belegt, dass das Mädchen, nach Abzug der Ausgaben für Unterhalt, Wäscherei und Parfümerie – nicht zu vergessen die Kosten für zwei Abtreibungen und die Extraktion eines Backenzahns –, dem Haus noch immer eine Gesamtsumme von dreihundertfünfundvierzig Sol schuldet.

Eine Seite. Das ist jetzt aber mehr als genug. Denn weder ihr verschlissenes Bett noch das Schuldenbuch noch die geflickte Fotografie und auch nicht die Gitter werden jemals wichtig genug sein, um in Georginas Roman zu erscheinen.

Er traut sich nicht einmal, sie zu berühren. Zumindest behauptet sie das, und die Offenbarung fasziniert die Mädchen. Das Bordell hat Kunden mit allen Arten von Perversionen und Launen erlebt, doch dieser Mann, einer, der fünf Sol die Nacht bezahlt für nichts, ist zweifellos der Extravaganteste von allen. Jedes Mal, wenn sie ihn im Foyer sitzen sehen, wo er ungeduldig immer wieder seinen Hut von der einen Hand in die andere nimmt, lachen die Mädchen. Sie nennen ihn den Verdatterten. Dein Verlobter, der Verdatterte, ist da, sagen sie, und sie lächelt oder wird wütend, je nach Gemütszustand. Meistens wird sie wütend. Man könnte fast meinen, sie sei dabei, Gefühle für ihn zu entwickeln. Oder vielleicht ist es sein großzügiges Trinkgeld, das sie in Wahrheit interessiert. Jedenfalls befiehlt sie den Mädchen zu schweigen und kämmt weiter ihr Haar oder rückt ihre Ohrringe zurecht, doch dann lachen sie nur noch lauter, und auch die Ermahnungen der Madame – Vorsicht, ihr verrückten Hühner, er wird euch hören – nützen nichts mehr.

»Macht er dir den Hof, um dich zu heiraten?«

»Hat er dich schon seinen Eltern vorgestellt?«

»Vergiss uns nicht, wenn du eine vornehme Dame bist!«

Als Kunde ist er sehr leicht zufriedenzustellen. Man braucht nicht zu überprüfen, ob er Syphilisgeschwüre auf den Schenkeln hat, man muss ihm auch nicht den Schwanz im Waschtrog einseifen. Man muss weder stöhnen, noch ihn »mein König« oder »mein Hengst« nennen oder sonst irgendwelche lächerlichen Wörter schreien, von denen die Kunden für gewöhnlich so erregt werden. Es genügt, sich neben ihn zu legen und zu reden, wenn der Señorito reden will, oder einfach zu schweigen, wenn der Señorito lieber die Nacht damit verbringt, zu rauchen und an die Decke zu starren, was manchmal vorkommt. Von Zeit zu Zeit fragt er sie nach ihrem Leben, und dann zuckt sie mit den Schultern und spricht von ihrem geteilten Bett, von dem verschlossenen Kleiderschrank, den Schulden, die immer größer werden, den Gittern. Dann wiederum ist es Carlos, der die Zigarette aus dem Mund nimmt und irgendeinen Gedanken fallen lässt oder irgendeine belanglose Anekdote erwähnt. »Heute war ich bei einer Untersuchung.«

»Gestern war ich am Hafen. Die Hafenarbeiter verdienen wieder genauso viel wie vorher, doch jetzt gibt es nicht einen einzigen, der protestiert.«

»Heute Morgen habe ich Ventura getroffen, und er hat mich gefragt, ob ich etwas von José weiß, und ich habe ihm gesagt, dass ich nichts weiß. Anscheinend weiß seit Wochen niemand etwas.«

Anschließend drückt er die Zigarette aus, und dabei hört er auf zu reden, mitten im Satz, als würde er ihn löschen. Irgendwie scheinen diese Beichten mit dem Akt verbunden zu sein, jene Zigaretten zu rauchen, um sie dann auszudrücken und sie mit Inbrunst in das Metall des Aschenbechers hineinzudrehen.

Eines Nachts sagt er ihr, er sei Dichter. Währenddessen schaut er sie feierlich an, als wolle er die Wirkung ermessen, die diese Nachricht auf sie hat. Sie antwortet nicht sofort. Viel weiß sie nicht über Dichter, außer, dass es sehr arme Männer sind, beinahe Bettler, die immer an Tuberkulose sterben. Und Carlos, der so gesund und stets so gut gekleidet ist, hat nichts von beidem. Vielleicht ist er ein wenig dünn, doch das hat bestimmt keine Bedeutung. Deshalb lächelt sie und nickt sogar mit vorgetäuschter Begeisterung, als er sie fragt, ob sie nicht zufällig Lust habe, eines seiner Gedichte zu hören. Sofort zieht Carlos ein Blatt Papier heraus und liest lange und mit einer Stimme, die nicht ihm zu gehören scheint. Anfangs unterbricht sie ihn, um nach der Bedeutung einiger Wörter zu fragen. Später sagt sie nichts mehr. Sie lauscht dem sterilen Klang von »gülden«, »Gemme« oder »ehern«, ohne den Mund zu öffnen. Als Carlos fertig ist, fragt er sie, ob es ihr gefallen habe, und sie antwortet sehr schnell, ja, und lächelt angestrengt. Und im selben Tonfall fügt sie hinzu: Aber der Señorito ist mit jedem Tag dünner, er sollte etwas mehr essen und sich stärken; er soll nicht vergessen, dass im Panteoncito gerade eine neue Tuberkuloseepidemie grassiert.

Manchmal aber redet er nicht und starrt auch nicht an die Decke, und das sind ihre Lieblingsnächte. Die Nächte, in denen er sich neben sie legt und so tut, als würde er auf verschiedene Kleinigkeiten achten, doch in Wirklichkeit schaut er sie an, nur sie. Das ist ein neuer Blick, ein Blick, der in jene andere Welt zu gehören scheint, die sie durch die Gitter erspäht, und durch den sie sich ein bisschen weniger wie eine Hure fühlt. Sie ahnt, dass er nicht wirklich sie anschaut, nicht sie berührt, dass das, was er auf ihrem Körper sucht, bestimmt der Schatten oder die Erinnerung einer anderen Frau ist. Doch es ist schmeichelhaft, und sie will, dass das Gefühl andauert. Die ganze Nacht lang, wenn möglich.

Auch über die Liebe sprechen sie. In jenem Zimmer, das nach Karmin und Parfüm riecht. In den Betten, in denen so viele Männer ohne ihre Ehefrauen geschlafen haben. Sie sprechen über die Liebe, oder besser gesagt, Carlos spricht darüber, während sie ihn aufmerksam betrachtet. Sie ist sein Publikum. Fünf Sol die Nacht und schon kann die Vorstellung beginnen. Wie betrunken spricht er von stürmischen Liebschaften, von unüberwindlichen Hindernissen, von Briefen, Rivalen, Gedichten, die keinen Autor haben, von Verlusten, vor allem von Verlusten, die nicht ersetzt werden können. Während er seltsame Wörter benutzt, zündet er sich Zigaretten an und drückt sie wieder aus. Wörter, die nicht ihm zu gehören scheinen, ebenso wenig wie seine Stimme, wenn er Verse rezitiert. Man könnte meinen, er habe sie einem seiner Gedichte entnommen, oder besser, der Handlung eines Fortsetzungsromans. Gewiss, das Mädchen ist Analphabetin und hat noch nie einen gelesen, doch sie ist es gewohnt, dass Mimí sie ihr laut vorliest, und dass sie stürmisch umarmt wird, wenn es dem Prinzen endlich gelingt, die Prinzessin zu finden. Sie weiß also sehr gut, wovon er spricht. Wie die Figuren in diesen Romanen hofft Carlos, die Liebe möge ihm all das geben, was ihm sein Geld nicht beschaffen kann, und sie ahnt, dass sein Leiden in dieser Überzeugung wurzelt. Im Übrigen hat sie die Literatur und vielleicht sogar die Liebe schon immer für einen gefährlichen Luxus gehalten. Sie denkt an Mimí, deren Leidenschaft für Liebesgeschichten sie in gewisser Weise auch teuer zu stehen gekommen ist: zehn Centavos pro Woche für die nächste Ausgabe von *Der Prinz und die Odaliske der Südsee,* die Madame Lenotre gewissenhaft der Spalte »Schuldet« in ihrem Büchlein hinzufügt.

Gelegentlich spricht er auch von Georgina. Tatsächlich scheint er immerzu von Georgina zu sprechen, selbst dann, wenn er sie gar nicht erwähnt. Das Mädchen weiß nicht viel über sie. Sie stellt sie sich weiß und sehr ernst und vor allem sehr langweilig vor, mit einem Fächer in der Hand, den sie träge bewegt, während sie in ihrem Garten sitzt und immer dieselbe endlose Limonade trinkt. Ein wenig kränklich, das auch, fast leichenhaft. Sie weiß nicht warum, doch sie hat angefangen, ein leichtes Unwohlsein in der Brust zu spüren, wenn Carlos sie nachts zu häufig erwähnt. Es ist ein Stich der Eifersucht, doch das weiß sie nicht. Sie weiß nicht einmal genau, was dieses Wort bedeutet, Eifersucht, denn sie hat noch nie etwas besessen und folglich auch noch nie befürchtet, es zu verlieren.

Es erscheint ihr wahrscheinlicher, zu denken, sie habe bloß Hunger.

In manchen Nächten erlaubt sie sich, dem Señorito Fragen zu stellen. Sie fühlt sich wohl in der Rolle der Nebenfigur, die den Hauptdarstellern den Raum gibt, über sich selbst nachzudenken. Manche dieser Fragen sind indiskret, doch sie kommen ihr so unschuldig über die Lippen, dass es ihn rührt. Nach jeder Frage sagt sie: Der Señorito muss darauf nicht antworten. Doch dem Señorito macht es nichts aus. Eines Tages bringt er sogar genügend Vertrauen auf, um von der polnischen Prostituierten zu erzählen. Vielleicht beantwortete er eine Frage über seine sexuelle Initiation, oder über seine Jugendzeit, oder über seine erste Liebe. Vielleicht aber beantwortet er keine Frage, sondern beginnt einfach, von ihr zu erzählen, und fertig. Sie lauscht dieser Geschichte mit größerem Interesse, und einen Moment lang fühlt sie erneut denselben Stich. Vor allem, als sie den Preis hört. Vierhundert Dollar! Sie benutzt die Hände, um zu zählen, wie viele Sol das sind, wie viele Nächte man mit ihr verbringen muss, um nur eine Nacht mit der Polin zu haben. Doch sie ist nicht gut im Zählen, am Ende gibt sie auf. Sie kommt zu dem Schluss, dass es viele, sehr, sehr viele Nächte sind. Mehr Nächte als das Jahr hat. Vielleicht sogar mehr Nächte als ein Leben.

Sie wüsste gerne, ob er mit der Polin geschlafen hat. Ob er diese Frau, dieses Mädchen, genau so angesehen hat, wie er jetzt sie ansieht. Doch sie wagt es nicht, ihn danach zu fragen. Carlos klärt nichts auf, die Geschichte endet, und sie entscheidet im Stillen, dass sie sehr wohl miteinander geschlafen haben. So denkt sie und lächelt. Wenn der Señorito sie nicht anfasst, dann, weil sie ihm etwas bedeutet, die Polin dagegen war nur eine gewöhnliche Nutte, ein vierhundert Dollar teures

Püppchen, das man besteigt, ohne sich dabei etwas zu denken. Dass er sie auf dem Bett oder auf dem Boden nackt ausgezogen und ihr vielleicht wehgetan hat, weil es letztendlich nichts bedeutete. Dass er auf ihr, unter ihr, mit ihr, in sie eindringend und aus ihr herauskommend bestimmt alles gelernt hat, was ein Mann über eine Frau wissen muss. Dass sie seinetwegen im Laufe einer Nacht mehr Tränen vergossen hat als während der einmonatigen Überfahrt über den Atlantik.

Und man muss zugeben, dass ihr diese ergreifenden und grausamen Bilder gefallen. Die Tränen der Polin trösten sie, denn sie ist eifersüchtig – der stechende Hunger, wieder einmal –, denn ihre peruanische Jungfräulichkeit war nie vierhundert Dollar wert, nicht einmal einen ganzen Dollar, und deshalb liegt eine gewisse ausgleichende Gerechtigkeit in diesem Leid, in diesem Schmerz einer kleinen weißen Europäerin, die in den folgenden Nächten gespürt haben muss, wie ihr Körper jedes Mal etwas weniger wert war, hundert Dollar, zwanzig Dollar, zwanzig Sol, ein Sol, am Ende eine Nickelmünze, nur eine beschissene Nickelmünze, um sie auf den Boden zu zerren und wieder dasselbe wie immer mit ihr zu machen.

Die Zeit vergeht. José ist wie vom Erdboden verschluckt. Er geht nicht zum Unterricht in der Universität, man sieht ihn nicht einmal mehr im Innenhof auf der Bank sitzen und rauchen. Alle sagen, er sei damit beschäftigt, einen Roman zu schreiben. Carlos fragt sich, ob es sich um denselben handelt, oder ob er einen anderen begonnen hat, jedenfalls scheint er sehr beschäftigt zu sein. Er geht nicht mehr aus, und Ventura und seine Freunde erzählen überall, er habe sich sehr verändert. Einen Moment lang hat Carlos den Eindruck, es sei doch die Liebesgeschichte von Juan Ramón und Georgina, die er schreibt, und mehr noch, sein eigenes Leben, das Leben aller. Das Leben von Lima. Die ganze Welt auf seinen Seiten.

Carlos kehrt in die Fakultät zurück. Jetzt, da José nicht da ist, geht er, wann immer er kann. Fast hatte er den Geruch von Holz und Kreide in den Hörsälen vergessen. Wie hoch das Pult ist, auf das so viele mittelmäßige Professoren steigen. Auch an die Namen seiner Kommilitonen erinnerte er sich kaum noch, ganz zu schweigen vom Gesetz des *Habeas Corpus* oder von gewissen Feinheiten im napoleonischen Zivilrecht. Doch es ist nicht schwer. Ein paar Stunden pro Tag – so viel freie Zeit hat er jetzt –, und er lernt alles, ein bisschen spät, doch alles in allem rechtzeitig für die Prüfungen. Denn vielleicht schreibt er keine Romane, nicht einmal Briefe, doch zumindest weiß er, wie man Prüfungen besteht. So denkt er, während er die Antworten schreibt und aus den Augenwinkeln Josés leeren Platz sieht. Seine Eltern sind zufrieden und sagen es ihm sogar. Am Ende war dieser José doch kein guter Einfluss. Die Angelegenheit mit diesem Juan Jiménez ein dummer Spleen. Sie sind stolz, dass Carlos nach und nach, Enttäuschung für Enttäuschung, zu einem richtigen Mann wird. Gewiss, manchmal verbringt er die Nacht außer Haus, und das ist natürlich nicht in Ordnung, doch wer will ihm das vorwerfen, er ist jung, es ist Frühling; besser so, als wenn er mit einem anständigen Mädchen herumturtelt, mit einem von der Sorte, die so anständig ist, dass sie schwanger wird, aber nicht abtreibt. Letzten Endes ist er ein guter Sohn. Jemand, der sich um das Erbe der Familie kümmern wird, wenn sie sterben.

Auch Sandoval scheint sehr zufrieden zu sein. Er kommt jetzt häufig zu Besuch und bringt neue Bücher und Pläne mit, die Carlos schweigend entgegennimmt. Eines Nachts besteht er darauf, ihn zu einer politischen Versammlung mitzunehmen, die in einer Wohnung in der Calle Amargura stattfinden soll. Ein geheimes Treffen, sogar ein Losungswort gibt es, doch es ist nur geheim, weil es niemanden, nicht einmal die Polizei interessiert. Die meisten der Anwesenden sind italienische Sozialisten und spanische Anarchisten, die behaupten, hinter sämtlichen Attentaten in Europa zu stecken. Sie beichten dies im selben Tonfall, mit dem José verkündete, er habe mit den schönsten Frauen Perus geschlafen. Carlos versteht nur die Hälfte der seltsamen Worte, die sie einander sagen. Irgendwann in dieser Nacht aber spricht Sandoval davon, dass alle Ideologie und auch unser Bewusstsein nur ein Spiegel der materiellen Wirklichkeit sei, und dieser Satz brennt sich ihm ein. Ohne zu wissen warum, denkt er an Georgina. An die fünfzehn Monate ihres Briefwechsels. An die Nächte, in denen er mit dem Gefühl einschlief, dass sie irgendwo in Lima schreibt und atmet. Und er fragt sich, ob sie ein solches falsches Bewusstsein ist, von dem Sandoval und seine Freunde sprechen, oder ob es an irgendeinem Ort wirkliche Ideen gibt, die so wahrhaftig sind wie der Klassenkampf oder die jährliche Stahlproduktion.

An manchen Nachmittagen tragen ihn seine Schritte zur Mansarde. Er wechselt ein paar belanglose Worte mit dem Nachtwächter und steigt anschließend sehr langsam die Treppe hoch, wobei er sich bei jeder Stufe am Handlauf festhält. Er fühlt sich wohl, wenn er zwischen den kaputten Möbeln und den Leinensäcken sitzt und lernt. Mit lauter Stimme wiederholt er die rhetorischen Elemente einer Rede – *inventio, dispositio, elocutio* –, und die Strafe, die das Gesetz für das Delikt des Identitätsdiebstahls vorsieht – drei Jahre Gefängnis. Genau dort, wo sie einst Verse von Baudelaire, von Yeats, von Mallarmé deklamierten. Und in den Pausen zwischen den Übungen denkt er an viele Dinge. An den Magister, den er seit Wochen meidet; all diese Umwege, damit er nicht über die Plaza Mayor gehen und ihm unter den Arkaden begegnen muss und dann was, was soll er ihm dann sagen. Er denkt an Ventura und dessen Freunde, die immer seltener in den Club und zum Billard kommen. So verschwunden wie José, und mit ihm die Briefe, die er zweifellos weiter schreibt, und die Carlos nie mehr lesen wird, leere Kapitel in dem Roman, der einmal ihm gehörte.

Oft denkt er: Auch ich bin eine Figur in diesem Roman. Auf den Seiten, die José schreibt, ist alles dokumentiert, sogar seine regelmäßigen Besuche bei dieser Hure, mit der er nie schläft. Er fragt sich, ob es irgendwo eine Erklärung für bestimmte Dinge gibt, wer weiß, ein Kapitel, eine Seite, oder nur eine Zeile, die sagt, warum er jede Nacht neben einer Hure schlafen muss. Zumindest er würde es gerne wissen. Er hatte Zeit, verschiedene Erklärungen zu prüfen, nicht mehr vor dem Spiegel, sondern in der staubigen Einsamkeit der Mansarde. Dass sie ihn an Georgina erinnert. Dass sie ihn an die polnische Prostituierte erinnert. Dass er jemanden braucht, der an Georgina glaubt. Dass er sich einsam fühlt. Ihm ist sogar der Gedanke gekommen, sein Vater könne recht gehabt haben mit der Befürchtung, der exzessive Genuss von Dichtung habe ihn verweiblicht.

Wie oft hatte er ihn gewarnt, wenn er ihn, als er noch klein war, mit einem Gedichtband überraschte: Du wirst sehen, dieses Laster der Metaphern macht dich am Ende zu einem warmen Bruder. Und da ist er nun, unfähig, von einer schönen Frau erregt zu werden, und gibt seinem Vater mit zehn Jahren Verspätung recht.

Auch träumt er von Josés Roman. Dass er auf den Seiten gefangen ist und gezwungen, das zu tun, was der Erzähler sagt. Das ist sein schlimmster Albtraum: ein warmer Bruder in Josés Roman zu sein. Zu entdecken, dass er es nur ist, weil der Erzähler will, dass er es sei.

Die Geschenke des Señorito, immer so extravagant und gleichzeitig so wunderschön. Wie das eine Mal, als er beladen mit Paketen und Schachteln auftaucht und sie bittet, sie zu öffnen, schau hinein und sag mir, ob sie dir gefallen, ob sie dir passen. Es ist schade, dass man die Verpackungen aufreißen und die Schleifen, die so schön sind, zerschneiden muss, doch endlich fasst sie sich ein Herz und zieht mit großen Augen Unterröcke und Hüte, Mieder und Röcke, Schleier aus Satin und Schuhe und Abendkleider hervor. Gaze, die so fein ist, dass man das Gefühl hat, Luft zu greifen, als hätte man dem Nichts Nähte gemacht. Er behauptet, es handele sich um Kleider, die seine Mutter und seine Schwestern nicht mehr tragen, und man muss so tun, als glaube man ihm, obwohl die Sachen neu riechen und es offensichtlich ist, dass niemand Zeit gehabt hat, die Dessous zu verschleißen. Die Kleider seiner Mutter und seiner Schwestern, natürlich, aber auf dem Boden der letzten Schachtel findet sie eine Quittung mit einer so großen, so monströsen Summe, dass sie sie nicht einmal annähernd begreift.

Von jetzt an wird ›Glücklich sein‹ dies bedeuten. Sie hat es soeben entschieden. Wenn sie das Wort Glück hört – selbstverständlich ist es kein Wort, das man hier häufig hört –, dann wird sie sich selbst sehen, wie sie die Kleider an ihren Bügeln aufhängt. Wie ihre Finger durch den Musselin scheinen. Wie sie den Preis findet und nicht versteht.

»Gefallen sie dir?«, fragt der Señorito ohne die geringste Freude, doch mit einer Art schmerzvoller Hoffnung.

»Aber sind die ... sind die für mich?«

»Für dich, wenn sie dir gefallen.«

Es sind keine Nuttenkleider. Ihr erster Gedanke. Keine Kleider für Nutten, sondern für die Señoritas, die sie durch die Gitterstäbe in ihren Pferdekutschen vorbeifahren sieht. Eine flüchtige

Vision, die gerade so lange andauert, dass sie beginnt, sie zu beneiden, und sie dann wieder verschwinden sieht, und schon nicht mehr weiß, was sie mit der Erinnerung anfangen soll.

»Wie sollten sie mir nicht gefallen ...«

»Warum probierst du sie nicht an?«

Genau, warum nicht? Sie will es sofort tun und beginnt sich ohne weiteres auszuziehen, runter mit dem Rock, dem Strumpfband, dem Unterrock, zur Seite mit den Schuhen, dem Mieder. Die Kleidungsstücke fliegen durch das Zimmer, sie schleudert sie in blinder Raserei von sich, so glücklich ist sie. Das geht so schnell, dass sie bereits halb nackt ist, noch bevor Carlos zur Seite blicken und ihr vorschlagen kann, dass es vielleicht besser wäre, wenn sie die Spanische Wand benutzen würde. Er sagt es zögerlich und ohne sie anzuschauen, und sie erinnert sich zum ersten Mal an die Stellwand hinter der Tür. Dieses Gestell mit den verblassten Blumen und der Oberfläche, die sich anfühlt wie Pergament. Kein Kunde hat das bisher benötigt. Aber ihr wurden auch weder Kleidung noch Schuhe geschenkt oder im Morgengrauen Gedichte vorgelesen, was also soll Schlechtes daran sein, dass Carlos, der besonders ist, sie darum bittet. Die Spanische Wand, warum nicht. Sie bedeckt sich notdürftig mit der Kleidung, die sie noch nicht ausgezogen hat, und errötend und still gleitet sie dahinter.

Während sie sich weiter auszieht, denkt sie über Carlos' Verlegenheit nach. Sie findet zwei oder drei verschiedene Erklärungen, doch am Ende entscheidet sie, dass sie es überhaupt nicht versteht. Denn sie schämt sich nicht für ihren Körper, das hat sie noch nie getan, und ihn den Kunden zu zeigen, ist ihr immer als etwas Natürliches erschienen, genauso, wie niemand an der Nacktheit eines Kindes Anstoß nimmt. Und doch hat Carlos sie auf eine Weise angeschaut, die etwas von einem Kunden hat, ja, und gleichzeitig auch von irgendeinem Prediger, einem Schutzmann, der die Tür zum Bordell versiegelt, von einer vornehmen alten Dame, die sich bekreuzigt, wenn sie ihr auf der Straße begegnet. Als sie hinter der schützenden Stellwand völlig nackt ist, dauert es eine Weile, bis sie sich selbst anschauen kann, und im Licht der Kerzen erscheint ihr dieser Körper harmlos. Doch dann, ganz plötzlich, überkommt sie ein unbekanntes Gefühl. Der Hauch einer Scham, als wäre es nicht sie selbst, die schaute, als hätte Carlos ihr seine Augen geliehen und durch diese Augen würde sie eine unbekannte Neugier auf die Rundung ihrer Brüste und die Kurve ihrer Hüften fühlen, und in diesem Gefühl läge Angst, aber auch Begehren und Schuld und Erregung und Hoffnung. Sie schließt die Augen. Dann beginnt sie sich mit schroffen Bewegungen anzukleiden.

In der ersten Schachtel ist ein weißes Kleid, das ihr bis zu den Schuhspitzen reicht, mit einem Hütchen, Handschuhen und passenden Strumpfbändern. Und als sie hinter der Spanischen Wand hervorkommt, hat sie sich in eine Figur von Sorolla verwandelt, die aussieht, als wäre sie von einem Gemälde zum nächsten spaziert und dann vor einem Bordell von Toulouse-Lautrec stehengeblieben. Natürlich weiß sie nicht, wer Sorolla oder Toulouse-Lautrec sind, doch etwas anderes glaubt sie sehr wohl zu wissen: dass Carlos, als er sie sieht, den Eindruck hat, er betrachte das unbewegliche Bild eines Gemäldes. In diesem Blick erkennt sie Furcht, aber auch Begehren und Schuld und Erregung und Hoffnung. Sie lächelt nervös, die Hände hinter dem Rücken versteckt – ob sie schon aussieht wie eine Señorita? Sieht man ihr die Nutte im Gesicht an? –, aber Carlos erwidert das Lächeln nicht. Stattdessen reicht er ihr einen ebenfalls weißen Sonnenschirm und bittet sie, ihn zu öffnen. Sie zögert. »Bringt das nicht Unglück ...?«

»Nur bei Regenschirmen.«

So ist es, ein Sonnenschirm ist kein Regenschirm, auch wenn sie sich ähnlich sehen. Ein Sonnenschirm dient nicht dazu, vor Regen zu schützen, sondern Schatten zu spenden – und warum wird der Señorito wohl wollen, dass ich ihn beim Licht der Petroleumlampe öffne –, doch sie nimmt ihn entgegen und geht mit kleinen Schritten vom Bett zum Schrank und vom Schrank zum Fenster. Mit den Schritten einer Señora, die ihr Hündchen ausführt. Was würde ihre Mutter sagen, wenn sie sie jetzt sehen könnte – eine echte Dame? Und was würde Carlos sagen, wenn er sich trauen würde, etwas zu sagen, anstatt sie mit halboffenem Mund anzustarren? Egal. Sie ist glücklich, weil der Señorito sie nicht aus den Augen lässt, weil er sie noch nie so aufmerksam angeschaut hat wie jetzt.

Es gibt noch viele andere Kleiderkombinationen, und Nacht für Nacht bittet er sie, alle anzuprobieren. Vielleicht sucht er nach dem Kleid, das ihr am besten steht, jenes, welches sie anziehen wird, wenn sie zum ersten Mal durch die Straßen von Lima spazieren – wofür sonst sollte er ihr so luxuriöse Kleidung schenken. Doch die Zeit vergeht, und sie bekommt keinen Antrag. Die Kleidung bleibt hängen – und verstopft einen der Kleiderschränke von Madame Lenotre –, bereit, jeden Augenblick benutzt zu werden. Denn in manchen Nächten verfällt der Señorito darauf, sie in diesem oder jenem Kleid sehen zu wollen, und dann muss sie es anziehen und anschließend durch das Zimmer spazieren, oder sich auf den Bettrand setzen und so tun, als sei sie mit irgendetwas beschäftigt, während er rauchend in einer Ecke des Zimmers sitzt und sie durch den Qualm hindurch betrachtet. Und ihr erscheint das natürlich seltsam, doch gleichzeitig sehr leicht hinzunehmen, denn alles entstammt derselben entfremdeten und schönen Welt, wo nackte

Körper Scham verursachen, die Nutten wie Señoritas behandelt werden und die Männer diese Señoritas nicht besteigen, sondern es vorziehen, ihnen Gedichte vorzulesen.

Einige Modelle sind sehr lustig. So gibt es einen altmodischen Rock mit dazugehörigem Umhang, die aussehen, als hätte der Kleiderschrank einer Großmutter sie ausgespuckt, und der Señorito bittet sie oft, diese Kombination anzuziehen. Was für Ideen er hat; er sitzt dort, und sie bedeckt sich mit dem Umhang den Kopf und lässt nur ein einziges Auge frei. Ein Auge, das, getrennt von ihrem Gesicht, einer Jungfrau gehören könnte, oder einer Nutte, oder einem Mann. Unter dem Umhang lacht sie lautlos, denn es ist wirklich zum Lachen, doch der Señorito bleibt ernst.

Oder die Nacht, als sie jene Ausstattung anprobiert, die einem kleinen Mädchen zu gehören scheint – ein geknöpftes Sommerkostüm, langer blauer Rock, rosafarbene Strümpfe, sogar ein paar Schleifen, um die Zöpfe zu schmücken, die sie nicht hat. Und als der Señorito sie hinter der Stellwand hervorkommen sieht, ist er ganz verdattert. Wie recht die Mädchen hatten, als sie diesen Spitznamen erfanden, der Verdatterte, dein Bräutigam, der Verdatterte, ist gekommen. Und der Verdatterte – der allerdings nicht ihr Bräutigam ist – nähert sich langsam, als erkenne er sie, und streckt die Hand aus, um ihr Gesicht zu streicheln. Der Señorito, wie er sie berührt. Und dann säuselt er diesen seltsamen Satz, der von weither zu kommen scheint.

»*Che is to morro* ...«

Zu Beginn achtet sie nicht darauf, denn bestimmt ist es ein weiteres dieser unverständlichen Wörter, die der Señorito so gerne in seinen Gedichten verwendet. Gülden, Gemme, ehern und jetzt eben, warum nicht, *che is to morro*. Doch dann denkt sie, dass es vielleicht etwas anderes bedeutet, dass es vielleicht so ist, wie als der Prinz die Odaliske der Südsee rettet und ihr, bevor er sie küsst, sagt, dass er sie mehr als sein eigenes Leben liebt, und sie, die seine Sprache nicht spricht, ihn trotzdem versteht, weil man solche Dinge eben weiß. Das stellt sie sich in ihrem Kinderkleid vor: Carlos, der ihr auf Persisch sagt, ich liebe dich, ich nehme dich mit; auch ich werde dich nicht vergessen, niemals.

»*Chcę iść do domu*«, murmelt sie, und versucht so gut sie kann, die wunderschönen Klänge nachzuahmen, die sie gerade gehört hat.

Carlos braucht eine Weile, bis er reagiert. Er blinzelt und schaut ihr anschließend halb überrascht und halb zufrieden in die Augen. Plötzlich wirkt er äußerst gut gelaunt. Sie bemüht sich, den Satz geduldig zu wiederholen und dabei das Lächeln beizubehalten.

»*Che is to morro.*«

»*Che is do domo.*«

Und er, noch langsamer:

»*Che-is-to-morro.*«

»*Che is to morro.*«

Er beginnt zu lachen:

»Besser.«

Von jetzt an wird ›Glücklich sein‹ dies bedeuten. Sie hat es soeben beschlossen. Dem Señorito ganz nah sein, und ihn lachen sehen, und gemeinsam bis zum Morgengrauen *Che is to morro* wiederholen.

Jemand ruft seinen Namen. Er überquert die Jirón de la Unión, und inmitten der Menschenmenge dauert es eine Weile, bis er ihn erkennt. Endlich sieht er ihn aus einer nahen Bar kommen, mit schwankendem Schritt und vom Alkohol gerötetem Gesicht. Der Magister Cristóbal.

»Sieh an, sieh an, wer sich hier blicken lässt. Wenn das nicht das eilfertige Vetterchen ist.«

Das sagt er. Und dann:

»So lange haben Sie mich nicht besucht. Ich dachte, Sie wären tot, mein Freund.«

»Nein, ich war nicht tot«, antwortet Carlos, als wäre es nötig, diesen Punkt zu klären. »Ich war in letzter Zeit nur sehr beschäftigt.«

Unter seinem Arm trägt er ein Buch, und Cristóbal nimmt es ihm mit einer schroffen Bewegung ab.

»Sehen wir uns das doch einmal an ... Ah! *Einführung in das kanonische Recht*. Gut, gut. Einen Moment lang dachte ich, es handele sich um einen Liebesroman. Ich hatte Angst um Sie, doch bei dieser Art von Büchern besteht keine Gefahr ...«

»Nein, es ist kein Liebesroman«, erwidert Carlos und bestätigt erneut das Offensichtliche.

Doch der Magister will darüber sprechen: von Liebesromanen. Er möchte gerne wissen, was mit dem Cousinchen geschehen ist. Ob sie sich letztendlich den spanischen Dichter geangelt hat. Und vor allem, fügt er mit einem Lächeln hinzu, was er falsch gemacht hat, dass ihm sein bester Kunde verloren ging. Auch Carlos bemüht sich, zu lächeln. Er habe nichts falsch gemacht, antwortet er, er solle sich deswegen keine Sorgen machen. In den letzten Monaten habe sich lediglich die Beziehung zu seiner Cousine ein wenig abgekühlt.

Er macht eine Pause, räuspert sich. Er sucht einen Vorwand, um sich zu verabschieden und seinen Weg fortzusetzen, doch der Magister lässt ihm keine Zeit dafür. Er runzelt die Stirn.

»Sie haben also Streit miteinander.«

»So ähnlich.«

»Und Sie wissen natürlich auch nicht, wie es mit dem Dichter steht. Ob die Beziehung andauert oder nicht.«

»Nein.«

Cristóbal hat begonnen, eine Zigarre auszuwickeln. Er beobachtet aufmerksam die Bewegungen seiner Finger, als wäre dieser Vorgang zu einer schwierigen Aufgabe geworden, oder als dächte er nach.

»Nun gut. Machen wir uns keine Sorgen um sie. Sicher hat sie jemanden gefunden, der ihr hilft, meinen Sie nicht? Zum Beispiel diesen Freund von Ihnen, der, der ihr nicht zugetan ist ...«

Carlos weiß nicht, was er antworten soll.

»Ja ... vermutlich ... Wenn Sie mich jetzt entschuldigen, Herr Magister, ich komme zu spät zu einem Seminar in der Universität ...«

Cristóbal legt ihm ganz ungezwungen eine Hand auf die Schulter.

»Wie schade! Ich dachte, wir würden uns ein wenig unterhalten ... Aber ich will Sie natürlich nicht aufhalten. Sie sollten mich einmal besuchen. Sie haben mich verlassen, mein Freund. Kommen Sie und wir werden Pisco trinken und über die Liebe sprechen, ganz gewiss.«

»Ganz bestimmt, Herr Magister. Obwohl ich, ehrlich gesagt, jetzt ...«

»Und über die Verhüllten natürlich auch. Ich muss Ihnen noch so viel darüber erzählen! Einiges davon würde Sie sehr überraschen, möchte ich meinen. Zum Beispiel: Habe ich Ihnen erklärt, warum sie den Rock und den Umhang zur Zeit des Vizekönigtums verbieten wollten?«

Carlos versucht zaghaft, sich zu entwinden, doch die Hand des Magisters klammert sich fest um seine Schulter.

»Um zu verhindern, dass verheiratete Frauen kokettierten?«

Er klingt genau so, wie wenn er im Unterricht die Fragen des Professors beantwortet.

»Ja! Jetzt erinnere ich mich, dass ich es Ihnen bereits gesagt habe ... Doch es gab noch einen Grund, den ich vergaß zu erwähnen ...«

»Welchen«, fragt Carlos. Genau so, ohne Fragezeichen, ohne jede Neugier. Sein Blick hängt am Ende der Straße, wohin er gerne verschwinden würde.

»Nun, sie wollten den Rock und den Umhang verbieten, denken Sie nur, was für ein Einfall, weil anscheinend auch einige Knaben begonnen hatten, sie zu benutzen ... Was sagen Sie dazu?«

»Knaben?«

»Natürlich, Knaben ..., warme Brüder, versteht sich. Stellen Sie sich nur vor: kleine Tunten, die sich als wunderschöne junge Damen verkleideten, bevor sie das Haus verließen, um auf der Straße ein paar Küsse von irgendwelchen Galanen zu erhaschen ... Finden Sie das nicht zum Totlachen?«

Carlos' Gesichtsausdruck erstarrt, doch der Magister redet weiter. Sein Lächeln ist eigenartig. Er lächelt, wie es nur Verrückte oder Hellseher tun.

»Männer verkleidet als Frauen!« Er drückt Carlos' Schultern noch fester. »Was halten Sie davon? Sagen Sie nicht, dass man darüber nicht einen Roman schreiben kann ... Erzählen Sie Ihrer Georgina in meinem Namen davon, wenn Sie sie sehen, was bestimmt bald sein wird. Vor allem aber gratulieren Sie ihr zu ihrer Handschrift. Wie von einer Puppe ...«

Erst jetzt lockert er seinen Griff, wobei er noch immer lächelt. Bevor er ihn ganz loslässt, gibt er ihm zwei Klapse auf die Schulter. Es ist eine trockene, Geste, die Carlos sehr vertraut ist. Die herablassende Geste eines Mannes, der ein Kind tätschelt.

Es ist ein schmales Bett, und mit viel gutem Willen und ein wenig Jammer können die drei darin liegen, ohne sich gegenseitig arg zu stören. Glücklicherweise legen sie sich fast nie zur selben Zeit schlafen. Cayetana tut es sehr früh, gleich nach Mitternacht, wenn sich herausstellt, dass der blinde Hunter nicht mehr kommt und auch nicht die Alten, oder sie sind gekommen, doch in dieser Nacht können Sie sich etwas Besseres leisten.

Mimí geht ungefähr um vier Uhr morgens zu Bett, und zu dieser Zeit hat sie bereits drei oder vier Kunden bedient. Sie ist schnell. Sie kennt alle Tricks, damit die Männer so schnell wie möglich fertig werden, und auch die richtigen Worte, die sie ihnen, wenn sie dann erschlafft im Bett liegen, sagen muss, damit sie sich an ihre Kinder und ihre Ehefrauen erinnern und sich wünschen, bald wieder nach Hause zu kommen. Die Tricks einer Hure im Jahr 1905, die sich bestimmt nicht sonderlich von den Tricks einer Hure hundert Jahre später unterscheiden.

Sie aber legt sich erst im Morgengrauen schlafen. Zumindest an den Tagen, an denen Carlos sie besucht. Dann steigt sie mit den Schuhen in der Hand die Stufen zur Mansarde hoch und reibt sich vor dem zerbrochenen Spiegel die Schminke von den Lippen. Zu dieser Zeit dringt bereits ein wenig Tageslicht durch die Dachritzen, und ohne die Petroleumlampe anzuzünden, beginnt sie sich auszuziehen. Cayetana öffnet halb die Augen und wohnt schweigend der Jugend ihres Körpers bei, der nackten Wärme der Haut, die im Morgengrauen bläulich schimmert. Dann versucht sie, wieder einzuschlafen. Manchmal kann sie nicht.

In letzter Zeit erscheint ihr das Bett noch schmaler und die Berührung mit der Haut der Mädchen noch unangenehmer.

Mimí und Cayetana nehmen die ganze Matratze ein, und um sich Platz zu verschaffen, muss sie ein bisschen kämpfen. Jede Nacht dasselbe. Früher hat es sie nicht gestört, doch jetzt – sie weiß nicht warum – stört es sie. Sogar die Mansarde erscheint ihr kleiner. Und dann die Gitterstäbe, über die sie früher nie nachdachte. Sie fühlt sich, als fehle ihr die Luft zum Atmen, wie ein Vogel, der in einer hohlen Faust vergeht. Es stört sie, dass Mimí schnarcht, und dass Cayetana früh aufsteht, um den Kaffee für die Mädchen zu kochen. Vor allem stört sie, dass Cayetana so viel und so schlecht träumt, dass sie sich wälzt, dass sie strampelt und manchmal schreit. Später wird sie sagen, sie habe wieder von dem Blinden geträumt.

Da es ihr schwerfällt, einzuschlafen, lässt sie sich an den Bettrand drängen – manchmal rangeln Mimí und Cayetana darum, die Arme ausbreiten zu können – und versucht, an erfreuliche Dinge zu denken. Sie denkt zum Beispiel an die Festlichkeiten der Karwoche, wenn die Schutzmänner kommen, um die Tür des Bordells zu versiegeln – »Weil, wenn ihr Huren den lieben Herrgott auch alle Tage beleidigt, so beleidigt ihr Ihn doch ganz besonders in der Woche, in der er gekreuzigt wird« –, und dann können sie und die anderen Mädchen sieben Tage lang tun und lassen, was sie wollen. Sie denkt an die Tage ohne Kunden, wenn sie bis spät in die Nacht Bingo spielen – das im Jahr 1905 noch Beano hieß und erst 1929 durch den Versprecher einer glücklichen amerikanischen Gewinnerin seinen neuen Namen bekommen sollte –, und Mimí ihr helfen muss, ihre Karten auszufüllen. An die heißen Nachmittage, wenn Madame Lenotre sie auf eine Spazierfahrt zu einer kleinen Bucht bei Barranco mitnimmt, gut zwei Meilen von jenem Strand entfernt, wo die Reichen ihr Bad in den Wellen genießen – damit sie nicht etwa einen alten Bekannten in Gesellschaft seiner Frau und Kinder antreffen –, und sie alle nackt und unter Gelächter im Meer baden. An solche Dinge denkt sie, Bilder voller Sonnenlicht und Siestas und getrockneten Bohnen, die die Beano-Karten bedecken, und wenn sie Glück hat, schläft sie darüber ein.

In anderen Nächten aber kann sie nicht verhindern, dass die glücklichen Erinnerungen sich plötzlich verflüchtigen, und dann fällt ihr Madame Lenotres Büchlein doch noch ein. Hinter den geschlossenen Lidern kann sie beinahe hören, wie die Seiten umgeschlagen werden, vollgekritzelt mit Zahlen und Schulden, die sie nicht versteht. Dann fragt sie sich, wie lange es dauern wird, sie alle zu bezahlen und frei zu sein, und sie sagt sich, vielleicht noch ein oder zwei Jahre. Zum Glück kann sie nicht lesen, geschweige denn rechnen. Wenn sie wenigstens schriftlich addieren und subtrahieren könnte, würde sie entdecken, dass ihre Schulden sich bereits auf dreihundertzweiundsechzig Sol belaufen, und dass sie genau sieben Jahre und hundertachtundvierzig Tage benötigen würde, um sie zu begleichen, wenn man drei zufriedene Kunden pro Nacht voraussetzt. Nicht einberechnet die Mahlzeiten, die Kleidung, der jährliche Besuch des Arztes, der bei den Mädchen Symptome der Syphilis sucht und findet.

Neun Jahre und zwei Monate, wenn man die Karwochen und andere fromme Feiertage abzieht.

Dreizehn Jahre und sieben Monate, wenn sie außerdem isst und trinkt.

Siebzehneinhalb, wenn sie der Laune nachgibt, ein Spermizid zu benutzen.

Einundzwanzig Jahre, sollte sie sich zumindest ein paar Mal entscheiden, krank zu werden.

Neununddreißig, wenn Sie jeden Morgen Seife benutzt.

Fünfundvierzig, wenn sie nur noch einmal schwanger wird.

Einhundertvierzehn, wenn es Mimí endlich gelingt, ihr das Lesen beizubringen, und auch sie darauf verfällt, jede Woche ihre Ausgabe von *Der Prinz und die Odaliske der Südsee* zu kaufen. Aber zum Glück kann sie nicht rechnen. So kann sie weiter lächeln und beruhigt die Augen schließen, nicht wissend, dass sie jeden Tag, an dem sie lebt und atmet, dem Haus eine weitere Münze schuldet. In manchen Nächten ist sie – ungeachtet des schmalen Bettes und der Gitterstäbe – so zufrieden, dass sie sogar auf Gedanken kommt, die nicht gedacht werden dürfen. Sie erinnert sich an den Silberknauf des Gehstocks von Señorito Carlos. Sie fragt sich, ob man wohl damit ihre Schulden bezahlen könnte, falls der Señorito ihn für sie verwenden wollte. Was sie wohl täte, wenn sie frei wäre. Und zum Schluss, kurz bevor sie einschläft – aber sie schämt sich ein wenig, dies zuzugeben –, schließt sie erneut die Augen, und statt des Schuldenbüchleins sieht sie jetzt den Señorito mit Turban, wie lustig, den Señorito Carlos mit Turban statt Hut und mit Krummsäbel statt des Gehstocks, wie er die unergründlichen Meere des Südens überquert und sich anschließend mit Schwerthieben einen Weg durch den Palastharem bahnt. Den Señorito, der alles tut, um sie zu finden und mit sich zu nehmen. Weit weg vom bösen Sultan. Weit weg von Madame Lenotre.

Es geschieht in einer Sommernacht.

Carlos hatte für diese Szene, die Szene der Reue und des Verzeihens, andere Umstände vorausgesehen. Es würde im Haus seiner Eltern geschehen. Draußen würde es sintflutartig regnen, und unter diesem Regenvorhang würde José stehen, er würde den Türklopfer betätigen und warten. Die Hausdame würde nur einen Blick auf seine schlammverdreckten Schuhe werfen und ihn dann durch den Dienstboteneingang hereinlassen. Dann würde man jemanden schicken, um Carlos zu informieren. Doch er würde nicht sofort herunterkommen. In seiner Fantasie gab es irgendeinen Grund für die Verzögerung, der nichts mit Überheblichkeit oder Grausamkeit zu tun hatte. Je nachdem, an welchem Tag er es sich vorstellte, änderte sich dieser Vorwand. Die übrigen Zutaten dieser Szene blieben unverändert: die Nacht, der Regen, die schlammigen Schuhe, die verächtliche Geste der Hausdame. Er sah sich so deutlich die Treppe herunterkommen, dass er sogar den Anzug erkannte, den er trug, und den Titel des Buches in seiner rechten Hand. Und wenn er die letzte Stufe nahm – doch davor hatte er ihn eine Ewigkeit warten lassen –, sah er José im Empfangszimmer stehen, durchnässt bis auf die Knochen. José, der ihn mit flehenden Augen ansah und dann zu sprechen begann.

Was sagte er?

Dieser Teil wurde nie deutlich. Sogar in seinen Träumereien war es zu unwahrscheinlich, sich José vorzustellen, wie er um Verzeihung bittet.

Die Wirklichkeit ist nicht so großzügig. Ja, es ist Nacht, doch er ist nicht im Haus seiner Eltern, sondern sitzt lesend in der Mansarde, und deshalb gibt es weder eine Hausdame, noch einen Dienstboteneingang. Natürlich regnet es auch nicht. Die Nacht ist sogar wie gemacht für einen Spaziergang. Und José muss im Übrigen nicht eine Minute lang draußen warten. Es genügt, dass der Nachtwächter ihm öffnet, und er selbst die Treppe hinaufsteigt, wie er es so oft getan hat, um anschließend an die Tür zu klopfen.

Nur José selbst präsentiert sich so, wie er es sich vorgestellt hatte. Er stammelt und scheint nicht sicher zu sein, ob er so handelt, wie es seiner Rolle entspricht. Vielleicht denkt er, dass der Enkel von José Gálvez Egúsquiza für nichts um Entschuldigung bitten sollte. Vielleicht ist er sogar so geschmacklos, an die Vergangenheit der Rodríguez zu denken und sie mit seinem eigenen berühmten Stammbaum zu vergleichen, weswegen ihm diese erniedrigende Szene noch grotesker erscheint. Es spielt keine Rolle, denn er hat keine Wahl. In der Hand hält er das Bündel Briefe, das ihn zwingt, trotz all des Blutes, welches die Gálvez zu Ehren des Vaterlandes vergossen haben, hier zu sein. Mit zitternder Stimme setzt er mehrmals an.

Er sagt:

»Du hattest recht. Was wir dir angetan haben, war eine Schweinerei, die man nicht hinnehmen kann.«

Und dann:

»Es ist etwas Schreckliches passiert, und ich brauche deine Hilfe. Georgina und ich brauchen dich ...«

Und nach einer Weile:

»Ich habe dich vermisst ...«

Es gibt keinen Regen, es gibt keine Hausdame, es gibt kein Haus seiner Eltern. Streng genommen gibt es auch keine echte

Entschuldigung. Doch Carlos verlangt nicht so viel. Er braucht nicht einmal das Ende der Ansprache abzuwarten. Diese zusammenhanglosen und von der Scham verstümmelten Sätze. Er geht nur auf José zu, umarmt ihn, nennt ihn Bruder und sagt ihm, auch er habe ihn vermisst. Er habe sie beide vermisst.

Es ist nicht kalt, trotzdem machen sie den Ofen an, vielleicht, weil ein wärmendes Feuer dazugehört, wenn man eine gute Geschichte erzählt. Und die Geschichte ist wirklich gut, doch sie ist auch sehr lang und etwas konfus. Oder vielleicht kann José sie nicht richtig erzählen, weil er sie nicht ganz versteht und sich deshalb in Details verliert, die Reihenfolge der Briefe durcheinanderbringt und das, was davor geschah, mit dem vermischt, was danach passierte. Während er spricht, sieht sein Gesicht aus, als wäre es entzündet vom Schein der Flammen. Das flackernde Licht wirft Schatten auf seine Züge und auf seine Worte.

Am Anfang sei alles sehr einfach gewesen. Sagt er. Und es gibt Gründe, ihm zu glauben, denn während er von dieser Zeit spricht, von den ersten Wochen nach Carlos' Fahnenflucht, geht ihm die Rede leichter, weniger mechanisch, von den Lippen. Die Briefe, die sie geschrieben haben, waren sehr lustig, oder eher so ernst, dass Ventura und er einfach lachen mussten. Sie lachten also viel und nebenbei schrieben sie ein wenig in der Opiumhöhle, beim Billard, im Club de la Unión, auf den Rängen der Hahnenkampfarena, in den Bordellen von Montserrate. Sie hatten viele Ideen, einige widersprüchlich und gewagt, andere entschieden lächerlich, doch früher oder später brachten sie alle zu Papier. Und es schien, als gefalle Juan Ramón auch diese etwas verrückte Georgina, sagt José mit Nachdruck, denn seine Antworten wurden immer länger und auf ihre Weise auch immer widersprüchlicher und gewagter und lächerlicher.

Doch das Gedicht, wo war sein Gedicht? In jenen Monaten zitterte er schon beim Öffnen eines jeden Umschlags vor Aufregung. Allmählich verflog seine Hoffnung, während er in den Briefen nach einer Widmung suchte, die es nicht gab. Nur ein weiterer fader Brief in der Sammlung – zweiunddreißig –, eine Postkarte mit dem Teich des Retiro im Hintergrund, manchmal ein paar Verse, die von einer anderen Frau inspiriert waren. Gedichte mit Widmungen an Blanca Hernández-Pinzón, Jeanne Roussie, Francine, aber keines an ihn, das heißt, an sie. Ventura und seine Freunde störte das natürlich nicht. Sie sind schließlich keine Schriftsteller und lesen keine Gedichte. Vielleicht begannen sie sogar, sich mit diesem Scherz, der kein Scherz war, zu langweilen. Sie rauchten und tranken und fickten lieber, als dieses öde Spiel zu treiben, bei dem es keine Rolle mehr spielte, ob man gewann oder verlor, ob Georgina so oder anders war. Ob Juan Ramón das Gedicht schreibt oder nicht. Aber es spielt natürlich eine Rolle, sagt José, was sonst, wenn nicht das. Ein Gedicht, das so oder so geschrieben ist und uns unsterblich macht, eine Erinnerung daran, dass wir gelebt haben, ein Nachleben aus Versen oder Briefen, ganz gleich, doch am Ende ein Gedicht.

Was war an Georgina Hübner, was dem Meister am Ende doch nicht gefiel? Er verspürte den brennenden Wunsch, ihn danach zu fragen, dem Dichter einen Brief zu schreiben und ihn der Undankbarkeit zu bezichtigen, und ihn einen Idioten zu schimpfen. Doch er tat genau das Gegenteil. Georginas Briefe wurden immer leidenschaftlicher, immer zärtlicher. Seine ganze Wut verwandelte sich in Adjektive, in abgebrochene Sätze, die wie Seufzer klangen, in geheime Verführungen. Und in viele Adverbien und viele Auslassungspunkte, denn Carlos' Lektionen waren nicht vergeblich gewesen.

Womöglich hat er gewisse Grenzen überschritten. José ist bereit, das zuzugeben. Er war wie von einem Fieber besessen, von einem übermächtigen Wunsch, zu erreichen, dass Juan Ramón sich endlich verliebte. In ihn, in sie. Ein Gefühl, ähnlich der Leidenschaft, mit der er zuerst das kleine Dienstmädchen bestürmte, und später Dutzende von Anstandsdamen, Señoritas auf dem Gesellschaftsball, Varieté-Schauspielerinnen, Schulmädchen aus dem Lyzeum Sagrado Corazón, Schneiderinnen. Und er bekam immer, was er wollte, das wisse Carlos sehr gut. Habe er dieses Gefühl denn nicht auch manchmal gehabt, hm? Sei ihm nicht auch der Gedanke gekommen, dass der Wunsch, Juan Ramón verliebt zu machen, verdächtig dem Wunsch ähnelt, eine Frau zu erobern, sie alle zu erobern?

Carlos hört zu, ohne eine Geste der Bestätigung, ohne ihn anzublicken. Er starrt in die glimmende Glut. Man könnte meinen, dass er einer Geschichte lauscht, dass er ihr tatsächlich mit höchster Aufmerksamkeit lauscht, dass diese Geschichte ihm jedoch das Feuer erzählt. Und José – das Feuer – unterbricht sich manchmal und macht lange Pausen, die vielleicht dramatisch wirken sollen. Oder vielleicht nicht. Vielleicht benötigt José wirklich diese Feuerpausen, um zu wissen, was er sagen will, denn der Roman wird nun kompliziert. Zumindest ist es das, was José behauptet. In Wirklichkeit geschieht genau das Gegenteil, plötzlich wird die Geschichte, die er erzählt, sehr einfach – einige Figuren verschwinden, die Handlungsstränge werden klarer, die Liebesgeschichte nimmt endlich Fahrt auf –, doch beim Erzählen bemüht José dieses gewichtige Wort: Komplikation. Mit einem Mal treffen acht Briefe ein, geschrieben an aufeinanderfolgenden Tagen und wieder vereint im Laderaum desselben Schiffes, und diese Briefe scheinen alles zu ändern.

Im ersten spricht Juan Ramón zum ersten Mal von früheren Liebschaften. Er zitiert sogar Namen, erwähnt gewisse düstere Abschiede, Küsse, die keinen Schmerz mehr verursachen, Gefühle, die man für unsterblich gehalten habe, und, nun ja,

Señorita, dann verwelken sie ebenso schnell, wie sie erblüht sind. Der zweite spricht von der (undeutlichen) Grenze zwischen Freundschaft und Liebe. Der dritte über die (endlichen) Ausmaße des atlantischen Ozeans und wie er sich manchmal vorstellt, dass sie die sechstausend Meilen in eben jenem Ozeandampfer überquert, der auch ihre Briefe transportiert; wie er sich sie vorstellt, seine liebe Freundin, die ihre Koffer über den Steg an Bord eines Schiffs trägt; sie, die ihren Hut festhält und ihren Rock rafft, während sie in irgendeinem spanischen Hafen an Land geht. Der vierte handelt von der Einsamkeit: sein Bedürfnis, allein zu sein, seine Angst, allein zu sein, seine Unfähigkeit, allein zu sein. Im fünften leugnet er die Argumente des zweiten: Die Grenze zwischen Liebe und Freundschaft ist nicht undeutlich, sondern ganz und gar imaginär, eine Utopie, eine Grenze, die man beschließt, die man erfindet und häufig korrigiert, vergisst, auslöscht, erträumt, denn in der Kartographie der Gefühle – er benutzt genau diese Worte – gibt es weder Flüsse noch Gebirgsketten, die als Bezugspunkte taugten. Ein Gefühl kann heute in der hohlen Hand Platz finden und morgen so weit sein wie ein Kontinent. Der sechste spricht erneut vom Ozean: davon, dass ein gewisser Seemann aus Palos de la Frontera ihm einmal sagte, die erste Reise auf hoher See weite einem den Geist und verändere den Blick. Der siebte spricht von nichts, er ist kurz und voller Umschweife und versucht erfolglos, triviale Themen abzuhandeln. Und schließlich der achte, der in gewisser Weise alle vorherigen in sich vereint. Sechs Briefbögen, voll mit nervöser Handschrift – sogar Tintenkleckse gibt es –; es geht um die Möglichkeit einer Reise, um die Notwendigkeit einer Reise. In den letzten Wochen – welch ein Einfall! – hat er begonnen, eine Rundreise mit Vorträgen und poetischen Lesungen zu planen, durch Amerika und Peru, wie finden Sie dieses Projekt, Señorita Georgina; die (endlichen) Ausmaße des Ozeans überqueren, um Gedichte vorzulesen und bei dieser Gelegenheit die (undeutlichen) Grenzen zwischen Freundschaft und Liebe zu entdecken, denn seit einiger Zeit denkt er an nichts anderes mehr als an sie. Er schämt sich, es zuzugeben, doch genau besehen gibt es dafür keinen Grund, warum sollte ein Mann zu zittern beginnen, nur weil er wahrhaftig ist, weil er bestimmten Träumen eine Stimme verleiht, weil er ihr erklärt, wie viel man für eine Frau empfinden kann, deren Gesicht man nicht einmal kennt – warum verweigern Sie mir noch immer diese Fotografie, Georgina? Und vor allem: warum sollte er erröten, wenn er ihr sagt, dass er in manchen Nächten sogar die lächerliche – lächerliche? – Hoffnung hegt, sie werde ihn vielleicht mit der Zeit, mit etwas Geduld, doch noch erhören. Ein Gefühl kann heute in der hohlen Hand Platz finden und morgen so weit wie ein Kontinent sein. Denken Sie nur, ich in Lima, wie ich Ihre Hand nehme und Ihnen von so vielen Dingen erzähle, was sagen Sie dazu, geliebte Georgina, was antworten Sie.

Es klingt unglaublich, doch das ist es, was im Brief des Meisters stand; und das ist es, was José gerade erzählt.

Er macht erneut eine Pause. Nimmt einen Schluck aus der Pisco-Flasche. Wie die Entwürfe seiner Briefe, so haben sich auch Josés Worte mit Streichungen angefüllt, mit Schweigen. Lücken, in denen – Seite für Seite – ganze Kapitel verschwinden, Fragmente von etwas, wovon er Carlos niemals erzählen wird, vielleicht, weil es nicht wichtig ist. Und die Pause ist so lang, dass, als er schließlich weiterspricht, ein oder zwei Kapitel bereits verflogen sind. In der Zwischenzeit ist José allein in seinem eigenen Roman zurückgeblieben. Es hat etwas Ähnliches wie die Auflösung einer Gesellschaft stattgefunden, eine dieser Güterteilungen, die sie im Seminar über Arbeitsrecht studiert haben. Nach dieser Aufteilung sind Ventura und seinen Freunden die Opiumhöhle, die Hahnenkampfarenen, der Club, die Billardsalons, die Bordelle von Acequia Alta und Monsterrate zugefallen. José blieben nur die Briefe und sein Problem: die drängende Frage, wie er Juan Ramón antworten soll.

Anfangs dachte er an die beiden Möglichkeiten für den Ausgang des Romans, die er mit Ventura geplant hatte: das fromme Ende und das pikante Ende. Eine verheiratete Georgina oder eine Georgina als Nonne, damit der Meister von seinen Plänen, sich einzuschiffen, Abstand nähme. Doch es war zu spät, um die religiöse Berufung im Roman zu verankern, und viel zu spät, um eine Ehe zu improvisieren. Also weder Kloster noch Kirche, und das war nur die Schuld von Juan Ramón, der den Fortgang der Handlung allzu sehr beschleunigt hatte. »Die großen Werke der Literatur«, lautete einer der Ratschläge von Professor Schneider, »erliegen nie der Versuchung eines unerwarteten oder effekthascherischen Endes«. Erinnert Carlos sich etwa nicht mehr an diesen Rat, hm? War es etwa logisch, dass eine der beiden Hauptfiguren – nach einundvierzig

Briefen, nach fast achtzehn Monaten und keinem Gedicht – sich nichts weniger vornimmt, als den Atlantik zu überqueren? Er hatte ja nicht einmal eine Fotografie gesehen! »Sie fragen mich, ob ich verärgert sei, weil Sie mich um ein Porträt gebeten haben? Nein! Halten Sie mich nicht für so kleingeistig. Haben Sie Geduld, Sie werden eines bekommen, doch es ist nur rechtens, wenn Sie mir zuerst eines von Ihnen schicken.« Würde eine schöne Frau auch nur eine Gelegenheit auslassen, ihr Gesicht zu zeigen? Georgina könnte dick oder hässlich oder schief oder pockennarbig sein – wie schlecht verträgt sich das: die Liebe mit den Pocken. Oder, was noch wahrscheinlicher wäre, es könnte sich um eine ganz gewöhnliche Frau handeln, die sich durch nichts von den vielen Spanierinnen unterscheidet, die jeden Morgen unter dem Balkon des Dichters vorbeigehen. Diese Art des blinden Heldentums, dieses Durchqueren der halben Welt, um den Schleier eines Traums zu lüften, findet man nur in Feuilletons und schlechten Romanen, sag nicht, dass das nicht so ist, Carlos. Und wie hätte er wissen können, wie hätte irgendwer vermuten können, dass ausgerechnet der Meister ein miserabler Hauptdarsteller sein würde?

Es blieb also nur eine Möglichkeit: das Ende, das nicht endet, das höchstens wenig mehr als eine Pause oder eine leere Seite ist. Georgina krank. Würde Juan Ramón es wagen, ein Schiff zu nehmen, wenn seine Geliebte sich weit entfernt von Lima in einem Sanatorium aufhielt, umgeben von ihrer Familie? José ging nicht davon aus, deshalb verordnete er seiner Georgina ein Fieber, welches sie tagelang, was sage ich, wochenlang!, schlafen ließ, hör mal: »Ich habe Ihre letzten Briefe erhalten, während ich noch dabei bin, mich von einer Krankheit zu erholen, die mich einige Wochen ans Bett fesselte.« Und dann ein Schuss Dramatik: Nach dem Schreck hat die Familie sie in

Kur geschickt, zunächst nach Barranco, später nach La Punta, denn sie dachten, die Tochter werde sterben, denken Sie nur, verschieben Sie diese Reise, von der Sie mir erzählen, seien Sie so gut, ich sage weder Ja noch Nein, doch der Arzt besteht darauf: keine Überraschungen oder starken Emotionen; und die Gefühle, von denen Sie sprechen, sind gerade jetzt viel zu groß, um in einem so schwachen Körper wie dem meinen Platz zu finden, noch immer habe ich von Zeit zu Zeit einen trockenen Husten, der mir schier die Brust zerreißt.

Und diese inständige Bitte hätte genügen müssen, doch sie genügt nicht, denn Juan Ramón ist wie entflammt und geht nicht mehr auf Vernunftgründe ein, vielleicht macht ihm der Brief Angst, vielleicht dachte er, es handele sich um die Schwindsucht – wie könnte er so niederträchtig sein, seine Hauptdarstellerin ausgerechnet mit der Schwindsucht zu infizieren? –, oder schlimmer noch, wer weiß, ob er sich nicht an die Handlung von *María* von Jorge Isaacs erinnerte und dachte, auch seine Geliebte werde unweigerlich sterben, und es gelte, keine Zeit zu verlieren. Jedenfalls kam gestern seine Antwort, mich schaudert, wenn ich daran denke, Carlos, nur ein Kärtchen und darauf ein paar verzweifelte Zeilen, »Wozu länger warten«, steht in dem Brief, »ich werde das erste Schiff nehmen, das schnellste, das mich alsbald zu Ihnen bringt. Sie werden es mir persönlich sagen, während wir zwei beisammensitzen, mit Blick auf das Meer oder im Duft Ihres Gartens beim Klang der Nachtigall im Mondschein«. Beim Klang der Nachtigall im Mondschein! Verstehst du, Carlos? Nichts weniger als Nachtigallen und Mondschein, als wäre das der Dialog eines Fortsetzungsromans, eine Episode aus der Prinz und die Hure von was weiß ich wo, dieser Mist, der keinen außer Dienstmädchen und Schneiderinnen interessiert. Und was soll ich jetzt tun, was sollen wir tun, ich habe die ganze Nacht kein Auge zugetan, wer sagt uns, dass dieser Idiot nicht längst ein Schiff genommen hat, nicht längst in El Callao eingelaufen ist und genau jetzt um Georginas Haustür schleicht, um meine Haustür, du musst mir helfen, Carlos, nur du kannst ein glückliches Ende für diesen Roman finden.

Das Feuer ist am Erlöschen, und Carlos muss mehrmals auf-
stehen, um etwas nachzulegen. Er hat kein Papier mehr, schon
so lange schreibt er weder Briefe noch Gedichte; also durch-
sucht er schließlich den Krempel, der sich in den Ecken stapelt.
Geduldig wählt er staubige Tücher, abgebrochene Teile von
Möbeln, Leinensäcke aus. Holzleisten, die er mit Mühe ablöst.
José macht Anstalten, aufzustehen.
»Ich helfe dir ...«
»Nicht nötig.«
Nach und nach schiebt Carlos die Lumpen und Holzstücke
durch die Öffnung des Ofens. José schaut ihm schweigend dabei zu. Er glaubt, eine neue Sicherheit und Bestimmtheit in
Carlos' Bewegungen zu erkennen. Im Übrigen wirkt die ganze
Szenerie, als entstamme sie seinen Vorstellungen von Künst-
lern in einer Dachwohnung am Montmartre: Clochards, die,
um sich zu wärmen, die Blätter, auf denen ihre Gedichte stehen, verheizen müssen, und als keine mehr übrig sind, Stück
für Stück die Wände, die Decke und sogar den Boden ihrer
Mansarde auseinandernehmen, bis sie am Ende ihren Ofen
unter dem unerbittlichen Himmel von Paris brennen sehen.
Doch heute hat José keine Zeit, daran zu denken. Er wiederholt
nur immer wieder dieselben Worte: Carlos, was tust du, setz
dich doch endlich, wann wirst du mir antworten.
Nach einigen Minuten setzt er sich endlich. Er wirkt, als wolle
er etwas sagen, doch am Ende sagt er nichts. José ringt um Geduld. Es gelingt ihm nicht. Er hat sich vorgenommen, bis fünfzig zu zählen, bevor er spricht, Carlos fünfzig Gelegenheiten
zu geben, als erster zu sprechen, doch bevor er bei zwanzig ist,
stellt er schon die Frage.
»Wirst du mir helfen?«

Carlos wirft ihm einen kurzen Blick zu. Er zuckt mit den Schultern.

»Du solltest den Magister um Rat fragen. Ich habe damit nichts mehr zu tun.«

In seiner Stimme liegt kein Groll, nur der neutrale Tonfall, mit dem man einen Entschluss ausdrückt, der keine Diskussion duldet. José protestiert energisch. Natürlich hat er das, was redet er denn, hat er denn überhaupt nicht zugehört? José versucht, um Entschuldigung zu bitten, er versucht, ihm zu sagen, dass sie ohne ihn gar nicht so weit gekommen wären, dass er ohne ihn auch nicht aus dieser Notlage herauskommt, dass der Roman auch ihm gehört, dass es immer so gewesen ist, wie könne er nur daran zweifeln. In seinen Augen liegt Verzweiflung, als er dies sagt; als er versucht, all dies zu sagen.

»Außerdem habe ich schon mit dem Magister gesprochen. Erst heute Morgen. Ich bin zum Platz gegangen und habe ihm alles erzählt. Dass Georgina die Cousine von niemandem ist, dass die Sache am Anfang ein Scherz war und uns dann aus den Händen geglitten ist, dass wir nichts Böses wollten. Kurz, ich habe ihn aufgeklärt. Weißt du, was er geantwortet hat? Dass er es von Anfang an wusste. Der alte Fuchs! Ich kaufe ihm das nicht ab, ich weiß, dass wir auch ihn hereingelegt haben, wie alle Welt; auch wenn er jetzt den Hellseher spielt. Und dann die Sache mit der Ethik, mit der er immer wieder kommt. Wie ist es möglich, dass er seine berühmten Regeln gebrochen hat, um eine Liebelei zu unterstützen, wenn er wirklich wusste, dass es eine Farce war? Das musste ich ihn natürlich fragen.«

Carlos rührt sich nicht, doch sein Blick ist aufmerksamer geworden.

»Und was hat er geantwortet?«

»Das erste, was ihm in den Sinn kam. Ich solle nicht vergessen, dass die erste Regel, die wichtigste, die einzige, der sich alle anderen unterordnen müssen, laute, niemals gegen den Strom der Liebe zu schwimmen. Aber wessen Liebe?, habe ich ihn gefragt. Und er hat gelacht, klar, was sollte er auch sagen. Ich jedenfalls kaufe ihm das nicht ab, nein, das kaufe ich ihm nicht ab ...«

Was die Ratschläge anging, habe der Magister auch nicht viel zu sagen gehabt. Er hat nur wieder gelacht und gesagt, diese Georgina scheine ja sehr, sehr zu kränkeln, ein solcher Husten und ein solcher Schüttelfrost in der Brust seien gar nicht gut zu dieser Jahreszeit, am Ende werde sie ihnen noch sterben. Wäre das nicht eine Befreiung, hat er augenzwinkernd hinzugefügt. Und deshalb braucht José jetzt Carlos, stell dir vor, sogar dein Freund, der Scharlatan, hat kapituliert und weiß nicht, wie wir aus der Patsche herauskommen, aber ich weiß, dass du anders bist, ich bin sicher, dass du den Weg finden wirst. Und als er ihm dies sagt, hält er ihm das Bündel Briefe mit flehender Miene hin. Hier ist alles, sagt er, die letzten Kapitel unseres Romans. Unser Roman, genau das sagt er.

Carlos zögert einen Moment. Dann nimmt er die Briefe entgegen. Er wiegt sie in der Hand, es sind viele, doch sie fühlen sich erstaunlich leicht an. Seine Geste ist mechanisch, weder Ungeduld, noch Freude, noch Neugier oder Trauer liegen in ihr. Er findet nicht die passenden Worte für eine Antwort; der Magister würde dazu sagen, er wisse nicht, was er denken oder wie er sich fühlen solle. So oft hat er diesen Augenblick herbeigesehnt – Josés Entschuldigung, Georginas Rückkehr –, und jetzt, da er die Erfüllung seiner Wünsche in der Hand hält, weiß er nicht, was er damit anfangen soll. José erniedrigt, José darum flehend, er möge ihm helfen, den Roman zu retten. José, der ihn zum ersten Mal in seinem Leben braucht. Doch aus irgendeinem Grund lösen diese Erniedrigung, dieses Flehen und dieses Gebrauchtwerden nichts in ihm aus. Das ist es nicht, was er wirklich will, wonach er so lange gesucht hat; doch was will er dann? Er weiß nur, dass er, als er das Bündel Briefe entgegennimmt, das Gefühl hat, darin befinde sich etwas sehr Intimes und zugleich vollkommen Fremdes. Dass es das Wichtigste ist, was er in seinem Leben getan hat, und zugleich ein Unding, ein Lausbubenstreich, ein schlechter Scherz, der nach hinten losgegangen ist. Einen Moment lang ergreift der Wunsch von ihm Besitz, alle diese Blätter eines nach dem anderen durch die kleine Öffnung des Ofens zu werfen, hinter der die Flammen knistern. Lebe wohl, Georgina, denkt er, und dieser Gedanke ist befreiend und furchtbar zugleich.

Doch er tut es nicht. Stattdessen lässt er den Blick über die zittrigen Linien gleiten, über die hervorragend gefälschte Handschrift von José. Bei einem Absatz von Georginas letztem Brief hält er inne.

*Ich habe Ihren letzten Brief erhalten, während ich noch dabei bin, mich von einer Krankheit zu erholen, die mich einige Wochen lang ans Bett gefesselt hat. Meine Familie hat einen Schrecken bekommen und mich zuerst nach Barranco gebracht, ein malerischer Kurort, und anschließend in ein Sanatorium in La Punta, sonst ein Ort für Sommerfrischler, sehr einsam und sehr traurig.*

»Das Sanatorium von Santa Águeda«, sagt Carlos plötzlich ungewohnt energisch.

José erschrickt bei diesen Worten, vielleicht, weil Carlos so lange nichts gesagt hat. Er hat den Eindruck, dass die Stimme des Freundes außergewöhnlich tief klingt, als gehöre sie jemand anderem. Es dauert eine Weile, bis er antworten kann.

»Santa wie?«

»Das Sanatorium in La Punta, von dem Georgina spricht«, wiederholt Carlos, ohne seinen Blick zu fokussieren, als denke er laut nach. »Ich nehme an, sie meint Santa Águeda.«

José blinzelt verwirrt.

»Tja … keine Ahnung. Ehrlich gesagt, habe ich es einfach nur so geschrieben. Ich war mir nicht sicher, ob es da überhaupt eines gibt …«

»Es ist ein Sanatorium für Schwindsüchtige.«

Carlos liest die Briefe nicht ganz durch, sondern nur hier und da einzelne zufällig ausgewählte Sätze, die auf geheimnisvolle Weise miteinander verbunden zu sein scheinen. Alle Briefe zusammen ergeben bestimmt mehr als zweihundert Seiten. Sagen wir, um eine Zahl zu nennen, es sind genau zweihundertsechsundachtzig. Genau dort beginnt Carlos zu lesen – »Ich werde das erste Schiff nehmen«, hat der Dichter gesagt –, und von dort blättert er zur Seite zweihundertfünfundachtzig, dann zur zweihundertvierundachtzig, und weiter zur zweihundertdreiundachtzig. Er liest einen neuen, unbekannten Roman, in dem die Antworten den Fragen vorgreifen, in dem sinnlose Briefe in die Vergangenheit geschickt werden und die zarte Freundschaft vom Anfang zu zusehends förmlicher anmutenden Formeln erstarrt – lieber Freund, geschätzter Juan Ramón, sehr geehrter Herr –, bis die Romangestalten beschließen, einander vollkommen zu ignorieren und nie wieder miteinander zu verkehren. Es beginnt auf dem Gipfel einer Leidenschaft, die erlischt, wie Romanzen niemals erlöschen: ganz langsam. Er weiß genau, was er auf diesen ersten Seiten, die eigentlich die letzten sind, vorfinden wird: eine falsche, etwas gewöhnliche, nein, herzzerreißend gewöhnliche Georgina, die lauter unangemessene Worte in den Mund nimmt, die die rohen Manieren einer Schneiderin hat und dann nach und nach wieder die Züge ihrer ursprünglichen Reinheit erlangt. Anfangs hat er Spaß an ihrer Gewöhnlichkeit, an den Ungeschicklichkeiten dieser Fremden, als würde er die Launen eines Kindes tadeln, die plötzlich, nur wenige Briefe später, korrigiert sind. Wer kommt denn darauf, dieses oder jenes zu sagen, wie in Gottes Namen ist es zu diesem dummen Brief gekommen, was hat José sich nur dabei gedacht, als er ihr diesen Satz in den Mund legte und diesen und den da. In seiner Vorstellung streicht er diese Worte, diese Redewendungen, diese Witze, und es ist, als wasche er Schminke von einer Marmorstatue.

Und darunter müsste Georgina hervorkommen. Doch mit einem Mal stellt er fest, dass sie nicht erscheint, dass unter dieser Schminke nichts ist. Es ist vielleicht nicht ganz korrekt, zu sagen, dies geschehe mit einem Mal. Es handelt sich zwar um eine plötzliche Entdeckung, doch sie wird erst allmählich zur Gewissheit, eine kalte, langsame Überraschung, die viele Minuten lang dauert und Dutzende Seiten, Briefe, die er immer schneller und schneller durch seine Hände fliegen lässt. Zunächst blättert er zurück bis zur Seite zweihunderteinundvierzig, mehr oder weniger dort, wo die Tragödie beginnt, dann bis zum Streik, und schließlich noch weiter, fast bis zu ihrer Geburt – und trotzdem nichts. Georgina scheint nicht mehr Georgina zu sein, sondern irgendeine Frau, eine Unbekannte, eine lächerliche Marionette. Ein Frankenstein, zusammengestückelt aus Eingeweiden und Gedärmen, die verschiedenen Gräbern entnommen sind; Sätze aus *Madame Bovary*, *Anna Karenina*, *Die gefährlichen Liebschaften*, sogar gewisse Redewendungen, die sie im letzten Roman von Galdós gelesen haben. Doch keine Spur der wahren Georgina. Hat sie je existiert? Carlos sieht sich umgeben von leblosen Leichenteilen. Wie damals, als der Arzt und sein Vater und sogar die Dienerschaft begannen, ihn zu tadeln, wenn er mit Román redete, und ihn zehnmal, hundertmal wiederholen ließen, dass es diesen Freund nicht gab, dass es nicht ein ungezogener Junge war, der das silberne Messkännchen heruntergeworfen hatte, sondern nur er allein, dass es auf diesem Stuhl, auf dieser Chaiselongue, dort im Garten nichts als Luft gab. So oft hörte er das, bis er selbst begann, sie zu sehen, die Luft, er sah die Luft und in ihr die Peitschen und die Tragbahren und die Gewehre und die Kadaver voller Fliegen und so viele reale Kinder mit gelben Augen und Bäuchen, die aufgebläht waren, als hätte der Hunger sie geschwängert. Das ist auch jetzt das Einzige, was er sieht, die Luft, das heißt, die Wörter, und vielleicht erinnert er sich deshalb plötzlich an Sandovals Satz: Man muss in die Wirklichkeit der Tatsachen hinabsteigen, in die Stofflichkeit der Dinge, denn alle Ideologie ist nur ein falsches Bewusstsein, das sich nicht folgerichtig zu den materiellen Bedingungen des Daseins verhält. Das wiederholt er jetzt für sich und denkt es, und mit einem Schlag verwandelt Georgina sich in das, was er in der Hand hält, ein zerknittertes Blatt Papier, Worte, die in bestimmter Weise gewählt sind, eine typische Wendung zu bestimmten Themen und Gemeinplätzen, ein kleiner Kaffeefleck auf einem Entwurf, den sie als Untersetzer benutzten, eine Art, die L und T so weit nach oben zu ziehen, also wollten sie über das Blatt hinaus, hinauf in den Himmel.

Carlos fragt sich, was aus dem Roman geworden ist, der ihm zuvor von Brief zu Brief lebendig vor Augen stand, als hätte ihn der Kinematograph in das milchige Halbdunkel projiziert. Ein Mädchen, das seinen Sonnenschirm mal auf der einen, mal auf der anderen Schulter balanciert; ein trister Speisesaal, in dem jemand seufzt oder weint; die Jalousie eines Beichtstuhls; die vergitterten Fenster und der Eisenzaun um einen Garten mit Schotterwegen und Erzieherinnen; ein weiterer Käfig und darin ein Wellensittich, dem man langsam, Körnchen für Körnchen seine Ration an Samenkörnern gibt; ein Messbuch, das man hingebungsvoll gegen die Brust drückt, damit man umso besser ein Päckchen Briefe darin verstecken kann. Er sieht keines der Bilder mehr, die früher die Worte begleiteten. Und keine Spur von der wahren Georgina, wenn es sie denn jemals gab. Überall nur die Gesichter der vielen grotesken Georgina-Fälschungen. Er sieht die teuren Kleider, die die kleine Dirne aus der Calle del Panteoncito trägt, diese Kostüme, die ihr niemals das Nuttige nehmen werden. Er sieht die polnische Prostituierte, als sie kein Kind mehr ist und kein Sommerkostüm mehr hat und keine rosa Schleifchen und kein Bett mit Baldachin, die polnische Prostituierte, die nicht einmal mehr Zähne hat, nur eine Ecke auf einer Müllhalde, wo sie es für eine Kupfermünze oder ein paar Schluck Wein mit sich machen lässt, ein zahnloser Mund, der »cheistormoro« in das Ohr der hochgewachsenen und der gedrungenen Kunden säuselt, der jungen und alten, dicken und hageren, »cheistormoro«, was vielleicht »Hör endlich auf, Junge« bedeutet, oder »Du tust mir weh«, oder vielleicht »Ich wünschte, ich wäre tot«. Und er sieht sich selbst träge auf dem Bett ausgestreckt, wie er mit Ausdauer, mit vollkommener und pathetischer Hingabe den Rücken seiner eigenen Hand küsst. Mit geschlossenen Augen. Und in diesem Augenblick hat er weder das Bedürfnis, José Vorwürfe zu machen, noch empfindet er Mitleid mit Juan Ramón noch Sehnsucht nach Georgina, sondern Scham und etwas wie Ekel. Ein Traum kommt ihm in den Sinn, den er viele Male geträumt und stets beim Aufwachen vergessen hat: Er sieht eine wunderschöne Frau, die majestätisch auf einem Diwan liegt, wie eine Odaliske von Fortuny oder wie auf einem Stich von Doré. Ihr sinnlicher, weißer Körper wirkt, als sei er dem Gemälde entstiegen, immer wahrhaftiger erscheint sie, immer näher, unerträglich nah, als hätte er nicht Augen, sondern Mikroskoplinsen, die jemand scharfstellt, oder als würde sie, die schöne Frau, immer größer und größer, bis sie schließlich alles umfasst. Plötzlich ist ihre Brust gigantisch, der Hof ihrer Brustwarze löst sich in ein veilchenblaues Nesselfieber auf, eine abstoßende Akne, kleine Härchen wachsen dicht wie Wälder auf dem Fleisch, und die Falten sind tief wie Täler, und darin schwindelerregend viele Sekrete, zähe Flüssigkeiten, Weichteile, Bakterien, Verdauungs- und Fäkalgeräusche, Menstruationen, heißes Pulsieren, Zellen, die sich vermehren und sterben und sich erneut vermehren. Aus diesen Albträumen erwacht er stets wie im Fieber, schweißgebadet, zitternd vor Angst vor dem Gewicht dieser schrecklichen und uferlosen Schönheit.

Mit ähnlicher Verzweiflung schiebt er nun den Stapel Briefe von sich. Er fühlt eine tiefe Abscheu, etwas, das er nicht in Worte fassen kann – aber der Magister sagt, wenn es keine Worte gebe, dann sei dieses Etwas nichts –, und endlich versteht er es, oder glaubt zumindest, es zu verstehen. Es ist der Wunsch, alles möge enden, das Verlangen, zu schreien, Georgina solle sterben.

Das denkt er: Georgina muss sterben.

Tatsächlich sagt er es laut.

»Sie muss getötet werden.«

Und José wendet sich um, schaut ihn an und lacht. Ein sehr langes, übertriebenes Lachen, das genau in dem Moment abbricht, als er beginnt zu verstehen.

»Wer muss getötet werden?«

José versucht zu protestieren, irgendetwas zu sagen, doch Carlos kommt ihm zuvor. Seine Stimme klingt nicht wie seine Stimme, und es ist auch gar nicht mehr seine Stimme. Sie ist wie Josés Stimme, aber in Wahrheit ist sie es auch nicht. Es ist die autoritäre Stimme von Román, eine Stimme, die Gehorsam verlangt und José unverzüglich zum Schweigen bringt. Román, der sagt, man müsse die eingebildeten Freunde töten, das hat etwas Komisches, oder besser gesagt, es hat überhaupt nichts Komisches. Er hat einfach recht.

Hat er recht?

Carlos scheint sich seiner selbst sehr sicher zu sein. Als hätte Román ihm nicht nur seine Stimme, sondern auch etwas von seinem Durchsetzungsvermögen verliehen, von der Bestimmtheit, mit der er einen Streich ausheckte oder die Regeln für ein Spiel festlegte. Während er spricht, verrät nur eine kleine Geste seine Gefühle: die Art, wie seine Finger mit den Rändern des Papierstoßes spielen. Es ist, als könne er so nach Belieben in der Zeit voranschreiten oder zurückgehen, und auf seinen Roman zurückgreifen, um geeignete Szenen und Beispiele herauszusuchen, die seine Worte stützen. Er sagt: Hast nicht ausgerechnet du immer betont, dass dies alles nur Literatur ist. Warst du nicht derjenige, der Aristoteles zitierte und von Wahrscheinlichkeit sprach. Der ständig wiederholte, dass unser Finale einen dramatischen Effekt benötigt, weil die besten Liebesromane tragisch enden. Dass bei Petrarca eine Frau, bei Dante ein Mädchen und bei Catull ein Knabe sterben mussten, damit ein großes Gedicht geschrieben werden konnte. Hast du das nicht immer gesagt, José. Nun, da hast du deine Tragödie, deine Anna Karenina, wie sie vor den Zug springt, deine epileptische María, deine verblutete Fortunata, deine Emma Bovary, die das Arsen bis auf den letzten Tropfen schluckt. Denn Georgina ist schwindsüchtig, wusstest du das nicht? Sie hat zwei Löcher, groß wie Fäuste, in den Lungen. Wie sonst erklärt sich, dass sie so blass war, und dass sie so selten vor die Tür kam, und dass das Dienstmädchen mit ihr schimpfte, wenn sie die Nacht im Garten verbrachte und zusah, wie die Motten verbrannten – erinnerst du dich, José? Und vor allem diese überraschende Krankheit, die du für sie ausgewählt hast, dieser Husten, der ihr die Brust zerreißt, und diese überstürzte Einweisung in das Sanatorium von Santa Águeda. »Ich habe nicht gesagt, dass es das von Santa Águeda ist!«, gelingt es José, zu widersprechen. Das ist jetzt nicht so wichtig, fährt Carlos fort, wichtig ist, dass es in La Punta nur ein Sanatorium gibt, und dass dieses Sanatorium für Tuberkulosekranke ist. Juan Ramón kann das überprüfen, wenn er will. Du wolltest, dass ich dir helfe, und dies ist die einzige Hilfe, die ich dir geben kann: Ich bin nur ein Leser deines Romans, und als solcher weiß ich, dass diese Geschichte damit enden muss, das Georgina stirbt und dass Juan Ramón sie beweint.

Habe ich recht?

José schnaubt. Einverstanden, sagt er. Möglich, dass Carlos zumindest zum Teil mit dem, was er gesagt hat, richtig liegt. Er kann sogar akzeptieren, dass Carlos mit allem recht hat. In letzter Zeit ist der Roman einem tragischen Ende entgegengestürzt, und vielleicht ist das nur seine Schuld. Doch bestimmt gibt es noch etwas, das sie tun können. Sind wir etwa nicht die Autoren, also an die Arbeit, verdammt, wer, wenn nicht wir, kann ein anderes Ende schreiben. Eines, in dem Georgina nicht stirbt, und in dem es trotzdem einen Vorwand gibt, damit Juan Ramón nicht das Schiff nimmt und stattdessen das Gedicht schreibt.

Als er das hört, lächelt Carlos mit einem weiteren, lang einstudierten Gesichtsausdruck. Es ist eine Miene der Überlegenheit, der Verachtung. Klar, kannst du das tun, wenn du willst, antwortet er. Rette sie auf der letzten Seite, wie in diesen Groschenromanen, die immer mit einer plötzlichen Begnadigung durch die Krone enden. Oder mit der Entdeckung eines Schatzes. Oder mit einem Angriff der Kavallerie auf die Nachhut des Feindes, angeführt von einem General, von dem zuvor nicht einmal die Rede gewesen ist. Das nennt sich *Deus ex machina*, nicht? Gut, zieh einen *Deus ex machina*, wenn es das ist, was du willst, und zum Teufel mit dem Roman, und nebenbei auch mit dem Gedicht. Denn, hast du etwa das Gedicht vergessen? Was wird der Meister schreiben, wenn Georgina überlebt, hm? Ein paar Verslein, die niemanden interessieren werden, ich sehe es schon vor mir, das oberflächliche Gejammer, weil wieder ein Mädchen ins Kloster geht oder heiratet. Schlimmer noch: die Enthüllung zweier Idioten, die sich als eine Frau ausgeben. Und warum sollten wir uns damit begnügen, wenn wir ein Gedicht bekommen könnten, das schmerzt wie ein Schrei, das untröstliche und endgültige Weinen, das Klagelied an die Geliebte, die stirbt, die ausgerechnet am Tag vor der langersehnten Begegnung ihr Leben aushaucht, vielleicht sogar, weil eine so schöne Blüte nicht so lange überdauern konnte. Aber wenn dich das nicht überzeugt, dann bitteschön. Wenn du einen Schundroman bevorzugst, einen von denen, die für einen Nickel das Pfund verkauft werden, dann weißt du ja, was du zu schreiben hast. Oder aber du legst einfach die Hände in den Schoß und lässt Juan Ramón herkommen, auf dass Georgina und er heiraten und Kinder aus Papier bekommen. Mir ist das letztendlich völlig egal.

Carlos macht eine Pause, er zündet sich eine Zigarette an. Seine Hände zittern, doch diesmal hat es nichts mit Unruhe oder Angst zu tun. Er fühlt eine wilde Erregung, eine Euphorie, die voller Wut ist, die ihn zwingt, aufzustehen und die ihn die letzten Worte fast hat ausspucken lassen. Es ist ein neues Gefühl, zumindest erscheint es ihm zunächst so, doch allmählich nimmt er darin einen vertrauten Nachgeschmack wahr. Und dann erinnert er sich: Es war vor acht Jahren, im Bett der polnischen Prostituierten. Denn wenn er ehrlich zu sich selbst ist, dann muss er zugeben, dass er damals nicht nur Schuld und Trauer verspürte, so sehr er sich all die Jahre vor allem daran erinnert hat. Als er aufwachte und das blutbefleckte Bettlaken sah, fühlte er auch, und jetzt weiß er es wieder, eine primitive Lust, die er damals nicht verstand. Eine Art Erhitzung, die etwas von der Raserei hatte, mit der sein Vater die Indios auspeitschte, und vielleicht auch etwas von dem Genuss, den er selbst insgeheim verspürt hatte, während er den Körper jenes Mädchens wieder und wieder durchbohrte. Ihre Schreie wie eine süße Betäubung in seinen Ohren, wie ein Thermometer, dessen Funktion darin bestand, seinen Mut, seine Kraft zu messen. Die Gewissheit, dass auch er, trotz allem, Schmerzen zufügen konnte. Dass er einen anderen Menschen beherrschen und zerstören und anschließend einfach gehen konnte, als wäre es nie geschehen. Und jetzt ist er von derselben Erregung ergriffen, von diesem zornigen rasenden Jubel, der alles vernichten will, als wäre das Blut auf jenem Laken in Wirklichkeit nicht das der polnischen Prostituierten, sondern das Blut Georginas, der Schwindsüchtigen: der rote Auswurf, den sie nur deshalb bis zu ihrem letzten Atemzug heraushusten wird, weil er es so will.

José zögert. Es dauert, bis er sich entschließt, etwas zu sagen. Aber Carlos muss es nicht erst hören. Er weiß, dass das Zögern nicht mehr als eine Illusion ist, dass die Entscheidung bereits gefallen ist, und zwar auf dieselbe Weise, wie Román stets wusste, dass sein Freund Carlos am Ende doch alle seine Wünsche erfüllen würde. Es kann gar nicht anders sein. Er zieht an der Zigarette, und während er raucht, ist ihm, als nehme er jedes einzelne der zukünftigen Ereignisse vorweg: sein Vater, der den Konsul oder sogar den Botschafter von Peru in Madrid schmiert – sagt mir, ihr Blutsauger, wie viel wird mich das Herz eines Dichters kosten –; wenn nötig, wird er Georginas Totenschein fälschen, wie früher die Urkunden so vieler berühmter Vorfahren. Georginas Tod, erzählt auf dem engen Raum eines Telegramms, denn ihre letzten Worte werden nicht im Laderaum eines Schiffes reisen, sondern durch ein diplomatisches Kabel. Zehn Wörter, um genau zu sein, die höchste Anzahl, die für dringende Sendungen erlaubt ist, und José und er werden viele Seiten vollschreiben und zerknüllen, bis sie sie gefunden haben. Zehn Wörter, es könnten zum Beispiel diese sein: Teilen Sie dem Dichter Juan Ramón Jiménez mit: Georgina Hübner ist gestorben – »Das sind zwölf«, wird der Telegrafist anmerken, und Carlos wird kurz nachdenken und sagen: »Dann streichen Sie den Dichter«. Und das Telegramm wird ohne die Wörter »dem Dichter« durch den Ozean reisen, während Georgina in einem Krankenhaus für Schwindsüchtige stirbt. Besser noch, Georgina wird sterben, während sie in ihrem Delirium von einem Telegramm träumt, das durch den Ozean reist. Die Nonnen, die mit ihren weißen Hauben und ihren Besteckschalen und ihren kalten Kompressen kommen und gehen; elektrische Impulse, unsichtbar wie ein Traum, die das Unterseekabel über Tausende Meilen erzittern lassen; Georgina wach, gekrümmt von den Hustenkrämpfen, und hinter ihren Augen ein Telegramm, das Rückenflossen und Wrackteile passiert, Algenwälder und Senken aus Schlick, Böschungen und Abgründe, die einen Moment vom Schein des

Fiebers erleuchtet werden; ihr Albtraum, der die Spule des Telegrafen dreht, und die Farbwalze, und den Papierstreifen, der sich mit Wörtern füllt, mit Stille, mit Strichen und Punkten, die wie ein Atem sind, der stockt. Die Hand der Nonne, die hervorkommt, um ihre Lider zu schließen, und gleichzeitig der Papierstreifen in den Händen des Telegrafisten, in den Händen des Laufburschen, des Nachtwächters, des Dieners, schließlich in Juan Ramóns Händen, die das Telegramm erst mit sicherem Griff aufrollen und dann zitternd festhalten.

Es klopft an der Tür. Es ist sechs Uhr früh, und das Klopfen ist so laut, als wollte jemand das Haus niederreißen. Schon wieder die Schutzmänner, denkt Madame Lenotre, während sie die Treppe hinuntersteigt und versucht, das Schultertuch zuzuknöpfen. Es ist bereits vier Jahre her, doch wie sollte man das vergessen: ein Polizeischwadron schlug laut gegen die Tür, um einen der Kunden zu verhaften, der, wie sich herausstellte, fast so klein wie ein Zwerg war. Sie nahmen ihn auf der Stelle fest, sein Schwanz stand noch steif nach oben, und er blickte drein, als habe er in seinem ganzen Leben keiner Fliege etwas zuleide getan. Und als sie ihn so hilflos, so klein wie ein Kind in den Händen so vieler Männer sahen, weinten einige Mädchen. Schließlich erklärte ihnen jemand, dass er aus dem Zentralgefängnis geflohen war und in der Nacht zuvor vier Frauen in ebenso vielen Bordellen die Kehle durchgeschnitten und sie anschließend zerstückelt hatte. Das Mädchen, das ihn bediente, blieb wie benommen im Bett liegen, als sie es erfuhr, und währenddessen löcherten die anderen sie mit Fragen. Sie wollten wissen, wie er war. Woran konnte man einen normalen Kunden von einem abartigen, einem verrückten unterscheiden. Und sie antwortete mit starrem Blick und verkniffenem Mund, er sei nur ein gewöhnlicher Mann gewesen. Weder feiner noch gröber, weder gesprächiger noch schweigsamer als der Rest der Kunden, die sie bediente, zwei Dutzend die Woche.

Aber heute Früh sind keine flüchtigen Häftlinge im Haus, nicht einmal Kunden sind noch da. Der letzte ging vor ein paar Stunden, und Lenotre sagte ihren Mädchen, sie könnten zu Bett gehen, denn bestimmt würde niemand mehr kommen. Es gibt also weder Männer, noch Mädchen, die sie bedienen, und als sie die Tür zur Straße öffnet, sieht sie, dass da auch keine

Polizisten stehen. Nur der Señorito Carlos, der völlig betrunken ist und sich verzweifelt an den Türklopfer klammert, um nicht zu Boden zu gehen. Schwer zu glauben, dass dieser artige, förmliche Junge einen solchen Aufstand verursacht hat. Doch da ist er, mit erhobenem Kinn und herausforderndem Blick. Eine neue Bestimmtheit in der Stimme und in den Gesten, ein tiefer Ernst, der nicht von seiner Betrunkenheit herrührt, sondern von etwas anderem, von einer anderen Person. Ja, genau dies entdeckt Lenotre in wenigen Sekunden: dass der Señorito Rodríguez sich in einen anderen Mann verwandelt hat. Und dieser Unbekannte muss das Mädchen sehen, und er sagt es mit schriller Stimme. Er weiß, dass es sechs Uhr morgens ist, und dass das Haus geschlossen hat, doch er muss sie sofort sehen, es tut ihm furchtbar leid, es muss unbedingt jetzt sein. Sein Geld ist so gut wie das aller anderen, und während er es sagt, zieht er immer mehr Knäuel von Geldscheinen aus seiner Hosentasche, als wären es Obstschalen. Leere Hüllen, die zuerst in Madame Lenotres knochiger Hand und anschließend auf dem Teppich landen.

Das Mädchen schläft tief, und alles, was von nun an geschieht, ist wie eine Fortsetzung dieses Schlafs. Lenotre klatscht neben ihrem Bett in die Hände und ruft, der Señorito sei da. Welcher Señorito? Na, welcher wird es wohl sein, der Señorito ist der Señorito, der Verdatterte, der mit dem Jungfernhäutchen, der Sohn des Kautschukbarons. Er ist völlig außer sich, er sagt, dass er dich dringend sehen muss, und er hat eine Menge Geldscheine dabei. Zieh eines dieser Kleider an, die ihm so gefallen, und tue, was er verlangt. Mit einem Satz ist sie auf den Beinen, fast hüpft sie über Cayetanas Körper hinweg. Sie rennt zum zerbrochenen Spiegel, um sich zu betrachten. Warum wird der Señorito es so eilig haben? Seine Verzweiflung, seine

Not können nur eines bedeuten. Nur eines? Ja, sagt sie zu sich selbst, und während sie sich überstürzt schminkt und ankleidet, schlägt sie dem lieben Herrgott einen Pakt vor: Wenn er sie in den Séparées im Erdgeschoss erwartet, und nicht in denen im zweiten Stock, dann ist er gekommen, um ihr das zu sagen, wonach sie sich so sehnt. Es ist ein gerechter Pakt, und sie beschließt ihn mit einem Kuss auf die Faust, weil sie gerade kein Kruzifix zur Hand hat. Während sie die Treppe hinabsteigt, erscheint ihr alles, was sie umgibt, unwirklich, der Teppichläufer auf den Stufen, die Stillleben an den Wänden, das blasse Licht, das durch die Fenster dringt und dem Haus die Stimmung eines Traums verleiht. Nein, es ist kein Traum, sondern eher eine Passage aus einem dieser Romane, die Mimí immer liest. Und sie ist natürlich die Hauptfigur, wie eine richtige Señorita sieht sie aus in diesem weißen Kleid, mit dem passenden Hut und den passenden Handschuhen. Sein Lieblingskleid. Den Sonnenschirm hat sie natürlich auch geöffnet und trägt ihn auf der Schulter. In diesem Punkt zumindest ist sie nicht mehr abergläubisch, wie könnte sie auch, wo ihr doch in letzter Zeit nur Gutes passiert, obwohl sie unter einem Dach Schirme öffnet, die keine Regenschirme sind.

Nein, abergläubisch ist sie nicht. Doch in den Séparées im zweiten Stock ist niemand, und als sie das feststellt, lächelt sie. Sie geht weiter nach unten bis ins Erdgeschoss. Sie tritt durch die einzige geöffnete Tür. Und auf der anderen Seite steht der Señorito, der plötzlich seinen Hut fallen lässt und sich auf sie stürzt. Die Bewegung ist so unvorhersehbar, dass sie unwillkürlich die Augen schließt, als glaube sie, man werde sie ohrfeigen. Doch es ist keine Ohrfeige. Es ist ein verzweifelter Kuss, ein Kuss, der nach Alkohol und Fieber und Blut schmeckt. Es dauert eine Weile, bis sie reagiert. Bedeutet diese Geste mehr als die Worte, die der Señorito nicht sagt? Hält der liebe Herrgott seinen Teil der Abmachung? Sie weiß es nicht. Sie spürt nur, wie ihr Körper nachgibt, als er beginnt, sie an sich zu pressen, als er mit wütender Verzweiflung die Träger ihres Mieders sucht. Zum ersten Mal zittern dem Señorito die Hände nicht. Im Gegenteil, sein Griff ist sehr sicher, während er sie in die Arme nimmt und dann auf das Bett fallen lässt. Ein wenig grob vielleicht. Der Prinz hätte das niemals getan, aber es ist auch wahr, dass sie keine Odaliske der Südsee ist, sondern nur eine der Schlampen aus dem Panteoncito.

Daran denkt sie, ich bin eine der Schlampen aus dem Panteoncito, und das Wort geht ihr nicht mehr aus dem Kopf. Schlampe, während der Señorito die Nähte des Kleids zerreißt. Schlampe, als er ihren Rock soweit hochzieht, dass er ihr Gesicht bedeckt. Sie, Schlampe, mit geöffneten Schenkeln, weil das Gewicht seines Körpers sie dazu zwingt. Der Schwanz eines Kunden muss in der Schüssel gewaschen werden, so sind die Regeln des Hauses, doch bevor sie Zeit hat, ihm das zu sagen, spürt sie bereits, wie er sich mit einem rabiaten Ansturm den Weg in ihr Inneres bahnt. Wenn sie die Hände bewegen könnte, doch sie kann nicht, denn der Señorito hält sie mit aller Kraft fest. Wenn sie sprechen könnte, doch sie versucht es, und der Señorito – der Señorito? – schreit sie an, sie solle still sein, sei endlich still, Schlampe. Sie, Schlampe. Wenn sie nur etwas sehen könnte, doch wie könnte sie, sie kann nur die weiße Gaze des Kleides spüren, das ihr das Gesicht bedeckt, die Feuchtigkeit ihres erstickten Atems. Von der anderen Seite her dringt Carlos' viehisches Keuchen an ihre Ohren, heiße Atemluft, heiseres Grunzen, übertriebenes Hecheln. Wenn es ihr wenigstens ein wenig weh täte, doch nicht einmal das. Sie fühlt bloß, wie er sich in ihr bewegt, und das ist an allem vielleicht das Lächerlichste, das Schrecklichste. Es ist nur ein Kunde, der ihr die immer gleichen Kraftwörter ins Ohr flüstert, der sie mit seinem Körper erdrückt und seine Finger in ihr Fleisch gräbt. Ist es wirklich der Señorito? Es könnte irgendwer sein, jedenfalls ist er so abstoßend wie die anderen, seine Bewegungen erzeugen denselben Brechreiz, dieselbe Notwendigkeit, mit den Gedanken weit fort zu fliegen. Und wohin fliegen, wenn es keinen Ort mehr gibt, wenn er sie nicht mit Turban auf dem Kopf und wunderschönen Versen in einem fernen Palast erwartet, sondern genau hier, wo er ihre Handgelenke so fest drückt, dass es ihr weh tut.

Sie hat aufgehört zu kämpfen, um sich zu befreien, um das Kleid von ihrem Gesicht ziehen zu können. Es gibt nichts zu sagen, nichts zu tun. Sie weiß, dass es am schnellsten vorbeigeht, wenn sie ganz stillhält. Und weil es keinen Prinzen mehr gibt, an den sie sich erinnern könnte, überrascht sie sich dabei, wie sie an alles Übrige denkt. Sie denkt an die Gitterstäbe. Sie denkt an das Bett, das sie mit Mimí und Cayetana teilt, und an das Schuldenbuch von Madame Lenotre, und an das zusammengeklebte Porträt, das sie unter ihrer Strohmatratze aufbewahrt. Und als sie an all das denkt, begreift sie zum ersten Mal, dass sie dieses Haus nicht mehr verlassen wird, dass sie niemals ihre Schulden abbezahlen und niemals mehr ihre Mutter so sehen wird wie auf jener Fotografie. Sie spürt das Verlangen, laut zu schreien. Ihren Mund an diesen Körper zu legen, der in ihr zuckt, und laut ihren eigenen Namen zu schreien, ihn herauszubrüllen, damit dieser Unbekannte ihn kennt, damit er ihn nie mehr vergisst. Ihm sagen, dass auch sie existiert, dass sie jetzt hier ist. Doch im letzten Augenblick bleibt ihr die Stimme in der Kehle stecken. Die Atmung des Mannes beschleunigt sich plötzlich, wird heiser, stockt. Am Ende ist er es, der schreit.

Und sie, noch mit offenem Mund, fügt sich und murmelt die einzigen Worte, die die Männer von ihren Lippen hören wollen.

»Ja, mein Mann.«

»Ja, mein Hengst.«

»Ja, schneller, stärker, tiefer, ja. Ja.«

# 4.

## EIN GEDICHT

Der Roman endet genau dort, wo seine Autoren ihn unterbrechen, das heißt, eines Nachts Ende 1905. Zumindest werden sie das in den fünfzehn folgenden Jahren glauben: dass sie eine Tragödie geschrieben haben, und dass diese Tragödie damit endet, dass Georgina stirbt. Sie irren, doch das ist nicht verwunderlich, denn sie waren nie große Schriftsteller, und vielleicht nicht einmal gute Leser. So haben sie nicht bemerkt, dass noch etwas fehlt, ein Epilog, der zur Unzeit kommt, als ihn niemand mehr erwartet. Und danach nichts.

Es ist 1920. Bis vor Kurzem war die Welt eine Tragödie, die ihres Romans würdig schien. Dem Tod von Georgina folgte jener des Erzherzogs Ferdinand, und anschließend die fünfzehn Millionen Toten des Großen Krieges. Die Massaker der Februar- und der Oktoberrevolution. Die Spanische Grippe und ihre siebzig Millionen Verpesteten. Die Hinrichtungen von Zar Nikolaus, der Zarin, ihrer fünf Kinder und ihrer vier Diener. Doch seit einiger Zeit scheint sich etwas verändert zu haben. Es gibt keine Grippe mehr, es gibt keinen Krieg mehr, es gibt weder Revolution noch Konterrevolution. Es gibt sogar Leute, die versichern, dass die junge Prinzessin Anastasia noch irgendwo versteckt in Russland lebt. Es geht nicht darum, dass nun auch Georgina von den Toten aufersteht, zu dieser Zeit ist Georgina so tot, wie es das österreichisch-ungarische Imperium nur sein kann. Doch keine Katastrophe ist endgültig, sogar in den größten Tragödien gibt es Raum für Gnade oder Hoffnung.

Doch wenn das Ende ihres Romans keine Tragödie ist, was ist es dann?

Das Ende ist ein Gedicht. Und es ist eine Unterhaltung, eine Wiederbegegnung in einem Café in der Calle Belaochaga. Ein Café, das es fünfzehn Jahre zuvor noch nicht gab. Denn die Stadt Lima hat sich in dieser Zeit stark verändert, und José und

Carlos mit ihr. Sie sind dicker, älter, besser gekleidet. Die Zeit hat sie einander angeglichen, und jetzt sind sie kaum voneinander zu unterscheiden. Sie sitzen gemeinsam in einem Séparée des Kaffeehauses, bleiben hinter dem gleichen Lächeln in Deckung, und es ist unmöglich zu erkennen, wer wen nach seinen Geschäften fragt, wer was antwortet; es geht so, das Übliche, es geht so.

Oder vielleicht ist es doch möglich, sie zu unterscheiden, und das eigentliche Problem besteht darin, dass die Antworten keine Bedeutung mehr haben. Dass José und Carlos sich nicht nur ähneln, sondern dass sie tatsächlich ein und dieselbe Person geworden sind.

Doch sie sprechen und lächeln nicht auf natürliche Weise. Sie reden mit der etwas überstürzten Hast derer aufeinander ein, die sich nicht oft sehen. Als wäre dieses Gespräch nicht ein von der Freundschaft oder dem Zufall bestimmtes Treffen, sondern eine mühevoll vereinbarte Verabredung nach einem sehr langen Schweigen. Womöglich ist genau das der Fall: dass sie seit fünfzehn Jahren keinen engen Umgang mehr pflegen und sich seit fast neun Jahren nicht mehr gesehen haben. Und jetzt muss der eine dem anderen diese Jahre in einigen Minuten, in wenigen Zeilen zusammenfassen. Die Antworten sind ebenso vorhersehbar wie die Fragen. Beide sind verheiratet. Beide haben Kinder. Wenn man hört, wie sie von ihnen sprechen, wie sie sie mit einigen wenigen Sätzen beschreiben, würde man sagen, dass sie dieselben Personen meinen. Dass sie dieselbe Frau geheiratet und dieselben Kinder großgezogen haben. Es ist natürlich nicht so, jeder hat seine eigene Familie, seine eigenen Sehnsüchte, seine eigenen Geheimnisse und sein eigenes Elend, doch das alles werden sie selbstverständlich nicht erwähnen. Denn bürgerliche Menschen sind dies nicht so sehr durch das, was sie erzählen, sondern vor allem durch das, was sie verschweigen. Dadurch, dass sie gelernt haben, die Weiten ihrer selbst hinter einem diskreten, hübsch anzusehenden Schweigen zu verbergen.

Man könnte wirklich meinen, dass sie bisher noch über nichts gesprochen haben. Dass alles, was sich zu sagen lohnt, nämlich das, was sie vom anderen hören wollen, durch eben diesen Schleier verdeckt bleibt. Und daran ändert sich nichts in den folgenden Minuten, als sie ohne große Neugier damit beginnen, sich über die Leute zu befragen, die sie vor nun fünfzehn Jahren kannten. Wie zwei alte Freunde, die versuchen, auf den neuesten Stand zu kommen. Oder wie zwei mittelmäßige Schriftsteller, die keine bessere Form finden, um zum letzten Mal über die Nebenfiguren ihres Romans zu sprechen. Was ist aus Sandoval geworden, fragt einer, und der andere antwortet, dass er einige Jahre lang Zeitungen gründete und wieder aufgab, Streiks organisierte und absagte und sich jetzt ohne große Hoffnung um einen Sitz im Parlament bewirbt. Doch dass letztendlich dieser Unsinn des achtstündigen Arbeitstages durchgekommen ist und gerade vom Parlament gebilligt wurde, wer hätte das gedacht. Und ihre Professoren? Die meisten in Rente oder tot. Und der Magister? Wer weiß. Sicher ist nur, dass er nicht mehr zum Schreiben auf den Platz kommt, dass immer weniger Menschen darauf angewiesen sind, sich von anderen die Briefe schreiben zu lassen, und noch weniger Menschen sich verlieben. Denn alt zu werden bedeutet genau dies: dass man von immer weniger Verliebten umgeben ist.

Und was ist mit den anderen armen Dichtern? Von allen weiß man ein wenig, und dieses Wenige, nun ja. Außerdem müssen sie nicht mehr so tun, als wären sie arm. Jetzt genügt es ihnen, so zu tun, als wären sie glücklich. Und ihre Väter? Einer ist gestorben, der andere lebt noch. Nach ihren Müttern fragen sie erst gar nicht – sie hatten nie eine Bedeutung für ihren Roman. Zum Schluss sprechen sie lange über ihre Geschäfte, über die Unternehmen, die sie leiten, als wären auch sie Romanfiguren. Nur, dass sie keine Nebendarsteller sind. Seit einiger Zeit scheinen die Anwaltskanzleien, die Bankwechsel und Aktien, die auf Banketten und in Kabaretts erzielten Abschlüsse, die Reisen zur Plantage alles auszufüllen und die eigentliche Hauptrolle zu spielen.

Dann, ganz plötzlich, verflacht die Unterhaltung. Es handelt sich hier um eine gelähmte, fast tote Beziehung, die nur aufrechterhalten werden kann, indem sie sich viele Fragen stellen und Antworten geben, unendlich oft an ihren Kaffeetassen nippen und an ihren Zigaretten ziehen und sich so lange anlächeln, bis es schmerzt. Dann ist der Kaffee ausgetrunken. Nun muss entschieden werden, ob sie noch etwas bestellen, oder ob sie die leeren Tassen zum Vorwand nehmen, sich zu trennen. Die Gesten der Verabschiedung werden sogar eingeleitet, doch einer der beiden erhebt sich nicht von seinem Platz. Zuvor muss er noch etwas anderes erledigen: ein Gedichtbändchen zum Vorschein bringen. Um den Roman abzuschließen, muss er dies noch tun: den Gedichtband öffnen und ihn auf den Tisch legen.

»Ein Geschenk«, sagt er mit dem Anflug eines Lächelns.

Mehr ist nicht nötig. Den Rest sagt, mit einem stummen Schrei, der Titel des Buchs.

*Labyrinth.*

*Juan Ramón Jiménez.*

Vorsichtig, ohne Fragen zu stellen, nimmt er das Buch. Und während er es durchblättert, gibt der andere ohne große Überzeugung Erklärungen, die nicht wichtig sind. Dass es 1913 in

Spanien veröffentlicht wurde. Dass wegen des Großen Krieges bis jetzt keine Exemplare nach Peru gelangt sind. Dass der andere keine Ahnung habe, wie schwierig es gewesen sei, dieses Buch zu finden.

Mit einem Mal hört das Blättern auf.

Es heißt »Brief an Georgina Hübner im Himmel von Lima«. Es ist ein langes Gedicht, drei Seiten, doch mehr als den Titel liest er nicht. Den Rest erfasst er in einem Augenblick mit der Leichtigkeit, mit der man eine Landschaft betrachtet. Zuerst den Titel und dann das Ende, denn in der letzten Strophe gibt es ein paar Fragezeichen, die ihn instinktiv anziehen, eine rhetorische – rhetorische? – Frage, die er einmal, zweimal, dreimal liest.

Anschließend starrt er auf den weißen Raum unter dem letzten Vers. Es ist ein leerer Absatz, den er dennoch ausgiebig fixiert, als stünde dort etwas Verschlüsseltes, das wichtiger als das Gedicht selbst wäre, ein Schweigen, welches in gewisser Weise die Antwort auf jene Frage wäre, die ihm noch immer nicht aus dem Kopf geht. Dann schiebt er das Buch langsam von sich.

»Willst du es nicht lesen?«, fragt der andere. Er lächelt gezwungen, aus einer Komplizenschaft, die es nicht mehr gibt.

Nein, er wird es nicht lesen. Er begreift mehrere Dinge gleichzeitig, und eines davon ist dies: Er wird es nicht lesen, niemals. Er weiß auch, oder glaubt zu wissen, dass es bestimmt sehr schöne Verse sind, vielleicht die besten, die Juan Ramón geschrieben hat. Schlimmer noch: Er weiß, dass dieses Gedicht, das ihnen nicht gehört, dieses Gedicht, das er nicht lesen wird, besser ist als sie selbst. Dass es mehr wert ist als ihre Ehefrauen und ihre Kinder, mehr als ihre Fabriken, als das Abkommen zur Ausbeutung der Nitratvorkommen in Chile, ihre Sommerresidenzen, ihre Geliebten, ihre Vergangenheit und Zukunft.

All dies versteht er in einem einzigen Moment, nur durch einen Blick auf die letzte Strophe.

Er weiß nicht, was er sagen soll. Und doch muss etwas gesagt werden, irgendetwas, auch wenn es unpassend ist, auch wenn es niemals etwas so Schönes sein wird wie das, was Juan Ramón in seinem Gedicht geschrieben hat. Er könnte seinem Freund – Freund? – zum Beispiel sagen, dass er nach so langer Zeit fast vollkommen die Frauen, die sie damals verführt, die Spiele, mit denen sie sich die Zeit vertrieben, die Gedichte, die sie gemeinsam geschrieben oder gelesen hatten, die Stimme seines toten Vaters vergessen hat, aber dass er sich mit absoluter Deutlichkeit an Georginas Gesicht erinnert. Doch das kann er ihm nicht sagen, denn das wäre in etwa so, als würde der Roman von vorn beginnen, und er will ein für alle Male Schluss machen. Das Buch zuklappen. Endlich zur letzten Seite gelangen und anschließend weiterleben.

Nur das Ende muss noch geschrieben werden, eine Antwort auf die Frage, die der Meister in seinem Gedicht stellt. Und er beschließt, es genau dort, in dieser weißen Lücke zu tun, mitten in diesem Schweigen, wo ein Name fehlt. Er zieht die Schutzkappe von seinem Füllfederhalter und schreibt genau unter dem letzten Vers: Carlos Rodríguez. Eine langsame und harte Unterschrift, die das Papier aufkratzt, als würde er nicht einen Namenszug kritzeln, sondern eine Grabinschrift meißeln. Und trotz allem versteht José nur langsam, und Carlos muss die Erklärung einmal, zweimal wiederholen und ihm den Füllfederhalter mehrmals hinhalten, das Buch mehrmals zurückschieben: Es ist unser Leben, sagt er, dies ist das Beste, was wir gemacht haben, das Beste, was wir jemals gemacht haben werden, und deshalb werden wir es jetzt unterzeichnen. Es klingt wie ein Witz, und als er es hört, lacht José. Doch es ist kein Witz, es ist das Ende ihres Romans, das heißt, etwas sehr Ernstes, und als er es versteht, wird seine Miene feierlich und konzentriert. Auch er braucht lange, um seine Unterschrift zu hinterlassen. Außerdem achtet er darauf, die gute Version zu benutzen, die für die Schecks und die offiziellen Verträge.

Anschließend werden sie die Rechnungen bezahlen und gemeinsam drei oder vier Häuserblocks bis zu der Ecke gehen, wo ihre Wege sich trennen werden. Bevor sie sich verabschieden, sprechen sie vielleicht von etwas anderem. Womöglich versuchen sie die Dramatik des Abschieds zu mildern, die Feierlichkeit ihrer auf der Seite des Gedichtbands miteinander verflochtenen Namen. Und den Rest ihres Lebens werden sie genau dem widmen: so zu tun, als sei das Ende noch nicht vollständig, als gebe es noch so viel zu erwarten, als habe das, was nach diesem Gedicht und diesem Roman kommt, noch eine Bedeutung. Das alles werden sie jedoch allein tun, wieder allein. Denn wenn das letzte Kapitel schließt, werden sie sich nie wieder sehen. Das Ende ist also dies: ein Gedicht, zwei Unterschriften, ein Abschied.

Sie trennen sich an der Ecke von San Lázaro, genau dort, wo sich einmal ihre Mansarde erhob. Wie allen Zufällen mangelt es auch diesem an Bedeutung, doch auf dem Heimweg versucht Carlos zum Spaß verschiedene Erklärungen.

Es ist ein neues Backsteingebäude, der Zaun ist frisch gestrichen und elektrische Kabel sind an den Wänden verlegt. Er bleibt stehen und betrachtet einen bestimmten Punkt auf der Fassade. Dort gibt es eigentlich nichts zu sehen, er befindet sich mehr oder weniger zwischen dem dritten und dem vierten Geschoss. Den Rest muss sein Gedächtnis mühsam rekonstruieren: eine verfallene Dachstube, eine Decke mit gebrochenen Dachpfannen, ein Fenster. Zwei junge Männer, die dort oben die Ellbogen aufstützen. Und es scheint ihm, dass er, wenn seine kurzsichtigen Augen wieder zwanzig Jahre alt wären, die Hüte und Halsbinden einer anderen Epoche sehen könnte, und auch die lächerlichen Oberlippenbärte, und wenn die Autos und das Gehupe nicht wären, würde er sogar hören, was diese Männer sich erzählen.

»Und dieser Typ?«

»Wer?«

»Der Dicke da ... der uns anguckt. Der mitten auf der Straße stehengeblieben ist und ein Buch unter dem Arm trägt.«

»Ah ...! Tja ..., sieht aus wie ein dicker Millionär aus einem Roman von Dickens, oder?«

»Ich finde, er sieht eher aus wie ein gelangweilter Bourgeois, der unterwegs ist zu einer Komödie von Echegaray.«

»Oder wie ein gieriger Hausbesitzer von Dostojewski mit den Adressen aller Bewohner, die er auf die Straße setzen wird, in seinem Büchlein.«

Schweigen.

»Unsinn! Sieh genau hin. Jetzt, wo ich ihn besser erkenne, scheint er mir nicht mehr zu sein als eine Nebenfigur …«
Und von unten auf dem Bürgersteig erwidert der Bourgeois, der Hausbesitzer, die Nebenfigur ihren Blick und lächelt.

*Brief an Georgina Hübner*
*im Himmel von Lima*

JUAN RAMÓN JIMÉNEZ


Der Konsul von Peru sagt es mir: »Georgina Hübner ist tot ...«

... Tot bist Du! Warum? Wie? Wann?
Hat, wie Gold, ein Sonnenuntergang,
der aus meinem Leben sich verabschiedet,
das Wunder Deiner sanft über der stillen Brust gekreuzten
      Hände gestreift,
gleich zwei malvenfarbenen Lilien aus Liebe und Bedauern?


... Schon hat Dein Rücken den weißen Sarg gespürt,
Deine Schenkel sind auf ewig geschlossen,
im zarten Grün Deines jungen Grabs
wird die sinkende Sonne Kolibris entzünden ...
Schon ist La Punta kälter und einsamer
als Du es sahst auf der Flucht vor der Gruft,
an jenen Nachmittagen, als Deine Träumerei mir sagte:
»Wie oft habe ich an Sie gedacht, mein Freund ...!«


Und ich, Georgina, an Dich? Ich weiß nicht, wie Du warst,
dunkel? keusch? traurig? Ich weiß nur, dass mein Schmerz
einer Frau wie Dir gleicht, die weinend und schluchzend
meiner Seele zur Seite sitzt!
Ich weiß, dass mein Schmerz jene sanfte Handschrift hat,
die im Flug über die Meere kam,
um mich »Freund« zu nennen ... oder etwas mehr... ich weiß
      nicht ... etwas,
das Dein Herz von zwanzig Jahren empfand!

Du schriebst mir: »Mein Vetter brachte mir gestern Ihr Buch«.
Erinnerst Du Dich? – Und ich erblasste: »Was ... Sie haben
      einen Vetter?«


Ich wollte in Dein Leben treten und Dir meine Hand
edel wie eine Flamme reichen, Georgina ... Auf allen Schiffen,
die ausliefen, war mein verrücktes Herz auf der Suche
      nach Dir ...
Ich glaubte, Dich nachdenklich in La Punta zu finden,
mit einem Buch in der Hand, wie Du mir sagtest,
träumend, zwischen Blumen, mir das Leben zu verzaubern ...!


Nun wird das Schiff, mit dem ich eines Nachmittags auf
      die Suche
nach Dir gehen werde, nicht aus diesem Hafen laufen und
      nicht die Meere
durchpflügen,
es wird durch die Unendlichkeit segeln, mit dem Bug
      nach oben,
und wie ein Engel eine himmlische Insel suchen ...
Oh, Georgina, Georgina! Was nicht alles ...! Im Himmel
wirst Du meine Bücher haben, und gewiss hast Du Gott
schon ein paar Verse vorgelesen ... Den Westen wirst
      Du betreten,
wo meine dramatischen Gedanken ersterben ...
Von dort aus wirst Du wissen, dass dies nichts wert ist,
dass, mit Ausnahme der Liebe, alles andere Worte sind ...


Die Liebe! Die Liebe! Fühltest Du in Deinen Nächten
den fernen Zauber meiner glühenden Stimmen,
wenn ich in den Sternen, im Schatten, in der Brise,

schluchzend gen Süden Dich rief: Georgina?
Streifte vielleicht ein Luftzug, der das
unbeschreibliche Parfüm meiner flüchtigen Sehnsüchte trug,
Dein Ohr? Erfuhrst Du durch mich
von den Träumen des Aufenthalts, den Küssen im Garten?

Wie das Beste unseres Lebens zerbricht!
Wir leben … wofür? Um finstere Tage zu schauen,
ohne Himmel in den Stauwassern …,
um die Stirn in die Hände fallen zu lassen!
um zu weinen, um das Ferne zu ersehnen,
um niemals die Schwelle des Tagtraums zu überqueren,
ah, Georgina, Georgina! damit Du an einem Nachmittag,
in einer Nacht stirbst … und ohne, dass ich es erfahre!

Der Konsul von Peru sagt es mir: »Georgina Hübner ist tot …«
Du bist tot. Du weilst ohne Seele in Lima
und öffnest weiße Rosen unter der Erde.

Und wenn sich nirgends unsere Arme finden –
welch törichtes Kind, Sohn des Hasses und des Schmerzes,
hat die Welt gemacht, als es mit Seifenblasen spielte?

Carlos Rodríguez

secession

secession